# 青木年华之谭书玉

那殊 / 著

江苏凤凰文艺出版社
JIANGSU PHOENIX LITERATURE AND ART PUBLISHING, LTD

图书在版编目（CIP）数据

青木年华之谭书玉 / 那殊著. -- 南京：江苏凤凰文艺出版社, 2019.12
ISBN 978-7-5594-3733-4

Ⅰ. ①青… Ⅱ. ①那… Ⅲ. ①长篇小说 – 中国 – 当代
Ⅳ. ①I247.5

中国版本图书馆CIP数据核字(2019)第086567号

# 青木年华之谭书玉

QING MU NIANHUA ZHI TAN SHUYU

那殊 著

出 版 人　张在健
责任编辑　唐　婧
监　　制　邓　理
策划编辑　徐　璐
封面设计　杨　平
内文设计　廖　琴
封面绘制　陶　然
出版发行　江苏凤凰文艺出版社
　　　　　南京市中央路165号，邮编：210009
网　　址　http://www.jswenyi.com
印　　刷　湖南天闻新华印务有限公司
开　　本　880mm × 1230mm　1/32
印　　张　9.5
字　　数　269千字
版　　次　2019年12月第1版
印　　次　2019年12月第1次印刷
书　　号　ISBN 978-7-5594-3733-4
定　　价　36.80元

# 目录

contents

# 楔子·青河镇

三个月前，书玉回到了青河镇。

阔别五年的小镇依旧是那副水灵的模样，青瓦、木屋、长满青苔的石板小路和沾着露珠的清润柳条，一切如昨，唯一变化的是阿姆眼角额间多添的皱纹。

老人用一把浸水的木梳一下一下顺着书玉乌黑油亮的长发，絮絮低语："妹仔，外面世道乱，这次回来不要走了。"

她嘻嘻地笑："不走了不走了，天天烦着阿姆。"

老人叹了一口气："阿姆知道劝你不动，要是先生和太太还在就好了，阿姆也不知道还剩几年可以看着你。"

她垂下眼睑，轻轻地环抱住老人瘦小的身躯，一字一顿地保证："阿姆，玉这次真的不走了，玉舍不得阿姆。"

黄昏将近，书玉靠在矮门前百无聊赖地看着傍晚的青河镇。老屋临近镇里的青河，水中成片齐腰高的蒿草在微风拂动下泛着涟涟的波。她正出神，耳边却突然传来由远而近的叫嚷："书玉书玉，大事大事……大大的奇事……"

她看见齐小婉咋咋呼呼地沿着河跑了过来。

"怎么，你的英文考试通过了？"她笑看着齐小婉红彤彤的脸颊。

齐小婉拨浪鼓似的摇了摇头："镇里来客人了。"

"客人？"书玉有些好奇，青河镇鲜有来客，什么样的客人会让小婉激动成这样?

"对，大城市里来的客人。你没见程老板看到那客人的表情，眼都红了，硬是把那人从镇长家抢到了他的别墅。"

程记的老板程大勇是青河镇最大的生意人，生意做到了镇外。镇里第一座也是唯一一座西洋别墅就是他的宅邸。能得到程老板这样重视，那个人想来是城里的生意人吧。

"书玉，你怎么没反应啊？"齐小婉纳闷。

书玉也很纳闷:"不就是又一个生意人吗? 我要有什么反应才合适?"

齐小婉瞪大眼睛："你怎知他是做生意的？"

"程老板眼里除了生意还有过什么？"

"你不能对生意人抱有偏见。那个人是我见过的最不像生意人的生意人,好斯文好斯文的。"

那又如何? 书玉无言地望着齐小婉。齐小婉急了，拉起书玉的手就往外走："走，我带你去看看那个人。"

书玉哭笑不得："天要晚了，这时候去打扰人家，不合适吧。况且阿姆快要回来了……"

"操这么多心干吗? 放心吧，很快的。"

书玉拗不过，只好跟上齐小婉的步伐。

程家的别墅离老屋不远，书玉到的时候看到镇里的一群女孩叽叽喳喳地围在大厅的钢琴旁，年轻的脸庞上满是新奇与仰慕。人群中央，一个年轻男子坐在钢琴前。他穿着白衬衫，背影颀瘦却不单薄，虽身在人群里却与人群格格不入，自然而然散发的傲气敛得很好，夺目却不张扬。

他身边是程家的千金程瑜。那姑娘听到门边的响动，迅速转过头来，在看到书玉和齐小婉的刹那绽开大大的笑脸：“阿玉姐姐，快来看看我新的钢琴老师。”

程瑜的声音一下子将众人的注意力转移到了这边。书玉微窘，本想看一眼满足齐小婉的要求就回去，现在看来是不可能了。人群中，那男子也转过头来，与书玉的视线对个正着。书玉愣在了原地。

程瑜跑了过来，风扬起她洋装的裙摆，好似一只小蝴蝶：“阿玉姐姐，过来呀。”

书玉被动地来到钢琴前，心跳开始加速。程瑜兴奋地坐回到钢琴前：“听听我新学的曲子。”说着，她的手指开始灵活地敲击琴键，悦耳的琴音在厅内响起。

书玉听得心不在焉，一抬头却撞进了男子深如潭水的眼里。那个男子，一眨不眨地盯着她。她慌乱地垂下眼，看向别处。程瑜一曲毕，书玉寻思个借口准备离开。那男子却开口：“谁会弹《帕斯纳的原野》？”

书玉顿了顿。女孩们小小地骚动起来，却无人应声。

男子抬头，看向书玉：“你会吗？”

书玉的眸子平静无波：“不会。”

“你会什么曲子？”

“我不会弹钢琴。”

两人一时无话。书玉转头对程瑜说：“天色不早了，阿姆还在家等我，先走啦。”

程瑜还未开口，那男子却站了起来：“我送你。”

书玉惊得险些跌倒：“不必，谢谢。”

“你拒绝人都这么干脆吗？”他眼里有笑意。

她很想回一句“因人而异”，却最终没有说出口，只拉着齐小婉往门边走去。谁知那男子大步跨来，一把抓住她的手腕。书玉恼火地回头，却见他笑得促狭：“你好，我叫辜尨。”

“谭书玉。”丢下这三个字，书玉头也不回地走了出去。她清晰地感到背后那股灼热的视线一直追随着她，直到她转弯走出程宅大门。

不过短短几分钟，书玉的手里就沁出了丝丝薄汗。这哪里是斯文，分明是斯文败类！

清早，书玉捧着阿姆织的布料来到朱记裁缝铺。朱掌柜一看到书玉，脸便笑成了一朵花。

“阿玉，裁缝铺的招牌旧了，再帮福叔题一幅可好？”

“行。”

朱掌柜忽然神秘地眨了眨眼：“给你看样好东西。”

书玉狐疑地跟着朱掌柜来到成衣间。成衣间里还有一个小里间，里头有座木架，架上挂着一件浅青色的旗袍。书玉走上前去，抚摸着旗袍光滑的缎子，眼里的喜爱怎么也掩不住。

朱掌柜乐呵呵地说：“喜欢吗？这是福叔特别为你量身定做的，阿玉生辰快到了不是？”

“谢谢福叔。”书玉笑得眉眼弯弯。

“去试试。”

书玉一从试衣间出来，朱掌柜就啧啧赞了起来：“太合适了，阿玉啊，这样的料子只有你压得住。”

这确实是一件难得的好旗袍，布料不似寻常人家所纺，连花色一看便知出自大家。柔顺的布料贴在身上，更显得她纤腰细细，玲珑有致。她把麻花辫放了下来，随手拿起一根木簪，挽了一个松松的髻，瞬间多了一丝媚态。媚而不娇，像极了一尾灵动的鱼。

她正欣赏着镜中的自己，裁缝铺的大门突然从外头被人推开。程瑜的脑袋从门后探了进来。她的身后，是辜尨。两人看到书玉这身打扮均是一愣。辜尨深深的眸子里是毫不掩饰的惊艳。书玉望着他的眼，脑海中蓦地冒出一句话——女为悦己者容。

“阿玉姐姐，你好漂亮啊！”程瑜的惊呼唤回了书玉的神志。她偏开头，与他的目光错开。

“掌柜的，我也要一件这样的旗袍。”程瑜对朱掌柜说。

“程小姐，这款旗袍就只有一件。”朱掌柜脸上赔笑。

程瑜一扬眉：“再定做一件，价钱不是问题。”

“程小姐，这件旗袍是特别定做的，不会再有另一件。况且这料子，小店仅此一块，实在没办法再做一件啊。”朱掌柜面露难色。

“你这是什么话，难道程家在朱记订的货还少吗？朱掌柜不想要程家的单子了？”

“这……”朱掌柜不断擦汗。

僵持之际，书玉缓缓开口：“小瑜要是喜欢，我身上这件就给你吧。”

朱掌柜惊讶地看向书玉：“阿玉啊……”

“这怎么好意思？”程瑜转头却向朱掌柜喝道，“还不快去给谭小姐挑一件新旗袍！阿玉姐姐随便挑，旗袍的价钱算在我的账上。”

书玉淡淡地瞥了一眼：“不必。”说罢向试衣间走去，准备换下旗袍。

这时，一直没有说话的辜龙开口了：“程小姐，那件旗袍花色太素了，你看这件如何？”

程瑜顺着辜龙手指的方向看去，拍手称道：“嘿，这件好。掌柜的，取下来我瞧瞧。”浑然忘了书玉身上那件浅青色的旗袍。

朱掌柜向店里的伙计使了一个眼色，小伙计立刻到程瑜身边招呼。朱掌柜忙脱身拉着书玉走了出来，低声催促：“快走快走。”

书玉愣了愣：“我还没有换衣服呢。”

“就这样穿着回去吧，里面的小祖宗要是又想起你身上的旗袍怎么办？快走快走，回头我叫人把你的衣服送去。代我向你阿姆问好。”

书玉哭笑不得，只得穿着一身旗袍往回走。行至南巷口时，忽然从拐弯处蹿出个人来，迎面撞上书玉。强大的冲击力让书玉向后仰去，那人眼明手快拉了她一把，书玉险险稳住身子，一时不知道该骂还是该谢。

那人穿了一身白色西装，看起来很年轻。书玉想了想，决定不骂也不谢，转身就走。

“喂！”那人在她身后喊了一句，她回头，眼里满是疑惑，那人被她看得有点窘，“没……没事……你走吧。”

她皱了皱眉，头也不回地走了。那人站在原地，手握一支木簪，嘴角上扬。

回到家书玉才发现木簪丢了，懊恼得很。

阿姆今日和齐婶一起上山采茶了。书玉把家里的脏衣服全洗完晾上后，不知不觉已经到了正午。她一拍脑门，想起了齐婶交代她给小婉送便当，差点把这事忘了。书玉匆忙套上一件布衫，拿起便当就出门了。

齐小婉在一家西式学校念国中。书玉在学校弯弯绕绕的走廊里很快迷路了。教学楼走道上光线微暗，这里似乎不是教学区，一点人声也没有，寂静极了。

突然，走道上传来一阵悦耳的钢琴声。熟悉的旋律让她不禁驻足。她觅着琴音来到一扇门前。推开门，门内是一片晕黄的明亮，大片阳光被窗帘挡着，弱了色的光照进室来，暖而不热。

室四周是一排书架，室中央立着一架钢琴。琴音并没有因为外人闯入而停止。她走过去，按住弹琴的那只手。

琴音戛然而止。

“你弹错了。”书玉皱眉。她坐上琴椅，重新将那首曲子弹了一遍。她无需看谱，因谱早已烂熟在心中。最后一个音符消失后，她抬头望着已退到一边的男孩，心里有些不好意思。她占了他的位，抢了他的琴，还对他指手划脚，实在是失礼。可是她容不得有人把这首曲子弹错。

那男孩穿着一身干净的校服，倒没有生气：“你喜欢这首曲子？”

书玉没有说话。

“《帕斯纳的原野》，是北方一位相当有才华的政要为爱人谱的曲，很浪漫不是？”

书玉平静地回道：“希望这位政要和他的爱人能白头偕老。”

男孩笑了：“欸，你真不记得我啦？”

书玉盯着男孩，这么一说倒还真有点眼熟。

“清早，南巷口。”男孩提醒。书玉恍然大悟，原来是那个害她差点跌倒的家伙。不过前后着装反差太大，她居然没认出来。

“这个便当看起来很好吃的样子，我可以尝尝吗？”他指指琴架上的便当。

便当？书玉如梦初醒，拿起便当冲出门去。

“欸，你不用这么小气吧？我叫程起丰，你是哪个班的？喂……”程起丰追出门去，书玉已消失在走道尽头。

“书玉，你可来了。我快饿死了……”齐小婉泪眼汪汪地说。

书玉忙不迭地道歉：“对不起对不起。”

“哟，小婉，你家什么时候多了一位姐姐？”前桌男生转过头来。

“哪儿边凉快哪儿边待去，不要影响我吃饭的情绪。”齐小婉没好气地开口。

那男生却置若罔闻，对书玉说：“你不是本镇人吧？”

齐小婉一把推开男生凑近的脑袋：“你敢打我家书玉的主意，找死？”

男生悻悻地转了回去，还不忘向书玉做了个鬼脸。书玉不禁失笑。

齐小婉一边往嘴里塞土豆，一边拿起一张纸递给书玉：“拜托，帮我译一下，全靠你了。”

书玉接过一看，纸上是英文版的《飘》中大段的内心独白。齐小婉不看西方名著，没联系全文自然译不出来。书玉认命地提笔开始译，很快就译完了。

齐小婉最后一口饭还没咽下去："这么快？"

"你看看行不行。"书玉递上译稿。

这时有人走进教室来，齐小婉激动地扬起手中的译稿冲那人喊："英语课代表，你不帮我译，我自己译，怎么样，不赖吧？"

书玉抬头，讶然，那人不是刚才琴室中的男孩吗？叫什么来着？程……起丰？

程起丰走到齐小婉面前，拿起稿子看了起来，半晌开口："你译的？"

齐小婉大言不惭："那当然。"

"译得很好。"程起丰说，"我们英语社正缺人手，你加入帮忙译稿子吧。"

齐小婉傻眼了："我不去。"

"没有拒绝的余地，章老师的意思，挑各班译稿子的能手。"

书玉忍不住笑了，起身准备走，却冷不丁被程起丰叫住："这位同学，请你也来我们英语社吧。"

书玉笑了："为什么？"

程起丰掏出一支木簪。书玉的眼睛眯了起来："不好意思，我毕业很多年了，实在对加入这种英语社没兴趣。"她推开教室的门走了出去，独留程起丰呆愣在原地。

书玉回到老屋，发现辜尨手插裤袋站在老屋旁的槐树下，斜倚着树。他依旧穿着一身干净的白衬衫，说不出的俊逸风流。

他看到了书玉。她没有说话，径直走到老屋前推门走了进去。他也不说话，目送着她一步步踏入屋内，直到她的背影完全消失在他眼前。

几天后，镇长亲自来到老屋找阿姆："大姊，把玉借弟一天好吗？"

彼时书玉刚起，正掬一捧清水净脸。她问："艾叔，有什么事吗？"

"好事。法国领事馆的一位官员居然来了我们青河镇，看样子他对这里很感兴趣，是要来投资的。今年真是不寻常的一年啊，青河镇要发达了……”

书玉纳闷：“需要我做什么吗？”

镇长乐呵呵地答：“我们缺一位法语翻译，你不是会法语吗？陪同一天，报酬丰厚。”

书玉瞪大眼睛：“我什么时候说过我会法语？”

镇长一愣：“程家的小姐说你会多国语言。”

“程小姐是喝过洋墨水的人，要说翻译，何不找她？”

“玉啊，程小姐不会说法语啊，现在叫我去哪里找会说法语的人？青河镇得罪不起这些官员啊！”

书玉沉默了，那位大小姐只是想看她出丑而已。她又问：“他们什么时候到？”

“马休先生已经先一步在绣画展赏画了。”

“那我们快走吧。”

绣画展在镇西，书玉推门进去一眼便看到了程瑜，她笑得灿烂：“阿玉姐姐，外使在二楼，你快上去吧。”

书玉不答话，跟着镇长上楼。程瑜也步伐轻盈地跟在他们身后。有几个人在楼梯口站着，想来等很久了。那几人看到书玉，无不讶然。程起丰率先开口：“书玉？你怎么来了？”

程瑜笑嘻嘻地说：“原以为阿玉姐姐会说法语，所以请她来翻译，没想到她一点也不会。”

书玉淡淡地瞥了她一眼：“先前说我会法语的人是你，现在你怎么又说我不会了？”

程瑜没话说了。镇长挥挥手：“别说了，快进去吧。”

一行人往展区处走去。人群中，程起丰落后几步，贴着书玉的耳朵轻声说：“实在不行说英语吧，外使应该懂。”

书玉笑了：“谢谢。”

马休先生很年轻，典型的法国人相貌，笑起来很随和。书玉和他打了个照面，脑中闪过千百个念头，最终不得不感叹，这个世界真奇妙。她走上前和马休握手，用法语说："好久不见，马休先生。"

马休一脸惊讶："真巧，谭，很高兴能在这里见到你。"

她笑着道："不巧，今天我是你的翻译。"

听罢，马休眉一扬，很欢快地笑了起来。书玉做了一个请的手势，便和他顺着展道走了下去。镇长乐呵呵地与他们一道，书玉流利地为两人翻译。身后跟随的几人目瞪口呆地看着书玉淡然自若地陪同在镇长和马休先生旁边。她显然翻译得很好，场面也把握得张弛有度，三人间不时有笑声传出。

程起丰眼中是浓浓的钦佩，虽然他不懂法语，但他感觉书玉的专业程度不输于任何一位高级翻译。他的目光紧紧追随着她，此刻的她冷静精干，瞬间让他觉得自己真的还只是个孩子。这种想法让他难受，他有些迫不及待地想要追赶上她，然后超越她，最后退半步，与她并肩而行。

"哥，你老看着她干什么？"程瑜不满地说。

程起丰瞬间有些慌乱，别开目光，轻咳一声说："马休先生是今天的主角，自然应该看着他。"程瑜对他的回答不以为然，轻哼一声跟上队伍。

翻译结束，马休先生邀请书玉一道赴午宴。书玉看到镇长点头，这才应允。

午宴是特别为马休夫妇接风的，同宴的都是本镇有头有脸的人物，甚至外镇的商人也来了。书玉回老屋换上朱掌柜送的浅青色旗袍，挽上发髻，这身装扮好歹不至于失礼。

书玉走下台阶的时候，蓦地发现老屋旁边的槐树下停着一辆车。她不由自主地停下脚步，车门从里面被打开，一身笔挺西装的辜尨走了出来。他在斑驳的树影下冲她笑："谭小姐可否赏脸与我同去午宴？"书玉不说话。

"马休先生来青河是为了找我，我这么孤家寡人地去不合适吧？"他继续说。

书玉没好气地开口："你的程小姐一定很愿意陪你去，要找女伴请找她。"

辜龙笑得更开心了："要是带上那位大小姐，马休会以为我在外有了一个私生女。"

书玉只觉得啼笑皆非，不知程家千金听到这话会做何感想。

"谭小姐，我们要迟到了。"

书玉向辜龙走去，一矮身坐进车里。

午宴设在程家别墅的露天庭院。庭院不大，采用的是欧式风格装饰，中央一个圆形喷泉水池极尽华丽，倒显得俗气。

书玉挽着辜龙的胳膊在席间穿梭，有些懊恼地说："我居然忘了吃点东西再来这样的场合。"

辜龙笑："这里的东西虽然比不上家里的，不过也不至于难以下咽吧？"

她知道他是故意的，咬牙切齿道："那我放开肚子吃，丢你的脸，怎样？"

辜龙哈哈大笑："只要你站在我身边，就是给我长脸。"

马休先生被一群商人围住，他一看到辜龙，便脱身向这边来："好一个，郎才，女貌，伉俪，情深。"马休字正腔圆地蹦出中国话。

书玉忍俊不禁。辜龙揶揄道："马休，汉语进步神速啊。"

这时，一位高挑的金发女郎执着酒杯走了过来，与书玉来了个贴面吻。

"很高兴见到你，玛丽。"书玉很高兴。

外使夫人玛丽看向辜龙："辜，书玉借我，一会儿，好吗？"

辜龙笑着点头："当然可以。"

书玉和玛丽一路走，一路吃。玛丽对中国的食物很感兴趣，遇上好吃的甜点立刻激动地要书玉来尝。书玉索性放下顾虑，和玛丽一起放开肚子吃了开去。两人一边品尝美食，一边闲聊。一路无人打扰，乐得轻松自在。

“真是粗野。”轻蔑的声音飘来，书玉一抬头就看见程瑜和两位身着洋装的女伴不知何时来到她们身边。程瑜换了一袭桃红色的旗袍，书玉一下子就认出这件旗袍是当日辜尨在朱记裁缝铺挑的。

玛丽一听程瑜的话，立刻皱眉。简单的中文她还是能听懂的，程瑜这样娇纵无礼的话一字不差地钻入她耳中。她回头看书玉，眼神似在问：这个粗鲁的小妞到底是谁?

书玉对玛丽说：“这位是程老板的千金，程瑜程小姐。”

玛丽没搭话，她显然对所谓的“程老板”毫无印象。程瑜走上前，笑容灿烂：“阿玉姐姐，宴会过后剩下的食物你就打包带回去吧，也给你阿姆尝尝。”

这话真是刻薄到了极点，玛丽正要发作，却被书玉拉住了。书玉对着程瑜，笑着摆了摆手，用吩咐下人的语气说：“去，拿个食盒来，这个，这个，还有这个，统统给我包起来。”

程瑜被书玉的语气和神态气得满脸通红，拉着女伴就走。她在经过书玉身边时手一倾，整杯红酒倒在了书玉身上，浅青色的旗袍顷刻间被毁了。

玛丽惊呼：“你干什么？”

程瑜得意地晃了晃手中的空酒杯：“抱歉，手滑了。”书玉冷冷地看着程瑜，一言不发。

“怎么回事？”马休和辜尨过来了。

辜尨一看到书玉滴着红酒的旗袍，脸立刻沉了下来。他阴冷的目光扫过程瑜，惊得她一阵哆嗦。他简短地和马休说了几句，一把将书玉打横抱起。

四周响起一片小小的惊呼，饶是书玉也红了脸，在他耳边低声哀求：

“放我下来。”

辜龙像是没听到，依旧大步往别墅走去。卧室内，用人送来了干净的衣物。他伸手去解书玉领口的扣子，书玉大惊：“你干什么？我自己换！”辜龙的动作硬生生地停下了。他霍地直起身，摔门而去。

门外的玛丽心有余悸地走了进来，奇怪地问书玉：“他怎么了？”

书玉低头：“没什么。”

不一会儿，门外响起一阵骚动。书玉皱眉，这又是怎么回事？玛丽开门找了一个用人进来问话：“外面怎么这么吵？”

“程小姐掉进水池里了。”

“好好的怎么掉进去了？”

“好像是……被辜先生不小心甩进去的。”

玛丽和书玉齐齐愣住。下一秒，玛丽哈哈大笑了起来。书玉半张着嘴，不知该哭还是该笑。

马休夫妇在青河待了三天。送走他们后，书玉又恢复了以往平平淡淡的生活。

但齐小婉看不惯书玉怡然自得的平淡：“书玉，明天学校组织露营，可以带家属，我捎上你。”

“怎么想到带我去？你弟呢？”

“你不是喜欢露营吗？要带我弟去我岂不得当全程保姆？”

书玉有些无语，但还是答应了。

次日，天晴朗得可爱。齐小婉拉着书玉来到集合地点。人到得差不多了，书玉环视一周，毫不意外地看到了程瑜和辜龙。

一行人向佛趾山登去，一路上有说有笑。程起丰跑到书玉身边问：“重不重，要不要我帮你提？”

书玉摇头：“谢谢，不用。”

齐小婉揶揄：“怎么不问问我？我快被压扁了。”

程起丰不好意思地搔搔鼻头："我来提。"

齐小婉挥挥手："去去去，没诚意。"

众人登至山顶，在树林边找到一处空旷的草地开始安营扎寨。程起丰一边向外掏装备一边凑过来问书玉："要不要帮你搭帐篷？"

书玉额角青筋微跳："谢谢，不用。"

书玉和齐小婉三两下就把帐篷支了起来。那厢程起丰却满头大汗，怎么也弄不好。齐小婉哈哈大笑："大少爷，要不要我们帮忙啊？"

程起丰不答话，汗流得更凶了。程瑜咯咯地笑："哥，你好逊哦。"书玉也忍不住笑起来。

辜龙走过来："我来。"

程起丰抹了一把汗："辜先生，怎么好麻烦您？"

"我们同用一个帐篷，你搭不好，我也睡不了。"

程起丰只好把支架交给辜龙。很快，帐篷就支了起来。程起丰在程瑜的嗤笑声中悻悻地提水去了。程瑜和齐小婉被安排拾柴，帐篷区一时只剩下辜龙和书玉。

辜龙抬手抚上书玉的脸："你瘦了。"

"你见过我以前是胖是瘦？"她反问，偏头躲开他的手。他哑然失笑。

一群人玩闹了一个下午，黄昏不知不觉降临了。书玉被分配去提水，程起丰死皮赖脸跟着要去。走在树林中，脚下踩着松软的泥土，书玉的心情不禁雀跃起来。程起丰借机不停地找书玉说话。

"书玉，你在哪里念的国中？"

"南京。"

"书玉，你几岁国中毕业？"

"十六。"

"书玉，你国中毕业几年了？"

书玉停下脚步，看着程起丰。后者有些心虚，眼睛瞟向别处。书玉平静地说："你大可以直接问我，不必拐这么大一个圈子。我今年二十一，比你大四岁。还有，我们之间不可能。"

"为什么？我不在乎年龄。"

"你问了就说明你在乎。但我有喜欢的人了。我在英国留学时认识他，他一路从英国追着我到中国。"

"可是……你一直是一个人不是吗？小婉是这么说的。"

"他很忙，所以没有和我一起回来。"

"你回来这几个月，他可有与你联系？距离易生变，给我一个机会，让我追求你。"

书玉被气到了："我和他不会分开，你别瞎搅和。"

"你为他守身如玉，他会为你清心寡欲吗？"

书玉不再说话。程起丰知道自己僭越了，懊恼地闭了嘴。

天渐渐暗了下来，大家点起柴堆。

辜龙接过山鸡娴熟地烤了起来。山鸡周身包着荷叶，不多时，鸡香混着叶香弥漫开来。他取下山鸡，撒上调料，切成几块分给周边的人。

程瑜咬了一大口，赞道："好吃！辜老师你太厉害了，什么都会。"

辜龙笑："我太太喜欢露营，所以我特地学来了这门手艺。"

程瑜瞪大眼睛："老师，你结婚了？我怎么不知道？"一众女生露出同程瑜一般震惊的表情。

齐小婉凑在书玉耳边轻笑："下午还听程大小姐说她想嫁辜龙，没想到人家已经有主了。啧，世事难料。"书玉笑了起来。

突然，程起丰大叫起来，一口将山鸡吐了出来："呼呼……辣……"

辜龙淡淡地瞥了他一眼："哦，抱歉，可能那部分辣椒撒得多了一点。"说罢他体贴地递上一瓶水。

程起丰接过水咕噜噜就往下灌，还没灌几口，脸立刻涨得通红，一句话也说不出来。

辜龙似乎很惊讶，接过瓶子一闻："咦？谁把烧酒装在水瓶里？"

程起丰腾地跳起来往帐篷方向跑去，看来是去找水了。众人哈哈大笑。

程瑜问：“辜老师，你太太漂亮吗？”

“漂亮。”

程瑜整整衣服端坐起来：“有我漂亮吗？”

众人哄笑起来。辜龙也笑了：“比你漂亮。”程瑜的表情瞬间垮了。

齐小婉兴冲冲地问：“辜先生，那您太太有书玉漂亮吗？”

众人静了下来，辜龙一眨不眨地看着书玉。书玉大窘，该死的齐小婉，要论五官她连程瑜也比不上，这不是要她出丑吗？

“谭小姐比我太太漂亮。”

众人大声起哄，怪叫声此起彼伏。辜龙望着书玉，眼里藏笑。书玉的脸红了个透。

月亮升了起来，年轻的学子围着篝火跳起舞来。火光映着一张张洋溢着青春的脸，书玉也不禁心情飞扬。她以前上的学校学制甚严，男女生是不能这样一起跳舞的，在英国留学时她才第一次和男孩子跳舞。她依然记得第一次跳舞时的局促，以及那个大男孩干燥而温暖的手。

她正沉浸在回忆中，突然一只手伸了过来。书玉抬头，撞上辜龙带笑的眸子。他的脸与她记忆中那张男孩的脸重合了。她伸手搭上辜龙的手，吐了吐舌头：“跳不好，别怨我。”

辜龙笑了：“我哪次怨过你？”

她跟着他的步伐，像蝴蝶一样翩翩起舞。

大清早，书玉打着呵欠起床开窗。落地窗外是个木质小阳台，她赤脚踩上去，昨夜下了雨，脚下一片湿凉。她看到阳台下辜龙独自站着。他听到响动，抬头看向她，展颜一笑。

书玉咬咬牙正准备进屋，却瞥见他浑身湿透。他在窗下守了一夜？

最终她还是狠下心，砰地关上了窗。

书玉下楼吃早饭的时候，意外地在餐厅里看到了辜龙。阿姆的声音从厨房传来：“妹仔，快拿毛巾给他，淋了雨会着凉的。”

书玉不情愿地拿了毛巾递给辜龙，他接过毛巾，用力嗅了嗅。那是书玉的毛巾，上面有她的味道。她看他擦着头发，浑身湿漉漉的，薄薄的衬衫贴在身上，抵不住清晨的微寒，她不免有些心疼，低声数落：“又不是小孩子，见了雨也不知躲。”辜龙只是笑。

阿姆从厨房里走出来：“妹仔，快带他去换身干衣裳，阿姆采茶去了，午饭不回来。”

书玉看着阿姆走远，瞪了辜龙一眼：“跟我来。”

辜龙第一次来到书玉的房间，房间很小但很干净，他饶有兴趣地问：“你小时候就住在这里？”

书玉拿出宽大的睡衣：“读书时住这里。这是我父亲的衣服，你试试。这是新的，阿姆习惯每年给我父亲做衣服，连他过世了也没变。”

辜龙脱下湿衣服，看到书玉连忙背过身去，笑了：“你又不是没看过。”

书玉恼了，就要推门出去，辜龙顾不得穿上睡衣，一把从背后抱住她：“老婆，我知错了，原谅我，以后你去哪里我都陪你，再忙也陪你，好吧？”北边政局动荡，他花了整整两个月的时间才抽身而出，而她早就赌气不辞而别。他把她能去的地方都找了个遍，谁知她竟回了青河镇。

“呸，你的保证不值钱。”书玉虽生气，却没有推开他。

辜龙低声笑了：“老婆，我很想你。”手掌不安分地摩挲着她平坦的小腹，渐渐往上。

书玉忙转过身与他面对面，气得咬牙切齿：“流氓！”

辜龙不给她说话的机会，俯身吻她。书玉被吻得云里雾里，浑身发软地趴在他胸前。

辜龙看着书玉咧开嘴笑了：“老婆，生日快乐。”

书玉呆住了，她竟忘了今天是自己的生日，所以他就在她窗下守了一夜？仿佛看出了她的疑惑，辜龙扬起嘴角：“我就是要你在生日这天第一眼就看到我。”

书玉心下感动，嘴上却说：“礼物呢？我要礼物！”

“再为你谱一首曲子？带你去英国咱俩第一次见面的地方？或者……”他很认真地补充，“把我送给你吧！”

书玉愣了，一把推开他：“流氓！”

她到底没能抵过辜龙的攻势。当她悠悠转醒时，正午已过。辜龙搂着她，依旧睡得很沉。她小心地掰开他的手，正准备起身，却被他一把箍回怀中。他仍闭着眼，声音沙哑：“陪我。”

书玉吻了一下他的唇：“饿了吧？我去做饭。”

“不要。”

“你不饿？”

“饿。”

“我不做饭你吃什么？”

“眼前不就有个秀色可餐的？”话音刚落，辜龙低下头，吻了吻书玉的唇，“程家那小子这几天还来找你吗？”

书玉愣了一下才知道他指的是程起丰。

“没有。”她摇摇头，说起来自露营后她再也没见过他，“你还和一个孩子吃醋，也不害羞。”

辜龙也不恼：“一个小破孩子也敢跟我抢老婆，哼。”

书玉搂住辜龙的脖子，在他的面颊上亲了一口：“别和个半大孩子过不去，乖。”

辜龙又哼了一声，冷冷地锁住书玉的眼：“看你下次还敢不敢偷跑。”

她不服气地噘嘴：“你要敢凶我，我就跑到你找不到的地方去。”

辜龙面色一沉，倾身压了上来。

书玉大骇：“不敢了不敢了，下次不敢偷跑了。”

辜龙笑了：“这还差不多。”

耳鬓厮磨了半天，书玉懒懒地起身。辜龙也坐起身来，帮她系上肚兜，一件一件为她穿上衣裤，最后小心地替她扣上前襟的盘扣。他做得认真，她看得仔细。最后，他在她额间印下一个吻，说：“老婆，我真的饿了。”

书玉一下没忍住，扑哧笑出声来。

此时已到午后，书玉简单地张罗了饭菜，一荤一素一汤。他吃得香甜，她看得满足。饭一吃完书玉就推着辜龙往外走，理由是阿姆快回来了。辜龙强烈抵抗，明明是明媒正娶来的老婆，怎么处得像偷情?

书玉义正辞严地回绝道：“老人家心脏不好，别给人添堵。”

辜龙只好灰溜溜地走了。

几日后，应朱掌柜之邀，书玉上门为朱记裁缝铺题字。

突然，齐小婉闯了进来：“书玉，你家着火了！”

书玉脑子里一片空白，只想到阿姆还在家里。她夺门而出，疯也似的向老屋跑去。

熊熊大火映红了半边天，镇上的居民围着老屋一桶一桶地浇水。书玉抓住一个人就问：“看到我阿姆了吗？”那人摇头。再问一个人，对方还是摇头。

“书玉，冷静。”有人拍了拍她的肩。是程起丰。他顿了顿，最终还是艰难地开口：“阿姆在里面，辜先生也在里面。”

“什么？辜龙也在里面？”

“他一听说你家着火了，想也不想就冲了进去。”

书玉捂住脸跪坐在地上。一个是养了她十几年的亲人，一个是她此生最亲密的爱人。她至亲的两个人此刻在火海之中，生死未卜。她目光空洞地望着燃烧的老屋，慢慢地站起来，一步一步向老屋走去。

程起丰一把拦住她，大惊：“你要干什么？”

“让我进去。”

“你想送死，对得起你阿姆和辜先生吗？”程起丰怒了。

书玉无言以对，无力蹲下身哭了起来。

“书玉书玉，”齐小婉气喘吁吁地跑了过来，“书玉你别这样……”

程瑜也来了，一脸难以置信：“辜老师……辜老师怎么也在里面？”

她转过头瞪着书玉，歇斯底里地吼道：“为什么你不在里面？为什么？”

程起丰一把抓住妹妹：“你胡说八道什么？”

“书玉，快看，有人出来了！”齐小婉用力晃着书玉。

书玉茫然地抬起头，只见火光中，一个身形消瘦的男人慢慢走了出来，他的背上背了一个人。书玉挣扎着站起来，踉跄地向他跑去。他将背上的老人交给其他人，轻声对她说：“放心，阿姆只是昏过去了。”他的衬衣被熏黑，脸上也沾了烟灰。所幸，他完好无损。

书玉什么都没说，一把抱住他，紧紧地抱着，生怕一松手他就会消失。

辜龙无措地擦去书玉的泪水，怎奈泪水越来越多：“欸，老婆，别哭啊……”

一旁的众人目瞪口呆，谁也没有出声打扰相拥的两人。齐小婉忍不住开口：“书玉，辜先生身上有伤。”

书玉的理智回来了，她忙放开手，焦急地问：“伤着哪里没有？”

辜龙笑了：“没事。”

“快去处理伤口啊！”她急了。

辜龙张开双手抱了抱她：“没事，真没事，放心吧。”

傍晚，阿姆醒了。书玉握着阿姆的手，眼中有泪。阿姆抚了抚书玉的手，抬头看向辜龙，笑得慈祥：“多谢你，妹仔交给你我很放心。”

书玉愣住了，狐疑的目光在两人间徘徊。阿姆嗔怪地对书玉道：“莫要看了，阿龙早就跟我说了。你这孩子也真是，结了婚也不告诉阿姆。”

书玉恍然大悟，原来她生日那天，阿姆去采茶一天没回来，就是要留空间给他们和好。

书玉又想哭了："阿姆，这次回来本来就是要带他来见你的，结果……"结果他们吵架了。

阿姆正色道："这些都过去了。但是妹仔，起火前好像有人进过你屋里。"书玉愕然，抬头看向辜龙。他的神色复杂。

走出医院，书玉乏了。辜龙吩咐人开车过来。小小的青河镇从未驶进过这样豪华的轿车，路人不禁频频注目。

"休息一会儿，今晚去我那。"辜龙理了理书玉的头发，"不是程家，我在青河镇也有一处房子。"

看到书玉吃惊的样子，他笑了："早就置下了，想着哪天和你一起回来住，再把你阿姆接来，没想到在这种时候派上用场。"

辜龙在青河的房子古香古色，甚合书玉心意。

用过晚饭，书玉早早沐浴休息，这一天太过劳累伤神。辜龙还有事情要处理，把书玉安置妥当后便出门了。

半夜，书玉被楼下的争吵声吵醒，睡眼惺忪地推开门，扶着木质的栏杆向下望去。

天井里，程瑜正和用人争执不休，看到书玉后大喜过望："阿玉姐姐！"

她几步并作一步跑上楼来，一把抓住书玉："我知道错了，阿玉姐姐，我不该烧那件旗袍，我没想到会起火啊……我真的不是有意的，原谅我吧……"

程瑜看着书玉，只盼她心软放过自己。原以为以她父亲的能耐，放火这样的小事，最多拿钱堵人口。纵然烧死人又如何？镇里人一向胆小怕事，谁会告官？就算告官，她父亲也有的是人脉。谁知这次父亲如临大敌，一巴掌掴在她脸上："混账，你可知谭书玉是什么人？你以为她是青河镇那老太的孙女？她虽双亲早亡，可爷爷和外祖父仍在北方任职，位高权重，岂是你能得罪得起的？那老太只是她的乳娘，她双亲去世后曾有相当长一段时间寄养在青河镇。还有你知道谭书玉嫁给了谁？”

程瑜呆住了：“她……结婚了？”

“她的丈夫是辜龙！”

程瑜如遭晴天霹雳。

“你以为辜先生只是普通的商人？你可知道他在上头担任什么职务？我费尽心机讨好他却全毁在你手里……程家完了，我怎么养了你这么个没用的东西？”

书玉静静地看着程瑜：“火是你放的？”

“我……”程瑜眼神游移。

“你想烧死的是我吧。”

程瑜慌了：“不……”

“你喜欢辜龙。”简短的肯定句。

“我……”程瑜慌不择言，“我不知道你是他太太，我……”

书玉看着她，摇了摇头：“不必跟我说理由，我没兴趣听借口。我累了，你走吧。”

“我不想坐牢！”程瑜一把抓住她。

“放手！”辜龙从大门外疾步走了进来，程瑜被吓到了，下意识地松开了抓着书玉的手。

辜龙揽过书玉，叫人把程瑜架了下去。程瑜被拉走时还在喊：“阿玉姐姐，放了我吧，我不想坐牢……”

书玉心里有些不好受：“都是我不好，不该跟你闹脾气，不该一个人偷跑回来……如果我等你一起回来，一切就不会发生了。我不敢想象你和阿姆如果没能从火里出来我该怎么办……”

辜龙轻声安抚：“不是你的错，程家小姐被娇纵惯了，她不看上我，明天还会看上其他人；不烧你的房，也会烧其他人的房。我们替人承了灾，这叫拯救苍生。”她破涕为笑。

辜龙抱起书玉，往卧室走去：“乖，别胡思乱想，好好睡一觉，一切有我。”

不知不觉中，入秋了。

书玉忙里忙外，花了大半个月把青河镇的新家按自己的喜好又重新布置了一番。辜龙看她兴致勃勃的样子，不由得觉得好笑：“以后我可不敢多买房子了，若每置一处房产你都事必躬亲，那不是要把你累坏。你累坏了，我岂不是要心疼死？”

书玉撇撇嘴：“我就喜欢，你要怎样？”她正踮着脚往窗棂处贴自己剪的花样，怎奈身高不够，怎么也贴不好。

“那让我也来帮忙好不好？”辜龙一把扶住她，无奈地道。

书玉转过头，把花样往辜龙手里一塞，指了指窗棂一角：“这个，贴那里。”他摇头失笑，不过还是乐滋滋地听从老婆的指示。

“左边一点，右边右边……”

“老婆，你拿我寻开心吧？已经很正了……”

“哪儿有，明明歪了。”

“那这样？”

“喂喂，你干吗，好好干活，不许动手动脚！”

“玉，阿龙，该吃饭了。”

书玉一把推开辜龙，往门边的老人跑去：“阿姆，你看他，什么都做不好。”

辜龙摸摸鼻子，觉得甚是无辜。老人佯怒地拍了拍书玉：“好好的，又欺负阿龙作甚？”

书玉撇撇嘴，似乎委屈得不得了。自从辜龙把阿姆接来住了以后，阿姆次次都向着他。

辜龙赶紧搂着书玉：“走走走，吃饭去，吃完饭带你出去走走。”

午饭后，辜龙揽着书玉，漫步在青河镇的石板路上。

青河镇依旧是老样子，似乎数月来发生的点点滴滴都是梦幻泡影。走着走着，前方出现了一座荒废的洋宅。几个月前，这里还人声鼎沸，接待外使。然而如今，这座青河镇曾经唯一的大洋宅已人去楼空，繁华不再。

就在两个月前，程老板被告非法集资，一摞一摞的证据被整理了出来，定罪是板上钉钉的事了。有人曾说，只怕这程老板得罪了什么人，被翻了旧账。

短短一个月，程家迅速垮了。整个青河镇的人都在传，程家完了。更为雪上加霜的是，程家那娇纵的小女儿竟涉嫌纵火。人证物证齐全，程大小姐很快被送进了监狱。然而令人不解的是，一个月后，就在程家已经连渣都不剩了以后，程小姐却被放了出来。据说，有人保了她出来。可是程家什么都没有了，怎么会有能耐把女儿弄出来?

有传闻说是程老板早先让女儿勾搭了哪里的富商，硬是求那富商把程小姐弄了出来。程瑜勾没勾搭上富商，书玉并不知道。她只记得那个大雨滂沱的傍晚，浑身湿透的少年跪在她家窗下求她："书玉，放过小瑜吧。我知道她犯了大错，但是她年纪还那样轻，还没走出青河镇看看。让我替她坐牢吧。"

书玉坐在窗内，手里捧着一杯热茶。她叹息："她有权势过人的父亲，还有你这样的哥哥宠着，也难怪骄纵。倘若我不是谭书玉，只是普普通通的李书玉、赵书玉，那就算活活被烧死也没有人管了？她年纪轻，却为何心肠这样狠？她既做得出来，怎么就没有胆量承担？你这个做哥哥的还有脸说出替她坐牢这样的混账话？！"

少年的脸一阵红一阵白，一时不知该说什么。

"你回去吧。"书玉说。

少年似乎没有听到，依然长跪不起。

窗外雨声不断。窗内人微不可察地叹了一口气。

当夜，书玉在床榻上问枕边人要不要网开一面，得饶人处且饶人。谁知辜尨哼了一声，似乎极为不悦。书玉悻悻地闭了嘴，也不好再说什么。

一个月后，程瑜就被放了出来。书玉想，辜龙到底是手下留情了。

程老板后来似乎重病一场，掉了半条命。程家小姐被放出来后竟痴傻起来，也不知在牢里经历了什么。一场绵长的大雨后，程家人从青河镇消失了。

书玉渐渐收回思绪，一抬头发现他们已走到阿姆的老屋前。老屋已被烧成灰烬，但老屋旁的那棵老槐树还在。她不由得想起初来青河镇的那三个月的每一夜，树下一直有人安静地站着，不知疲倦地守着她。

其实，她是知道的。夜深人静时，她会趴在窗口，偷偷看树下的他。有时一不小心睡着了，醒来已晨光熹微，树下的人早已走了。每一夜，她在屋里，他在屋外，她喜滋滋地看着他，偶尔也会心疼。

想着想着，书玉忍不住笑了起来。她捅了捅身边的男人："你知不知道，其实每天晚上我都在窗里看着你呢。"

辜龙看她笑得得意，不由得捏了捏她的鼻子，无奈道："我怎么不知道？老木窗打开的声音那么响，你以为我是聋子吗？不过啊，你真是狠心，看我在你窗下站了三个月，也不知道请我进屋。"

书玉瞪大眼睛，这怎么可能？辜龙好笑地搂着她，他笨笨的小妻子啊，要让他操多少心。

"喂，"书玉忽然正色，"以后我不跑了。"

"哦？为什么？"

"因为，一个人跑好没意思。"

"嗯，所以以后乖乖待在我身边，好不好？"

夕阳渐渐沉下山峦。

余晖在青石板路上投下长长的影子，长得仿佛一辈子。

第一个故事

·

# 戏子楼

## —— ○ Chapter 1　头牌明月

暮春时节，青河镇依旧带着冬日的冷。

雨后初霁，书玉挑开帘子，抱着几本语文课本从屋子里走出来。迎面走来一位慈眉善目的长衫老者，笑看书玉道："谭老师，这个班可好带？"

身后的屋子里依旧满是孩子们嬉笑玩闹的声音，书玉淡淡一笑："好带，再没有比这些孩子更可爱的学生了。"镇子里的孩子家境多贫寒，却也独独拥有城市孩子没有的质朴和纯真。

"谭老师费心了。代我感谢辜先生。若没有他，这些孩子便没有地方上学了。"说罢冲书玉鞠了一躬。

书玉连忙扶住他的胳膊："林老，您这一礼，玉当真受不起。"少不受长者礼，更何况是这样一位德高望重、心系家国的老一辈知识分子。

"谭老师——"远远传来门卫阿伯的声音，"接你的人来咯！"

林老微微一笑："下课了，你先走吧。"那一副了然的神色让书玉不由得红了脸。

正说话间，小院的门廊处走进一个人来。那人身材颀长，穿着一身黑色长风衣，气质出众。书玉与林老道了别，脚步轻快地向那人走去。快到门廊时，她加快了步伐，怎奈泥地湿滑，她险些摔倒。

这一跌却跌入了一个厚实的怀抱。耳边响起那人带着笑意的喟叹："这样急不可耐地投怀送抱，实在让我受宠若惊。"

书玉反击道："这样道貌岸然的斯文败类，实在——"

"实在什么？"

书玉转了转乌溜溜的眼珠，继而一本正经道："实在让我喜欢得紧。"

辜龙收紧了扣在她腰上的手，朗声大笑。书玉亦忍俊不禁，突然想起身后林老还看着，她连忙去掰腰间的手："欸，快放手，影响不好。"

"怕什么？"

书玉下意识回头，已不见林老的身影。然而，教室的窗户上却挤挤挨挨地探出好几个小脑袋，扑闪扑闪的眼睛好奇地盯着书玉和辜龙。

书玉觉得不好意思见人了，把头埋进了辜龙的风衣里，咬牙切齿地道："你毁我师德。"

"回去任你罚。"辜龙无所畏惧。

甫一回到宅子，两人便听门房处的杨叔道："先生，有你的信。"

书玉好奇地接过一看，是南京寄来的。她看了看辜龙，神色复杂。辜龙拆开信，快速地看完，道："子峘要我速至南京。"

书玉张了张嘴，最终却一句话也没有说。偷来的小半年清闲，果然还是到了头。

"我也去。"她说。

"不行。好好待在家里，等我回来。"他使尽千般手段才令她从那个旋涡中脱身，又怎能把她再带回去？他的女人，只需坐在一方静谧庭院做她想做之事，外面的天自有他来撑。

“你小看我！”

“我哪里敢小看你？”她是总能牵动他情绪的人，他护在手心里珍之重之都来不及，哪里敢小看？

第二天，天刚蒙蒙亮，书玉便听到枕边人的响动。她要坐起身来，却被他阻止了：“再睡一会儿。”

书玉不依，披着一件单衣便要起来帮他穿衣。每一次缠绵过后，总是他替她穿衣；每一次他要远行，总是她替他打点行装。辜龙拗不过她，听话地把手张开，任她摆布。待她为他穿戴完毕，他便顺势把她搂在了怀里：“不要送我。”

书玉乖巧地点点头。每一次远行，一定不要相送。就好像心里珍重的人不过是清晨出门小小散步了一圈，午时便会归家。

待辜龙登上游轮时，天已大亮。接下来的半个月，青河镇该是一派明媚之景吧。那么南京又会是怎样的天气呢？辜龙压了压帽檐，神色莫辨。良久，他才发出一声轻叹。

才刚离开，就已开始思念。

“今天的课就上到这里吧。”书玉合上了课本。

有孩子跑上讲台，激动地道：“谭老师，接您回家的人已经在院子里等着了。”

书玉一愣。辜龙已赴南京，此时断然没有来接她的道理。纵然知道那个人突然回来的可能微乎其微，但她仍快步走出了屋子。

看到院子里的人，她心一紧，有些失望。那是一个年轻的男人，眉目清秀，气质上佳，一身驼色西装更是衬得他温润如玉，书生气十足。

“书玉，好久不见。”男人看着她，笑得谦和，“没想到辜龙把你藏在这么个山灵水秀的地方。”

书玉莞尔：“贺子池，你来这里做什么？这里屋舍简陋吃食粗糙，哪里是你这种公子哥待的地方。”

贺子池笑得更开怀了：“不嫌弃，把辜龙给你安排的屋舍吃食分我一点，我就心满意足了。”

书玉轻哼一声：“你的如意算盘打得倒好，你兄长叫走了我丈夫，你又来我这里蹭吃蹭喝，合着来挤对我们夫妻俩？”

贺子池摸了摸鼻子：“别把我和贺子峘扯在一起。书玉，回来吧。我们不能没有你。”

“我早就退出了，现在我是一名教师，一屋子的小孩子等着我给他们上课。”

“以你的性子确实甘心屈才过这样的日子，但你想过辜龙吗？你知道子峘要辜龙去南京做什么吗？”

书玉不语。她并没有看那封信。

贺子池道：“当初被盗的五份书函并没有全找回。最后一封遗落在南京。本来辜龙半年前就该赴南京查找那封书函的下落。”但辜龙却因她来了青河镇，并盘桓在此半年之久。

书玉嘴角一勾：“你想让我愧疚？贺子池，你这番激将法使得委实不够高明。我的丈夫我能不了解？半年前辜龙既然离开，那么必然已将诸事安排妥当。我倒好奇到底是谁接了这个任务却完成不了，还要累我丈夫去南京。”

一番话说得贺子池脸上红一阵白一阵。书玉细细地观察他的面部表情，倏而一笑：“不要告诉我，那个人就是你。”贺子池忍不住咳嗽起来。

“说来也是，”书玉抱臂思索，“你的口才与思辨能力不算出色，竟被派来劝说我回归。谁都知道违背辜龙的意愿来我这里绝不是件轻松的事，却偏偏派了你，想来是走投无路不得不拉个替死鬼来受气。若要说当替死鬼，再没有比任务失败的人更合适的了。我说得是也不是？”

贺子池苦笑：“许久不见，你还是一样伶牙俐齿，我甘拜下风。但这一次的任务真的很难，我们必须封锁所有的消息，因此也无法光明正大向上头借人。你不来，我相信以辜龙的能力一样可以把事情办妥，但他要花更多的精力。你知道，没有人等不起。”

久而生变这个道理，再没有人比书玉体会得更透彻了。

贺子池盯着默不作声的谭书玉，心里愈发没底。到底该如何游说才能让这尊大佛愿意出山呢？情急之下，他口不择言：“你去助他，也好早一点完成任务，你们就可以早一点回来了。”

书玉却没有说话，撇下他径直走向了院子的出口。贺子池急了：“你要去哪儿？”

“既要出发去南京，总得先向家里道个别。”

这是……答应了？贺子池心里一阵雀跃。居然成功了！他成功地说服了谭书玉！然而他还是百思不得其解，到底是哪一句话说动了她？蓦地，他想起自己哥哥贺子峘曾说过的话：“若要劝动谭书玉，旁的理由统统不要，只要一个辜龙，足矣。”但贺子峘在这句话后又接了一句：“但是没人敢用这个理由，因为没人能承受得起辜龙的怒气。”

贺子池双肩一塌，已经预见了自己悲惨的未来。

半年来生活在青河镇，此刻到了南京，书玉竟觉得与都市有了隔阂。

眼前是一幢古色古香的戏楼。仿明代的建筑，却又画蛇添足地加了许多富丽堂皇的设计，虽看着美轮美奂，但在书玉眼里有些不伦不类。

这是这座都市最奢华的销金窟。有钱尚不足以进去，唯财富与地位并重的人士方可入内。书玉讥诮地望着戏楼匾额上的“乡关月明兮”，转头问贺子池：“就是这里？”

贺子池点头：“对，最后一封书函应该就在这月明楼内。”说话间，他见书玉大剌剌地就要往里走，连忙上前拉住她，“你干什么？不回总部一趟？大家都很想你，组长也很想你。”

“哦，你的意思是让我休息一天，然后叫组里的人给我摆桌接风宴？”贺子池刚要点头，却听眼前的女子道，“接风宴不必摆了，我又没有回归组里的打算，此番我来只是为了协助辜龙。”说罢就要往楼内走去。

“那也不能就这么进去啊。”

书玉一愣，这才想起今日为了方便赶路，自己只穿了简单样式的风衣。这月明楼如此排场，只怕她还没跨过戏楼的门槛便会被撵出去。

“是我疏忽了，先去最近的成衣坊吧。”

待书玉从成衣坊内走出，连阅人无数的贺子池也愣怔了几秒。

天青水色旗袍勾勒出女子优美的曲线，领口处恰到好处地露出了女子白皙的颈项和精致的锁骨。雪白的狐尾小袄搭在她的双臂间，更衬得整段手臂肤如凝脂。因时间短促，书玉只盘了一个简单的发髻，纵是如此，亦掩盖不住她骨子里流露出的气质。

书玉走过来，自然而然地挽住了贺子池的胳膊。贺子池一晃神，心跳竟不争气地有些加速。他轻咳一声，掩饰自己的尴尬：“这样好吗？”

书玉有些不明白：“好什么？不好什么？难道你要我一个人孤零零地走进去？”

贺子池登时了悟，若书玉孤身一人入楼，只怕要被当作戏子，引起不必要的麻烦。他居然被美色所蛊惑，硬生生想歪了。实在丢人。

月明楼内，光线昏暗。一楼大厅内的戏台子上正有两位小旦咿咿呀呀唱着曲子，台下稀稀落落坐着几个男人，从着装判断都是当地的名望人士。

然而，一楼的公共大厅永远也不会有真正的名门望族。真正的大人物都在楼上的雅座内，每一个雅座内自有单独的戏子为来宾唱曲。楼层越往上，环境越清幽，戏子的叫价越高，来宾的身份亦越高。

书玉进楼时已引起一楼小小的骚动。她毫不在意，旁若无人地引着贺子池往楼梯处走。走到楼梯口，他们便被一位小生拦住：“先生，小姐，请出示预约函。”

贺子池微微一笑，递上一张名片。小生立刻换上了恭敬的表情：“贺公子，请。”

“我们这是要去哪里？”贺子池忍不住问。

书玉已松开他的手臂，拾阶而上：“你不是说，那封书函很可能在月明楼的头牌手里吗？我们便直接找她去。”

贺子池吓了一跳：“你就这么找上门去，不怕打草惊蛇？”

书玉笑了：“你以为，她不知道你们在找她？”

贺子池说不出话了。

“月明楼头牌哪里会是个纤纤弱女子？你们这般隔雾看花，她也顺水推舟陪你们打太极，活该你耗在这里半年还一无所获。”

贺子池只能苦笑，书玉三两句话就道尽了他半年来的困顿，他的面子实在挂不住了。

经过三楼时，里侧的包厢忽然走出了几个西装革履的男人。为首那人一看到贺子池，热情地走了过来，握住他的手激动道：“赶巧，贺贤弟也在这里，进来一叙吧。韩先生也想见见你。”

贺子池张了张嘴，正要回绝，却在听到“韩先生”三个字时生生把要说出口的话咽了下去。书玉若有所觉地看了他一眼。

为首的男人这才看到了书玉，说：“这位是贺贤弟带来的？一起进来吧。”

书玉淡淡一笑：“先生，您误会了。我家主子要我来找月明楼的头牌。”

贺子池听罢，不由得暗暗赞叹。书玉这话虚虚实实，旁人听来以为他与她毫无瓜葛，可若日后要追究起来，又无法从她的话里揪出半分不妥。她只说“您误会了”，至于那个男人误会了什么，那就是那个男人的事了。况且，她提月明楼的头牌，只怕是要借机诈一诈眼前的男人。

男人不由得多看了书玉两眼：“倒是懂进退的丫头。你们家主子是？”

书玉垂眸：“我家主子是上头身边的红人。”点到为止。

话一出口，不仅震住了那男人，亦惊到了贺子池。好一个谭书玉，说话不露半分破绽。

那男人显然被书玉吓愣了神，还未来得及开口便听书玉又道：“请问先生今日可有见到月明楼的头牌？”

男人这才回神：“今日明月姑娘应是在阁楼接客吧。”

等的就是这句话。书玉点点头，看也不看贺子池，转身便往走廊另一头走去。贺子池想要追，却发现此时的境况万万不允许他追上去了。

身后，包厢的门开了。贺子池就着男人的手势，进了包厢。包厢内的屏风旁站着一个年轻的伶人，而厢内唯一一处小案后坐着一个男人。那人穿着一身黑色立领西装，领口微张，露出脖颈处悬挂着的古铜色十字架。

贺子池上前道：“韩先生。”

男人点了点头，示意道：“坐。”

贺子池忽然有些心虚。刚刚包厢的门并没有关上，那么书玉刚才说的话只怕被这位韩先生尽数听进了耳里。自己要伤一番脑筋了。

三楼的走廊静悄悄的，沿途的墙壁上每隔两步便悬挂着一幅画。西洋画、国画都有，书玉还看到了几幅苏绣。她轻笑了一声。月明楼的主人当真是个附庸风雅的人物。

正走到楼梯口要向四楼而去时，书玉听到左手边的包厢内传来一阵巨响。继而包厢的门大开，一张凳子从里间扔了出来。

跟着凳子一起出来的还有一个女人。那女人挣扎着坐起，一抬眼便看到了几步之遥的书玉。两人都是一愣。

那是一个相当美貌的女子，标准的瓜子脸，柳叶眉，丹凤眼。未施粉黛的肌肤如同上好的瓷器，一头乌黑的长发散开来，纵是以如此落拓的姿态出现，也不见一丝狼狈，更显得我见犹怜。

书玉心下感叹，出水芙蓉，说的就是这样的绝色。

下一瞬，门内蹿出一个满身酒味的青年人。那人正要抓向地上的女人，却在看到一边的书玉时顿了顿。

“你是谁？”青年好奇地朝书玉走去，“哟，长得倒不错。”

书玉冷冷地盯着那个青年，啪地打掉他意欲图谋不轨的手。

“还很泼辣。”青年舔了舔嘴唇，“小爷喜欢。”

地上的女子紧张起来，抓住青年的裤腿，冲书玉轻轻地摇了摇头。青年被阻住步伐，不耐烦地伸脚要踹地上的女子。书玉眼疾手快，顺势抓着青年那只还未来得及收回的手，一借力，来了个利落的过肩摔。青年踢人不得，反而自己摔了个大马趴，正骂骂咧咧地要站起来，却又被书玉一脚踢中了命根子，硬是起不来了。

书玉蹲下身查看女子：“有没有伤到？”

那女子怔怔地盯着书玉，双手捂紧了竖领，下意识把脖子护得严严实实。书玉暗忖，估计是自己刚才对付青年的动作太野蛮，吓到了眼前的女子，于是俏皮地吐了吐舌头：“你别怕，我不会伤害你。其实，我也只会那两招。再多的就不会了。”多亏辜尨逼着她练了点防身术。

书玉还欲安慰安慰受惊的女子，谁料略一抬头却发现走廊中央的一个包厢外竟站着一个人。

那人倚门而立，不知看了多久。隔得太远，书玉辨不清他的容貌，只依稀看见他的脖子上挂着吊坠，那吊坠在走廊的灯光下闪着古铜色的幽光。他见书玉望来，便转身打开包厢的门，消失在了书玉的视野中。

怪人。书玉撇嘴。

“谢谢。”微弱的声音响起。

书玉回神，看向面前的女子。女子的声音很好听，大抵是久练戏曲的人才能拥有这样雌雄莫辨的嗓音。

“不客气。”书玉笑了笑，“能走吗？我送你回包厢。”

女子推开书玉搀扶的手，自己站了起来。她看向书玉，道：“我想唱一支曲，送给你。我只会唱曲，你不要嫌弃。”

书玉原想推辞，却又改了主意：“好，你唱给我听，我当你的观众。”

包厢内，女子一甩水袖，张口便来了一曲《桃花扇》。

小案后的书玉原本漫不经心，然而当女子唱响第一个词时，她下意识地直了腰杆。

这唱腔，这功底，竟不输她家两个老头子请来的戏曲大家。更令人惊异的是，这女子一人分饰两角，愣是把侯方域和李香君这两个人物同时撑了起来。

台上，没有了梨花带雨、饱受欺凌的弱质女子，独留才华横溢、烈性刚刚的李香君与满腹诗书、情深意重的侯方域。女子身后的屏风上恰好绘的是怒放的桃花，这样的意境之下，竟令书玉忘却了周遭的一切。

一曲毕，书玉才回过神来，兴奋地鼓掌：“唱得太好了。不输任何一位大家！你好厉害啊！”

女子红了脸，目光灼灼地盯着书玉，欲言又止。

一首曲子听得书玉忘了时间，这才想起正事：“哎哟，时间不早了，我要走了。”

女子愣了愣，眼里有浓浓的失落蔓延开来。

书玉起身，忽然想起什么，便问：“你知道在哪里可以找到明月姑娘吗？”

女子神色迷茫。

“我找她有事，你知道她在哪里吗？”书玉问，“不知道也没关系，我自己去找就好。我先走了。”书玉边说边往门口处走。明月是月明楼的头牌，自然神龙见首不见尾，不是什么人都有机会见到她。眼前的女子既然只能在三楼唱曲，想来也是见不到明月的。

“等一等。”

书玉回头，那女子看着她的眼，问：“能告诉我您的名字吗？”

“书玉，谭书玉。书中自有颜如玉的书玉。你呢？”

“方蹇。”

书玉一愣，这个女子的名字好生古怪。半晌，她扯起一丝笑：“方简，删繁就简，是个好名字。”

女子摇摇头：“是‘驾蹇驴而无策兮’的‘蹇’。”

书玉又是一愣，她没有想到女子的名字原来出自《楚辞》，更没有想到是这个“蹇”字。怎么会有人取这样一个名字?

出了包厢，往顶楼而去时，书玉的脑海里依然回荡着方蹇的最后一句话：“谭小姐若有空，便常来听我唱曲吧。方蹇此生从未遇到如谭小姐这般的知音。”

这话若叫寻常人家听去，必然觉得荒诞无比。不过是卖笑的伶人，哪里有资格谈知音？彼时，书玉却肃然起敬。她许了承诺：“好。”披着清高外壳的享乐之地，竟能有这样的女子，月明楼当真不能小看。

顶楼便是月明楼最奢华之处，非大富大贵、身居高位之人无法消受。阁楼只有一个包厢。书玉想也不想，推门而入。门内的装潢果真非下面楼层附庸风雅的风格可比。包厢内的每一处布局饶是连书玉也挑不出半点毛病。

书玉正要在心里称赞上几句，然而看清小案后的两人后，她登时什么好心情都没有了。

小案后，坐着两个男人，相貌都极其出色。左边那位勾住了书玉的心神，那眉眼和面部的轮廓，无一不是书玉最爱的模样。

那男人面前跪坐着一位美丽的伶女，正惊诧地瞪着破门而入的书玉。书玉劈手便夺下了伶女将要敬给左边那个男人的酒，仰头喝下，喝完后道：“也不是什么名贵的佳酿嘛。你就是大名鼎鼎的明月姑娘？也不过尔尔。”还没有方蹇生得好看。

那伶女险些被书玉吓得落下泪来：“我……我不是……明月。”

坐于左手边的男人看到书玉喝下酒后，面色沉得难看。他站了起来，夺下她手里的酒杯，箍住她的腰，目光里满是愤怒：“谁带你来这里的？”

书玉有些愤愤不平，他还有理了？！

辜龙却不看她眸中的怒意，转头看向小案后的另一个男人。淡然如贺子峘也在辜龙要杀人的目光中败下阵来，心虚地别开了视线，同时心里暗骂贺子池成事不足败事有余。

书玉依然被辜龙抱在怀中，她又气又恼，还有几分委屈，她的冷静自制在见到他的瞬间早就分崩离析。

突然，她觉得一阵头晕，浑身燥热，她这才觉察出不对来。只喝了一杯酒不至于让她这样啊。

酒里有药。难怪辜龙那么生气。

她却更生气。

蓦地附上他的耳，她咬牙切齿道：“你……你明知酒里有药，是准备喝下去让那伶女给你解吗？”真是气死她了。

地上的伶女过来扯辜龙的衣摆：“先……先生……”却被他随手一推再度跌倒在地。

贺子峘清楚，辜龙对除了书玉以外的女人没有怜香惜玉的意思，于是以眼神示意伶女速速退下。

辜龙脱下外套裹在书玉肩头，打横将她抱起。贺子峘紧随其后。三人下至第三层楼时，走廊上的一间包厢内几人鱼贯而出，其中就有贺子池。

贺子峘连招呼也不想跟自家弟弟打了，只丢给他一个眼神，让他赶紧跟上，不要在这里丢人现眼。贺子池迅速读懂了兄长眼中的鄙视，冲斜后方一人说了几句话后，便默默向他们走来。

贺子池这一动便将他身后的那人完全展露在辜龙等人眼前。

那是个高大而神色阴鸷的男人，如鹰般的目光越过人群，直直对上走廊尽头的辜龙。辜龙与那道目光对上，毫无惧色。

许久，那个男人开口了："辜龙，久违。"

辜龙嘴角一勾："韩擎，你还是老样子。"

"不向我引见一下这位？"韩擎的目光扫向了辜龙怀里的女人。

书玉从辜龙的外套中探出了半个脑袋。她的视线已经模糊，隐约觉得眼前这人有些眼熟，但实在想不起在哪里见过。她脑仁一跳一跳地疼。想不起便不去想了，反正是无关紧要的人物。

辜龙抿了抿唇，吐出两个字："内子。"

韩擎笑了："我以为你这辈子都不会看女人一眼，却不想你竟早早娶了妻。"

辜龙没说话，准备转身离开，却又听韩擎道："辜龙，好福气。"接着，他的目光毫不掩饰地落在了已神志不清的书玉身上。

辜龙冷冷地看着韩擎："谢谢。"

众人先后离去，走廊又恢复了寂静。

## —— ○ Chapter 2　抽丝剥茧

清晨窗外传来阵阵鸟鸣，窗内人却依旧贪恋枕席间的温存。

书玉被透过窗帘缝隙射进的阳光刺了眼，嘤咛一声下意识便往枕边人怀里钻。辜龙闭着眼，准确无误地将书玉揽过来，吻了吻她的眼，接着如往常那般用下巴一下一下摩挲着她的发顶，直至听到她迷迷糊糊的嘟哝声才作罢，心情大好地继续睡去。

前堂，贺氏兄弟已等了一段时间，手边的茶水凉了又换，换了又凉了。几番折腾下，辜龙和书玉依然没有出现。

贺子池以肘碰碰他的兄长："你说，辜龙这是不是因祸得福？"

贺子峘看他一眼："我劝你做好心理准备，下半年你是无法安生了。”

贺子池哀愁地摸了摸鼻头：“哥，我可是你的双生弟弟。”

“没有你这么笨的弟弟。”

两人一直等到了中午才见到了相携着出现的辜氏夫妇。辜龙只披着一件家常外套，里面是薄薄的手工针织衫。书玉着一身棉布长裙，外搭一件短罩衫。辜龙自然而然地揽着书玉的腰，淡淡地与贺子峘打了个招呼。

贺子峘将目前的情况告知书玉后，她一脸惊愕：“什么？你的意思是，没有人知道谁才是明月？”

书桌上放着一摞画纸，每张纸上都绘着一个女子，每个女子的样貌都不相同。贺子峘道：“这是根据见过明月的客人口授还原的画像。可是，还原出来的画像没有一张是相同的。”

“你确定他们见过明月？”书玉怀疑。

贺子池答：“错不了，我拿到了月明楼的待客记录，上头确确实实记录了这些人花重金见过明月。”

贺子峘笑道：“不少人以能见到明月标榜自己的身份和地位，故而就算见到的不是真正的明月，他们也不会声张。”

“所以，我们怎么找？”贺子池颓丧地看了看眼前的三人，“我们只知道拿着第五封信函的那位生前最后见的就是月明楼里的头牌，但没有人知道谁才是真正的头牌……”

书玉忽然想起了什么：“情报上说携带信函的人生前见的最后一个人是月明楼里的头牌，却没有说是明月。”

贺子池不解：“有区别吗？月明楼的头牌不就是明月姑娘？”

一直沉默着的辜龙忽然道：“月明楼的头牌是怎么选出来的？”

贺子池好半天才道：“好像……就是这么叫出来的，至于具体怎么来的，不知道。”

四人无一例外沉默了起来。月明楼的头牌是明月，这是通过月明楼内部得知的，故而这个消息本身就存在一定的可疑性。又因为月明楼并不是所有人都能去的，因此月明楼对大众而言是一个摸不着的存在，坊间也无从得知月明楼的头牌姓甚名谁。换言之，月明楼想要头牌是谁，那么头牌便是谁。

书玉做了一个大胆的猜测："你们说，月明楼的头牌有没有可能不止一个？"

辜龙低头看了她一眼，道："打着明月的头牌名号，事实上以不同的伶人来招待？"

书玉点点头，语气有些兴奋："不错，从月明楼经营者的角度来看，这种方式确实会给月明楼带来巨大的收益。"这也解释了为何每一张还原出的明月画像都不相同。

贺子池一拍手："我怎么没想到！"

贺子峘皱眉："如果这个假设成立，那么我们的搜索范围就要增大了。月明楼内的每一个伶人都有可能是明月。"

"不必。"辜龙轻轻叩了叩桌子，"我们要找的明月不在这些画像当中。"

书玉点点头："不错。这些明月接待过的客人，身份都不够高。"

贺子峘也迅速反应过来："月明楼统共三十六位伶人，有资格在三楼以上接客的共十三位，除却画像上的九位，还剩下四位。"

贺子池又拿出四幅画像："就是她们。"云月、水月、芙月和蕖月，四个风格不同的美人，非先前九张画像中的女子可比。

贺子池有些激动："那我们先从这四位一一入手？正好我们也是四个人，一人负责攻破一个？"

"四个人逐一攻破太慢了。"辜龙道，"一次便把她们都约下。"

贺子池从委屈中回过神来："这样是不可以的。按月明楼的规矩，一个人最多只能约两位上等伶人，而且只有被明月接见过的熟客才有点两个伶人的特权。这样的人我们上哪儿找去？还一次性得找俩。"

贺子峘思索了一会儿，道："我倒是知道一位符合条件的人，而且他恰巧近日就在南京城。”

“谁？”书玉好奇。

贺子峘看了一眼辜龙，答：“韩擎。”

韩擎？书玉在心里默念这个名字。好耳熟啊，在哪里听过？

“对啊，昨天我在月明楼还见到韩先生了，”贺子池语气欢快，“那么另一个人呢？在我们熟识的人中还有谁被明月接待过，而且这个人这段时间恰巧在南京城？”

一时间，室内再度陷入沉默。

半晌，辜龙开口了：“我知道一个人。两年前他约见过明月，此刻人就在南京城。”

书玉问：“那个人是谁？”

辜龙望着她的眼，平静地道：“我。”

月明楼，摘星阁。月明之颠破云翳，云翳散处可摘星。

今日摘星阁内出了点小骚乱。原本由一位贵客订下的房间竟被外人硬闯了进去。当班的小生却对硬闯之人一筹莫展，不敢拦也拦不住。谁让那不速之客是一跺脚整个南京便抖三抖的韩三郎？然而订下摘星阁的也不是个好相与的主。手腕通天的辜先生谁又得罪得起？

摘星阁内，一身浅灰色长风衣的辜先生慵懒地坐在小案后，一下一下啜着杯里的酒，并不理会骚乱。他的右手边坐着一位年轻人，浅青长衫，深栗色毡帽，举手投足间一派世家风流，容貌虽隐在帽檐下看不真切，然气质竟不输给辜先生。再往下首便是近半年来月明楼的常客，贺氏兄弟。

小阁内搭着一方小戏台，台上立着两位身穿水袖长衫的美人。一位娇憨可人，一位冷艳清高。两位美人都停了弹唱，静观阁内之变。

韩擎双手插兜，眼神里透着冷意：“我道谁点去了云月和芙月，原来是辜先生。”

辜龙看了看韩擎，勾起唇角：“韩先生好艳福，有水月和蕖月两位美人作陪。”韩擎身后的两位盛装伶人可不就是月明楼四大青衣中的水月与蕖月。

“明明我先前已订下了摘星阁，怎么却与辜先生冲撞了？”

辜龙淡淡地道：“是不是订了，看看月明楼的待客单不就好了？”

韩擎点了点头，看了一眼瑟瑟发抖的小生：“去把你们的待客单拿过来。”

小生瞬间吓软了腿：“是是是……这就去拿。”说罢忙不迭地往门外跑。韩擎身后的几位手下也悄无声息地跟了出去。

不到半炷香时间，小生便拿着待客单小跑了进来。他战战兢兢地双手奉上待客单：“先生您看……”

今日订下摘星阁的名单中没有韩擎。

“原来是我搞错了。”韩擎也没发火，“辜先生，先前对不住了。”虽说的是道歉的话，那姿态和语气却没有半点服软的意思。

辜龙毫不在意：“无妨。若韩先生不嫌弃，辜某便与韩先生共享这摘星阁，不知韩先生意下如何？”

韩擎一笑：“辜先生都开口了，韩擎哪里还敢多言。何况云水芙蕖四位美人同台唱曲的情景可不多见，托辜先生的福了。”说罢坐在了辜龙与青衫年轻人中间。

一旁的小生险些喜极而泣：“是啊是啊，和气生财和气生财，两位先生都是好福气，云月过些日子便要离了月明楼嫁作人妇，这可是最后一次登台唱曲了。”

辜龙却似没有听到小生的话，他皱眉盯着坐在他右手边的韩擎：“屋子里有那么多座位，你挤在这里做什么？”

“怎么，辜先生这是嫌弃韩某？”

辜龙挑眉。他还真有点嫌弃，谁要跟这地痞坐在一处？他手边的位置从来都是留给他的老婆。不过众人都看着，辜龙不好发作，只得伸长手臂拉住那青衫人，道：“玉，坐到我这边来。”

谁料青衫人一掌拍掉辜龙的手，冷冰冰地道：“这里挤得慌，玉怎敢和辜先生比邻。”一边说一边起身往贺子池的方向走去。

一旁的小生不禁瞪大了眼。这年轻人胆子真大，居然敢打辜先生！

贺子池看着越走越近的书玉，不由得暗叫不好。完蛋了，若是此刻书玉在他身边落座，他这辈子都要被辜龙搅得不安生了。自从昨日辜龙自曝点过明月的牌子，书玉就不对劲。

想到这里，贺子池低呼一声，一个不小心便把一壶酒都洒在了身旁的坐垫上。他手忙脚乱地拿纸要擦座椅，又带倒了另一壶酒，连带贺子峘身边的坐垫也遭了殃。贺子峘淡淡地瞥了一眼贺子池，脸上破天荒地露出了几分赞许的神色。

书玉似笑非笑地看了贺子池一眼，道：“贺公子，您洒的这两壶酒可不便宜啊。”

贺子池连忙道：“算在我账上，算在我账上。”

书玉轻哼一声，越过贺氏兄弟，径直坐在了另一边的空位上。这边，辜龙还未来得及作出反应，只听耳边韩擎道：“既然辜先生不愿与韩擎坐在一处，韩擎怎敢造次。”说着便悠闲地走到书玉身边，坐在了她身旁的位子上。

主座上，转瞬间便剩下了辜龙一位孤家寡人。

刚落座的韩擎冲书玉扬了扬眉：“好久不见。”书玉莫名其妙地看了韩擎一眼，她见过他吗？

韩擎还要说话，却被辜龙打断：“韩先生来摘星阁不是为了听曲吗？若不想听曲，请回吧。”好不客气的一句话。

韩擎却心情大好：“听，怎么不听。辜先生喜欢听什么尽管点。”

被晾了许久的四位美人中有人开口了：“辜先生，继续先前的曲子吗？”

辜龙不甚在意地挥了挥手，心里还烦躁着。

一曲唱毕，席间的男人们神色并无变化。书玉却微微一笑，状似不经意地问："云月姑娘要出阁了，玉真不知该道恭喜还是要道遗憾。少了云月姑娘的月明楼定然要失色许多。"

云月以袖遮面，悠悠道："云月可不敢当这大名，月明楼内风华最佳的自然是明月。"

书玉饶有兴趣地道："明月有多美？比起你又如何？"

云月微微一愣，瞬间脸上起了一抹红晕："云月不及明月千分之一。"

书玉一脸惊讶，又转头对着云月身侧的芙月道："那比你又如何呢？"

芙月也脸红了："若比容颜，芙月连云月姐姐都不及，哪里敢和明月比。"

水月与蕖月掩唇而笑。蕖月看向书玉，道："先生莫问了，我们四姐妹的容貌都比不上明月。"

"那么曲艺呢？"贺子峘问。

水月答："明月远胜我们四人。"

这个回答自然在预期之内，书玉看着眼前的四位美人却想到了方蹇。方蹇的容貌胜于眼前四人，唱功亦在四人之上，而方蹇享上等容貌，拥上等曲艺，却接最下等的客。

人各有命，不得不叫人唏嘘。

辜龙开口了："若集你们四人的容貌与曲艺，再比明月呢？"

这句话问得好生古怪。连韩擎都饶有兴趣地望向辜龙。

四位美人齐齐一愣，谁也不开口了。半晌，蕖月勾唇一笑，眼神讥诮："原来几位先生是奔明月而来，我们四人是入不了先生的眼了。"

美人已把话说到这份上，是男人便会起怜香惜玉之心将四位美人赞上一赞。辜龙却是个例外。他继续道："那便请明月姑娘出来吧。"

蕖月有些愠怒，水月赶在蕖月前开口道："明月身体抱恙，已许久不见客了。"

“正好，我们去探望探望明月姑娘，以表仰慕之情。”书玉不依不饶。

芙月生了几分恼意：“先生何必如此咄咄逼人。”

韩擎拍了拍手：“美人们别生气了，辜先生逗你们玩呢。既然曲也唱了，话也聊了，那我们便入正题吧。”

这句话说得席间诸人都一愣。书玉再度转头瞪着眼前不按常理出牌的男人。正题？什么正题？辜龙也不解地看向韩擎，眼神中有警告之意。

韩擎似乎毫无所觉：“自然便是请几位姑娘替我们暖床了。”

贺子池一口酒就这么喷了出来。

韩擎轻佻一笑：“今日给你们特权，让你们自己选恩客。在座五位先生，你们随便挑。”

韩擎话音刚落，书玉险些把手里的杯盏砸到他脑袋上去。席上统共只有四个男人，四位美人再怎么挑，她家的辜先生都逃不过。

韩擎淡淡地瞥了一眼身边火冒三丈的书玉，忽然笑了：“四位美人，快些挑吧。”

蕖月径直走到了韩擎面前：“韩先生，蕖月便跟您了。”语气间满满的傲气。

韩擎一口饮下一杯酒，神色暧昧：“我就喜欢直爽的姑娘。”

水月和芙月略略交换了眼神，竟相携着往辜龙走去。

在座五人中，若论外形，辜龙与韩擎最为出色，奈何韩擎邪气太重，辜龙这方清冷又沉稳的气质自然更得美人青睐。

“辜先生，水月和芙月但凭您的吩咐。”

贺子池忍不住低声道：“辜龙好艳福啊，怎么就没有人选我呢？”

书玉一记眼刀便甩了过去。贺子峘抚额：“你不说话没人当你是哑巴。”

最头疼的要数辜龙。平心而论，韩擎这招虽损，但的的确确是摸清四位青衣底细的良策。他自然不可能真的要美人暖床，他有的是手段让对手放下防备吐尽真言。只是，此刻他的姑娘已经气得连看他一眼都不愿意了，这让他哪里有心思干正事?

辜龙略一思索，正要招手唤书玉，却见云月走到了书玉面前道：“玉公子是个温雅之人，自然不会为难云月，云月便跟您了。”

书玉一愣，这云月好眼力，看出了在座五人中自己是最易相与的，只是，她的愿望怕是要落空了。

书玉叹了一口气：“云月姑娘，玉只是下人，虽主子们开明，但玉断断不敢顺杆上梯。贺大公子才情与品性都在玉之上，云月姑娘跟了他可比跟着玉要好得多。”

贺子峘一时不察被酒水呛了一口。

辜龙低声笑了，忽然改了主意：“辜某邀贺二公子一同，不知贺二公子意下如何？”

贺子池愣住了，随即感动地点了点头：“好呀好呀，再好不过。”

四位美人都有了侍主，便引着侍主往内厅隐室而去。

辜龙经过书玉身边时微微一顿，轻声道：“不要乱跑，在这里等我。”一句话，五分严肃，三分宠溺，两分无奈。

书玉轻哼一声，没有理会。

不多时，摘星阁内便只留下了书玉一人。若她能乖乖地听辜龙的话留在摘星阁内，那她便不是谭书玉了。

离开摘星阁，书玉顺着楼梯往下走。走到三楼时，她微微一顿。方蹇曾约她听曲，她却不知方蹇此刻在哪一间包厢。其实当日许下那承诺时她便知晓，这承诺必然兑现不了。方蹇是下等伶人，何时接客，接何人为客都做不得主，哪里有办法独自唱曲给她听?

书玉自恃特立独行，却也无法不顾人妻的身份频繁出入月明楼。这么想着，书玉还是顺着三楼的走廊往里走。

走廊上，一间间包厢都门房紧闭，偶尔有曲声飘出。走走停停间，书玉一边赏着墙上挂的画，一边整理着思路。

突然，一间包厢的门毫无预兆地从内打开，门内走出了一位红衫女伶。

那女伶手端托盘，盘上放着一壶酒和两个酒杯。

书玉一眼便看出了那青花琉璃酒壶非凡物。一把酒壶便如此，那么壶里的酒该有多名贵？这名贵的酒却出现在月明楼的下等包厢。

书玉脚步一动，状似无意地挡住了红衣女伶的去路。那女伶见去路被挡，皱了皱眉，不耐烦地抬头看向书玉。谁知那女伶在看清书玉的面容时瞬间脸色煞白，端着托盘的手亦不受控制地抖了起来。

书玉有些惊讶，向着女伶的方向走了一步。那女伶这才如梦初醒，白着脸后退了一小步。

书玉伸手便钳住了女伶的下巴："你怕我？"

女伶吓得语无伦次："不不……先生……我……"

书玉轻轻一笑："看来，你不仅怕我，还怕得不轻。你我不过第一次见面，你为何如此怕我？还是说……其实我们见过？"

女伶眼神飘忽，故作镇定道："先生说笑了。您是上等包厢的客人，怎么可能见过下等包厢的人？"

书玉笑意更深了："哦？既然你我素未谋面，你又如何知道我是上等包厢的客人？"

女伶语塞。

"这间包厢里的客人是谁？"

女伶垂眸："不知……"

书玉不再发问，干脆一脚踹开了包厢的门。

包厢内满目赤红。朱红的雕花墙壁，暗红的梨木桌，绯红的幔帐随着自窗外吹入的风飘动。一张巨大的屏风横立在包厢南侧，屏风上是灼灼绽放的桃花。

一对男女于幔帐深处缠绵。女子眼神迷离，茫然地转头看了一眼闯入的书玉。那一张脸本该如雪山之巅的莲花般冷艳不可方物，此刻却布满情潮，满面绯红。那女子在看到书玉的刹那有一瞬间的惊愕，却很快移开视线，望向了她身上的男人，眼神痴迷。

“他便是你要嫁的夫君？”书玉忽然开口。

明明该与贺子峘在一起的云月却在三楼的包厢内与其他客人翻云覆雨，这又是怎么回事?

云月摇头：“不是。”

云月身上的男人忽然起了身，长臂一伸，披上一件绪红色的外套，转过身来看向书玉。书玉看到那个男人的脸时，不由得一怔。他戴着一张黑色的面具。那面具遮住了他的上半张脸，只露出了尖尖的下颌和薄薄的唇，却不难推测出面具后的半张脸该是如何俊俏风流。

那个男人冲书玉勾了勾唇角，骨节分明的手指向了门的方向。

无声的逐客令。

饶是书玉脸皮再厚也不敢往下待了：“失礼了。”她垂下头，耳根通红。走出包厢时不忘掩上门。

走出包厢后，书玉背靠墙，强迫自己冷静下来。脑中的信息迅速拆分又重组，真相若隐若现却抓不真切。她长出一口气，准备上楼先寻贺子峘。

恰在此刻，隔了两个房间的包厢处有些许动静。书玉下意识抬头望去。那个包厢的门开了，门内探出了一个脑袋。那人狐疑地看向书玉，瞬间，眼里充满了惊喜。

是方蹇。

盛情难却，书玉跟着方蹇进了包厢。

“你不用接客吗？”书玉有些疑惑。

方蹇今日着月白色宽襦长裙，高高的绣花立领更显得姿容雍雅，脖颈纤细。她微微一笑：“本是要接待一位客人，可中途云月姑娘进来把那位客人带走了。”

书玉心里一紧。云月？那么方蹇先前招待的客人是刚刚她误打误撞见到的那个戴着面具的男人。

“月明楼里可以这样随便……抢客？”书玉问得有些迟疑。

方蹇坐到了小案前，为书玉添了一盏茶：“她这种级别的伶人要做什么，我哪里管得住？何况，出下等伶人的价钱，享上等伶人的招待，哪儿位客人会不乐意呢？”

书玉接过茶盏，状似无意地问道：“听说那位云月姑娘要出阁了，嫁的郎君可好？”

“是位富商，肯一掷千金为云月赎身，想来应该会好好待她。”

“云月是什么时候被赎身的？”

“就在上个月。”

算起来，贺子峘发信给辜龙恰恰就是在上个月。月明楼素来赎身制度严苛，数十年来成功赎身的只寥寥几人，且皆为下等伶人。短短一个月，月明楼的当家名伶便要出阁，真的只是巧合？

方蹇看了看书玉，轻声道：“你能来我这里一趟，实属不易。我们不谈那些有的没的，可好？”

书玉回过神，笑道：“好。今天听什么曲呢？不管什么曲子，只要你唱，一定好听。”

方蹇微微红了脸：“再唱《桃花扇》好不好？”

“好呀。”

这一幕唱的却不再是李香君与侯方域的初见。方蹇低头酝酿了几秒，再抬头时已神色悲切。几句词唱罢，寂寥哀凄之感顿生。

书玉一愣。这曲是苏昆生所作的《哀江南》。

“横白玉八根柱倒，堕红泥半堵墙高。碎琉璃瓦片多，烂翡翠窗棂少。舞丹墀燕雀常朝，直入宫门一路蒿，住几个乞儿饿殍……”

水袖一收，裙裾一扬，台上的女子眼角噙一滴泪，倏而抬高了嗓音。雌雄莫辨的音色，拨动着听者内心最敏感的弦。

“……眼看他起朱楼，眼看他宴宾客，眼看他楼塌了！这青苔碧瓦堆，俺曾睡风流觉，将五十年兴亡看饱。那乌衣巷不姓王，莫愁湖鬼夜哭，凤凰台栖枭鸟。残山梦最真，旧境丢难掉，不信这舆图换稿！诌一套《哀江南》，放悲声唱到老。”

曲毕。方蹇舒了一口气，笑看着台下的书玉。

书玉方才从曲子中回过神来。月明楼的伶人多唱的是风花雪月，这一曲《哀江南》纵然唱功惊艳，但讨不到半点好处。没有伶人愿意唱这又难又不讨喜的曲。

方蹇却唱了。独独唱给她听。

书玉仰头，静静地看着台上的女子，道：“方蹇，你想不想离开月明楼？”

方蹇一愣：“我从未想过离开这里。”

书玉一字一句道：“你若想离开，我一定尽全力带你离开。”顿了顿，她又道，“你在这里，并不开心。”

方蹇又是一愣，继而低声笑了：“书玉，离开这里，我会更不开心。”

“为什么？”

“你救得了一个方蹇，能救得了所有的伶人吗？”

“我承认我的能力不够，但在我能力之内，能帮一个便算一个。”

“书玉，你是好人。”

“那是自然，”书玉笑得俏皮，“所以，你要不要跟我这个好人走？”

方蹇不答，望着书玉道：“你说，我们这样子，算不算一对才子佳人，郎才女貌？”

书玉愣了愣，随即噗哧笑了。今日她着一身男装，台上的方蹇水袖长裙、言笑晏晏，可不就是戏里的才子佳人？

“为何不说是伯牙与子期？”书玉调侃。

方蹇皱了皱眉，认真地道：“不好，还是才子佳人好些。还有，书玉，你不是想找明月吗？我帮你。”

夕阳西下时，书玉正在三楼的走廊里看满墙油画，一抬头便看到了疾步而来的辜龙。

“不是让你在摘星阁里等我吗？”辜龙皱眉道，“你若走丢了，我该上哪里找你？”

书玉伸出双臂抱住他：“这不是找到我了吗？”语气竟有些撒娇。

辜龙一愣，先前还在冷战，这便好了？这倒是太阳从西边出来了。他笑问怀里的人：“不吃醋了？”

书玉摇摇头：“没有。但是我相信你。”

辜龙低声笑了。

“虽然相信，可还是忍不住生气。”书玉凶巴巴地道。

辜龙一愣，随即莞尔：“不要生气，气坏了身子，我心疼。”

爱一个人，虽然会愿意拿全部的身心去信任他，却还是会为明知不可能发生的事而气恼。

书玉会这样在乎一个人，他又何尝不是如此。

## Chapter 3 高山流水

窗外明月当空，窗内暖光融融。

书房内，一沓单子平铺在书桌之上。桌前，辜龙皱眉而立。

“这是韩擎拿到的月明楼待客单。”辜龙道，“可惜，独独少了半年前事发当月的单子。”

白日里那小生去取待客单确认韩擎是否有预约时，韩擎便已示意手下尾随，神不知鬼不觉地进入了月明楼的账房，取走了近一年来所有的待客单。

书玉想了想，继而从长衫里拿出了两张发黄的纸片，轻轻放在了那沓待客单上。辜龙拿起一看，诧异地看向书玉：“你这是从哪里拿到的？”他手中的两页纸，正是韩擎手下没找到的待客单。

书玉犹豫了几秒，答：“一位知音给我的。”

“知音？我怎么不知道你在月明楼里还有知音？”

书玉不满：“我就不能有知音了？”接着，她便细细将如何英雄救美与方蹇相识，和今日意外重逢的经过说给辜龙听。

“我是不是很厉害？”书玉仰着脸等他表扬。

辜龙却皱眉：“你说，给你待客单的人叫方蹇？”

“对呀，你也觉得这个名字很奇怪对不对？不过这份单子是真的。我已鉴定过，从墨水的色泽，纸张的磨损度，刻章的印痕以及与前后单子的衔接来看，这确确实实是月明楼那个月的待客单。”

“月明楼想要隐藏的东西，为何一个下等伶人会有？”

书玉想了想，答：“机缘巧合。她愿意帮我们找明月，这还不好吗？”

辜龙静静地看了她半晌，笑了：“自然好，我老婆真有本事。”

书玉笑了，问辜龙：“贺子峘怎么样了？”

“已经醒了。饶是他那么心细的人居然也着了云月的道。原以为云月排斥接客是因为自己要出嫁了，看来其中另有蹊跷。”

“不知韩擎哪里来的自信，信誓旦旦说蕖月绝不是我们要找的明月。”书玉轻哼一声，对韩擎有些不满。

辜龙低声笑了：“韩擎说蕖月不是，那蕖月便有足够的理由不是。这点本事，韩擎还是有的。”

书玉觉得荒诞：“你这自信哪里来的？韩擎的本事是什么？和女人厮混？”话虽如此，书玉还是没继续纠结。她不相信韩擎，但她相信她的心上人。

半晌，她状似认真地翻看桌上的待客单，随口问道："那水月和芙月又如何？"

辜龙无奈地笑了。他怎么不知道她心里的小九九："我做了试探后便抽身而退，留下贺子池善后。若想知道后续如何，便问贺子池吧。不过水月和芙月并不是明月，半年前那天她们各自在五楼接客，我已让人去找当日的客人核实，应该不会有假。"

那么这样一来，只剩下了云月。书玉细细把待客单看过一遍，那日并无云月的接客记录。她抬头看向他，语气有些不确定："那云月就是明月？"她总觉得，这个结论不太可信。

辜龙点点她的脑袋："不要拿你的第六感做判断。就目前我们手中的证据来看，云月是明月的可能性最大。"

书玉有些好奇："那第五封信到底写了什么？很要紧吗？"

"一封足以让南边和北边的利益集团撕破脸皮开战的信函，你说要紧不要紧？"

书玉没说话。南北局势动荡，她再清楚不过。

辜龙走过来抱住她："皱着眉头做什么？南北开战也不干你的事，有我在，定然护你周全。"书玉也抱紧了他，把头埋在他的怀里。怎么不干她的事？他牵扯其中，如何让她安心？

"明日再去一趟月明楼吧。"辜龙把下巴搁在她的发顶，轻轻摩挲。

"去验证云月的真实身份吗？"

"不，去会一会你的知音。"

方蹇？辜龙在心里默念这个名字。先前贺子池把月明楼所有伶人的画像和名单都给他过目了一遍。但三十六张画中，却没有一人叫方蹇。

"我要点方蹇的牌子。"书玉换上了一身长衫，又来了月明楼。

那小生瞄了一眼书玉身后的辜龙，递上了一块腰牌："三楼西厢。"

三楼西厢，是书玉最初见到方蹇的那个包厢。

临进包厢前，书玉忽然扯了扯辜龙的袖子。辜龙回头，用询问的眼神看着她。书玉犹豫了半天，说：“方蹇生得可好看了。比云水芙蕖还要好看。”

“所以？”

她一跺脚：“所以你到时候别看呆了，丢我的脸。”

辜龙长长地“哦”了一声，低头飞速地亲了一口书玉的脸颊：“你若给我奖励，我便不看她。”

书玉被惊到，往后跳了半步，耳根微红：“做什么呢，现在我们都是男人，搂搂抱抱成何体统？”

包厢的门蓦地打开，方蹇便立在门后，静静地看着门外的两人。

书玉脸红了，忙不迭冲方蹇打了个招呼：“嗨，我又来听你唱曲了。我还带了一个朋友。他虽然五大三粗，不懂风雅，更听不懂曲艺，但是胜在虚心好学！于是我就带他来接受你的熏陶。”辜龙淡淡地瞥了书玉一眼，没说话。书玉有些心虚，别过脑袋不敢再看他。

门内的方蹇落落大方地伸手：“既然是书玉的朋友，那么就是我的朋友。请。”书玉松了一口气，拉着辜龙就往包厢里走，却没有看见辜龙复杂的眼神。

包厢里的陈设还是那个样子，色调简一，唯那绣满桃花的屏风承包了一室艳色。

“今天你想听什么？”方蹇一拂袖，落座在古琴后。

书玉挨着辜龙而坐，她因再见方蹇有些小兴奋：“今天要弹曲吗？你想弹什么便弹什么，你弹的曲一定不比你唱的逊色。”

方蹇一边调弦，一边勾唇一笑：“你次次都要我选，这次该换你来选了。”

书玉想了想，道：“那……我要听你弹《高山流水》。”

“好。”白皙修长的指尖划过琴弦，带起一串琴音。

书玉以手托腮，专心听方蹇奏曲。她的右手边，辜龙举着一杯酒，却许久也没喝下一口。

第一串音符响起，书玉就点了点头。起音便如此不凡，她可以预见接下来的曲子该有多么动人。第二串音符奏响时，她却微微一怔。抬头往台上的方蹇看去，台上奏曲的女子分外专心，根本没有注意到台下的视线。

书玉从未见过这样的方蹇。这个女子总是羞怯而文静的模样，从未如此刻这般严肃。她的眉头微微皱起，连带着整个面部轮廓都硬朗了起来。明明还是一样的五官，明明还是那般绝色，可给人的感觉却完全不一样了。

书玉听着古琴奏出的曲子，心底的疑惑越来越大。这哪里是《高山流水》，这分明是一曲《凤求凰》！她断然不会相信，精通曲艺之道如方蹇会将这两首风格迥异的曲子混为一谈。

《凤求凰》，方蹇这首曲子，难道是弹给……

她转头，只见身畔的辜龙眉头微蹙，似乎在思索什么，更显得他孤高冷傲，眉目英俊。多少女子曾为这样的辜龙倾尽了一腔芳心。难道，方蹇也无法免俗?

书玉在心里苦笑，唯庆幸辜龙一向对曲艺没有兴趣，应该是分不出哪个是《高山流水》，哪个是《凤求凰》。思及此处，她的心稍稍定了定。再抬头看方蹇时，目光便多了几分苦涩。

谁知方蹇亦正巧抬起头来，眼神炽热。那样浓烈炙热的情感令书玉一愣。她下意识转头去看身畔的辜龙，却见辜龙不知何时也看向了她。这一次，她却读不懂心上人脸上变幻莫测的神色。

书玉垂眸盯着小案上的杯盏，内心一阵烦躁。恰在此时，方蹇随着曲子唱了起来——

“有一美人兮，见之不忘。一日不见兮，思之如狂。凤飞翱翔兮，四海求凰。无奈佳人兮，不在东墙。将琴代语兮，聊写衷肠。何时见许兮，慰我彷徨。愿言配德兮，携手相将。不得於飞兮，使我沦亡。”

书玉心里一咯噔。这番唱词一出，纵辜龙对曲艺一无所知，也必然能听出词中的直白感情。

曲毕，书玉仿佛经历了一场劫杀，后背冷汗涔涔。再看方蹇和辜龙，两人的目光不知何时已交会在了一起。

辜龙悠悠道：“方姑娘这一曲果然精妙，也难怪内子总念叨着要来听曲。”书玉一愣，辜龙这么自曝家门，还准不准备继续在月明楼里查事情了？

方蹇低低一笑，雌雄莫辨的嗓音带着股阴柔之意：“蒙辜先生谬赞，方蹇不敢当。”

辜龙起身，慢慢地踱步到了桃花屏风处：“这扇屏风不错，不知是方姑娘从何处挑来的？”

“月明楼置下的东西，方蹇怎么会知道。”

“这十八朵桃花，当真绣得栩栩如生。”辜龙赞道。说罢，伸手抚了抚屏风上开得最大的那一朵。

方蹇转头望向窗外：“辜先生若喜欢，便把那朵桃花带走吧。它储在这里许久，我是看也看腻了。”

辜龙微微一笑，没说话。书玉一头雾水地看着两人打哑谜，好半天才迟疑道：“这屏风很好吗？”

方蹇把头转向了书玉，正色道：“一点也不好，书玉你一定不要碰。”

原本站在屏风前的辜龙突然朝书玉走了过来，俯下身整了整她的衣帽，帮她穿上外套：“时间不早了，你先回去吧。车子已在楼下候着，贺子峘会送你回去。”

书玉皱眉：“这么早便要走？你让我先走，你留在这里想要做什么？”

辜龙无奈地勾了勾唇：“老婆，我还能干什么？放心吧。”

书玉看了看方蹇，又看了看辜龙，终是起身对方蹇道：“抱歉，我要先走了。下次，我一定好好赔罪。”

方蹇冲她笑，依旧是温婉腼腆的模样：“快走吧，若有机会，我们再见。”

书玉离开了包厢。她走出月明楼，寻找辜龙安排的车子，却没有看到贺子峘的人影。等一等吧，或许贺子峘就在附近。

她安静地等在路边，脑中突然便冒出了一个问题——自进三楼西厢起，她便没有向方蹇说过辜龙的姓名，方蹇为何在辜龙开口的第一时间回了他一句“辜先生”？

三楼西厢。

辜龙望着眼前的美人，眼神冰冷。那位美人从古琴后站了起来，周身的气质在书玉离开后瞬间变了。

“两年不见了，辜先生。”美人展颜一笑，其身形竟在一点一点发生变化。半炷香后，美人的身高已与辜龙相差无几，竟成了一个高大的男人。

辜龙冷眼看着眼前人的变化，眼里却无半点惊讶：“方姑娘还是与当年无异，依旧有一身好功夫。或者说，我该叫你方楼主——方先生。”

月明楼建成的第三十一年，楼内来了一位怪人。

那人点名要见月明楼的头牌明月，却还附上了另一个要求：要见琴艺曲艺最高超的那位明月。

明月是月明楼的头牌，自然代表了月明楼曲艺的巅峰——客人的最后一个要求实在叫人百思不得其解。不过月明楼是什么地方？只要有钱有势，什么样的要求不能满足？

那位客人在进了明月的包厢后便再也没有出来，没有人知道包厢里发生了什么。而在那之后，月明楼照常营业，依旧迎来送往，歌舞升平。直到一封加密急函由北辗转到南，最后送到了辜龙手中。

“不管你信与不信，那日接见那个人的，并不是我。”方蹇立于窗前，语气平淡。

辜龙笑了笑，说：“见与不见，不是什么要紧事，重要的是那封信函在你手里。”

方蹇沉默了几秒，问：“我好奇，为何连你也要如此执着于这封信？南北关系对你而言也这么重要？你的势力遍布南北，纵然南北彻底反目，对你也不会有大影响。何必来蹚浑水？”

“正如你所言，我与南北皆有干系，自然不希望南北反目。”辜龙淡淡地道，“把信给我，我可以当作没有见过你。”

方蹇一拂袖，眼神里有几分嘲讽：“我为何要把信给你？我倒乐见南北反目，北边那群亲日派有什么资格统领一方？都是一群渣滓。”

辜龙皱眉：“北方并不都是亲日派，而且战争一打，生灵涂炭，苦的还是百姓。”

方蹇仰头大笑：“如今这个乱世，开战与不开战，百姓都要受苦，何不来一场大战，彻底重生？”

辜龙再度踱步到那扇桃花屏风前：“两年前我来到这里，便见到了这扇屏风，不想两年后，它依然在这里。”

方蹇停止了骇人的大笑，静静地盯着长身玉立的辜龙。

“唯有这一处有了新变化。”辜龙指了指屏风上开得最大的那朵桃花，“当年十七朵，两年后却加了这一朵。其余十七朵都是千瓣桃花，为何这一朵却是绛桃花？这朵绛桃花还与一般的绛桃花有所不同，我所知道的人里，有一人最擅绣这样的绛桃花。那人一向以绢帕代信，而每一块绢帕上恰恰便绣了一朵这样的绛桃花。”

“那又如何？”

“你说，如果我戳破屏风上的这朵绛桃花，会不会找到我寻了许久的那封信函？”

方蹇忽然笑了：“你要拿便拿去。不过因你是书玉爱的人，我便劝你一句，不要拿。”

辜龙伸出的指尖停在了屏风前半寸处：“为何这么说？”

方蹇席地而坐，懒懒地屈起一条腿：“拿到信函的人，都会死。”

“你说什么？”辜龙神色骤变。

“你以为信函是那个人带来月明楼的？”方蹇轻哼一声，“信函根本一直都在月明楼，只不过那人奉命来月明楼取它罢了。你该查一查的是谁下了命令让你们来取这封信函，因为这信函事实上是一个诱饵，谁来取它，谁就会死。”

辜龙猛地揪住方蹇的衣领，生生把他提了起来：“你说的话，可都是真的？”

“一句不假。”

突然，辜龙放开了方蹇，一拳狠狠砸向那屏风。单薄的屏风哪里受得住这样的力道，瞬间四分五裂。开裂的屏风中，空无一物。

方蹇也意识到了不对：“信函呢？被谁拿走了？你把信函藏在书玉的外套让她带走了？！”

辜龙眉头紧锁，不说话。方蹇脑袋一轰，反揪住辜龙的衣领：“书玉知不知道？”

辜龙甩开方蹇，拎起大衣，转身就走。方蹇猛然间脱力，失去平衡跌倒在地。

书玉等在月明楼旁的小亭内，好一阵腹诽：贺子峘看起来沉稳，没想到这么不靠谱，说好的来接她还没见人影。

正想着，她便感到身后有人在靠近。她一回头，准备将贺子峘好好数落一番，却见来人身材高大，穿着一身旧式军大衣，呢绒的高领毛衫直直遮住了下半张脸。

这哪里是贺子峘？

书玉心生警惕，往后退了一步以避开那人。谁知那人脚步一转，径直朝她走来。

书玉连退了好几步，身后已经无路可退，她咬咬牙，爬上栏杆就要从亭子里往下跳。身后有人阻止了她的动作，身穿军大衣的男人脸色阴沉地盯着她："信在你手里？"

"什么？"

男人似乎笑了，不再说话，只一手抓住她的外套，用力一扯。一块绣着桃花的绢帕掉了出来，飘落在地。

书玉瞪大眼睛，这是什么？这块绢帕什么时候到她衣服里的？但再没有时间留给她细想，一双长满茧子的大手顷刻间扼住了她的脖颈。她想要呼救，奈何对方显然精于此道，不肯给她机会。

神志涣散间，书玉强行飞起一脚，踢向男人的要害。奈何对方的动作比她更快，反勾住她的脚，轻轻一拧，一股钻心的痛便席卷了她的四肢百骸。她知道，她的脚骨折了。

"呵，不过是一只会挠人的小猫。"男人加重了手的力度。

书玉觉得头和肩膀快要分家了，脖颈处已痛得失去了知觉。恍惚间，脖颈处的桎梏骤然消失，她跌倒在地，剧烈地咳嗽起来。

抬头，泪眼朦胧中，又来了一个人。那人的胸前坠着一个古铜色的十字架，幽幽地泛着冷冽的光。

是韩擎。

两个人都是格斗中的高手。短短数秒，两人已拆了好几招。男人保持着进攻的姿态，浑浊的双眼透出嗜血的光芒。韩擎活动了一下手腕，咧嘴看向对手："你打不过我。"

男人诡异地一笑："我不需要打败你。"话音未落，他身形一动，伸手便要擒地上的书玉。

韩擎心一紧，迅速截住男人的动作。男人似乎就等着他分神的那一刻，掏出手枪已瞄准了韩擎的左胸。

"韩擎小心！"书玉拼命扯着破碎的嗓音喊。

男人得意地笑出了声。下一秒，他粗哑的笑声戛然而止——斜刺里一股力道将他撞向了一边，手枪亦偏离了原本的准星。

“砰——”

子弹偏离了方向，射中了韩擎的左臂。同时，韩擎找准空隙一掌劈向了那男人。

那一撞已使尽了书玉所有的力气。她软绵绵地躺倒在地，脚疼得越来越厉害了。

韩擎捂住左臂，向书玉走来：“你还好吗？”

书玉摇摇头：“我没事，你的手……”

韩擎苦笑：“你们都被他们摆了一道，根本就没有第五封书信，那第五封信就是一道格杀令。辜龙这次可真欠了我一个天大的人情。你现在能走吗？我们得快点离开这里，他们的人不止一个。”他准备扶起书玉，整个人却踉跄了几步，差点摔倒。

书玉一惊：“你怎么了？”

韩擎使了几次力都无法站起，不由得苦笑：“子弹里有药。”

韩擎的气息已开始不稳：“你快走，沿着这条路走就能碰上自己人。”

“我怎么能抛下你一个人？！”

“你在这里做什么？除了拖后腿又能怎样？快走，现在我的神志还在，若药效彻底发挥，保不齐我会做出什么样的事情。”他的眼神开始涣散。

“可是……”书玉还在犹豫，韩擎却彻底没有了声音。

“韩擎？韩擎你醒醒！”书玉手足无措。

过了一瞬，韩擎再度睁开了眼睛。书玉惊喜地扶住他的肩头：“怎么样？好点了吗？”

韩擎只定定地盯着书玉，眼神里有书玉看不懂的情愫。他伸手抚向书玉微乱的鬓发：“好久不见。你可还记得我？”

书玉愣住了。他把她当作了谁？

韩擎又道："书玉，这么多年不见，你还是一样的没心没肺。"韩擎在说完这样一句莫名其妙的话后，再度陷入昏迷。

书玉内心惊诧。难道她曾经见过韩擎？然而记忆告诉她，此番在月明楼，的的确确是她与韩擎的第一次见面。那么，韩擎的最后一句话到底是什么意思？

发愣间，辜龙一脸冰霜地大步走来。

"有没有事？"辜龙上上下下打量着她，看上去非常生气。贺子峘也气喘吁吁地跑了过来，看到倒地不醒的韩擎时愣了愣。

"韩擎受了枪伤，子弹里有药。他已经神志不清，说起了胡话……"书玉努力用沙哑的嗓子说道。

辜龙伸出食指轻轻按住她的唇："嘘，不要说话，你的嗓子伤到了。"唇上感受到了辜龙指尖的温度，她不再颤抖，一滴泪就这么落了下来。

差点以为这辈子再也见不到他了。

辜龙把书玉揽到怀里，轻声道："没事了。"说罢将她打横抱起。

书玉有些不放心："韩擎他……"

"有贺子峘。"

书玉长舒了一口气，不再说话。

辜龙在经过贺子峘时停住了脚步。他淡淡地瞥了一眼贺子峘，语气冰冷："既然我来了，为何还要把书玉召回来？"

"再也没有比书玉更专业的鉴定师。"

"你以为我不知道你们在想什么？"以书玉为由让他出手相助，再以他为由令书玉继续牵扯其中。还真是牵制住他们夫妻二人的好手段。

贺子峘一时说不出话来。

"我说过，我可以来帮你们，但条件是，让我妻子退出。"辜龙一字一句道，"我似乎告诉过你，我辜龙生平最讨厌的便是有人拿我作理由牵制我的妻子。很遗憾，你们根本不守承诺。看来我们也没有什么谈下去的必要了。”辜龙揽紧了怀中的书玉，向亭外走去。

书玉却忽然凑近他的耳朵，一边摇头一边艰难地开口：“不要……不要因为我……”

辜龙不让她继续说下去，低下头吻了吻她的唇。书玉不作声了。

他怎么会不知道她想说什么？

不要因为我，做你不想做的事情。

然而，她又怎么能理解，只要是她的事，纵千般困境万般险恶，他也会为她去做。乐此不疲，甘之如饴。

贺子峘神色尴尬，想做挽留却不知从何开口。辜龙背对着贺子峘回了一句话：“让阎尌给我一个交待。”

贺子峘一愣。这便意味着，尚有转机？他连忙道：“我会转达组长，一定让组长给你一个满意的答复。”

辜龙不再说话，离开了。他抱着书玉径直走到了亭外的一辆通体漆黑的轿车前。原本空无一人的车外，忽然便出现了一位清瘦的中年男子。

他对辜龙恭敬地道：“辜先生。”辜龙略一颔首，那人打开车门。车子缓缓驶出小道。

突然，前方传来一阵喧哗。书玉狐疑地往车窗外看去，见有人惊慌失措地在大街上跑。那人一边跑一边哭丧着脸大叫：“月明楼着火啦！月明楼着火啦！”

书玉心里一咯噔，抬头看向辜龙。辜龙眉头紧锁地看向她。他从车窗内喊住一个行人问：“月明楼着火了？”

行人一脸惊魂未定：“烧起来了！好大的火，据说是从三楼西厢烧起来的，作孽啊！里面的伶人一个都没能逃出来。”

三楼，西厢，方蹇待客的房间。

书玉挣扎着要起身，却被辜龙稳稳地按住。

“你要做什么？”

“方蹇……那是方蹇的房间……”书玉语无伦次，“好端端的，为何她的房间起了火？”

辜龙搂住她，轻声道：“我出包厢时，她尚安好。起火时，她未必在包厢内。”

她点了点头：“是的，她一定不在包厢内。一定不在。”

望着不远处浓烟滚滚的月明楼，辜龙却无法再做出更多保证。他瞬间明白了当时方蹇追出包厢时的那番话是什么意思。

“若是被他们盯上了，书玉是逃不掉的。他们没有人性，手段残忍。且他们有足够的耐心，可以蛰伏数年只为除掉一个猎物。我知道你有通天的本事，但一个疏忽，书玉都有可能丧命。”方蹇道。

“那你想怎么样？”彼时，他强压着怒气和心底巨大的不安，转头询问。

方蹇答：“我有办法。如果真正的信函不存在了，那么书玉拿走的便什么也不是。你要做的，就是让见到书玉外套里那封信函的杀手再也开不了口。”

“你有什么办法让他们知道真正的信函消失了？”

方蹇淡淡一笑：“我是负责守信函的人，自然有办法让他们相信，那封信函已经彻底销毁。”

点到为止。辜龙看着方蹇的眼，由衷道：“谢谢。”

方蹇却道：“不要谢我，若不是为了书玉，我倒乐意见你拿走那封信函，这样北方群龙无首，这场仗必定打起来。”

辜龙离开前，方蹇再一次叫住了他：“若你见了书玉，请帮我转达一句话。还有，好好爱她。”

此刻，辜龙揽着书玉，心里却不由得长叹了一口气。一场大火彻彻底底湮灭了第五封信的踪迹。然而守信者犯下如此大的错误，又该承受怎样的惩罚呢？以方蹇的性子，他岂愿意受制于人？

那样一个甩着水袖唱江山兴亡的人，怕是宁可与信函一同化为灰烬，也不愿成为亡命之徒的猎物。

一则消息铺天盖地传遍了整个南京城。

一场大火把城内最富盛名的戏子楼焚成了一堆灰烬。此后，南京城内，再无月明楼。

谁知，月明楼付之一炬后的第三天，月明楼中四大青衣之首的云月风光大嫁。新郎是一位低调的富商，传闻他以半座城池的财富换来了佳人。众人都道云月好福气。一位戏子能得这样一人一掷千金，合该烧香拜佛，叹命运垂怜。

南京城最好的医院内，书玉穿着病号服，坐在一张高脚凳上翻着报纸。她看着报纸上关于月明楼的各方报道，久久不能回过神。

月明楼失火后，她曾偷偷溜出医院独自去了一趟月明楼的旧址。曾经恢宏的仿明代建筑如今只剩下了个临时搭建的屋棚，棚里聚集着幸存下来却又无处可去的伶人。她在伶人中寻找方蹇。奈何不管怎么找，都不见那位倾城美人的身影。

她抓过一个伶人，劈头便问：“你可有见到方蹇？”

年纪尚轻的伶人唯唯诺诺地答：“方蹇是谁？我从来没有听过月明楼里有这一号人物。”

她问了很多人，都说没听过方蹇这个名字。一位记账的小生道：“月明楼里肯定没有伶人叫方蹇，我给月明楼记了十多年的账，从来没有见过方蹇这个名字。”

书玉不信。明明前些日子她还在前台点了方蹇的牌子。如果没有伶人叫方蹇，那么她在月明楼中见到的那位又是谁？

她欲寻那日给她腰牌的小生，却发现那个小生并不在这群人中。

人群里，不见了的还有云水芙蕖。云月出嫁了，连带水月、芙月、蕖月也如人间蒸发，不见了踪迹。书玉依然不甘心，逮人便问：“就是那个在三楼接客的方蹇，生得极美，精通曲艺，容貌犹胜云水芙蕖。”

问了一圈，毫无所获。就在书玉要离开时，一位老人开了口：“丫头，你说那个方骞在三楼接客？”

“对，三楼西厢。”

话一出口，所有的伶人都安静了下来。好半天，那老人才慢悠悠地道：“三楼西厢是不接客的。三楼西面那一整排包厢从来不对外人开放。因为这些房间都是通连的，是我们月明楼楼主的休憩地。”

月明楼的楼主？书玉怔住了，好半天她又问：“月明楼的楼主叫什么名字？”

“反正不叫方骞。”老人答，“我们都尊称他一声‘姑娘’。”

“姑娘？”

老人点头：“我们月明楼中有云月姑娘、水月姑娘、芙月姑娘、蕖月姑娘等等很多姑娘，但在‘姑娘’之前都要加上名字。唯月明楼楼主，只称呼他‘姑娘’二字。”

书玉忽地升起了一丝希望：“那么你们的楼主长什么模样？”

老人笑了：“我们楼主确实仪容不凡，无论气度风华均在云水芙蕖之上。但他绝不可能是你要找的人。”

“为什么？”

“因为，我们的楼主，是个男人。他也从来不接客。”

良久，书玉问了最后一个问题：“你们的楼主，现在在哪里？”

老人露出了悲恸的神色：“他没能逃得出那场大火。”

合上报纸，书玉揉了揉额角，抬头便见韩擎从病房外晃晃悠悠地走了进来。

“你的伤全好了？”书玉惊讶于他的恢复能力。

韩擎随手拉过一张椅子坐下：“哪儿像你那么金贵，扭个小脚还要大张旗鼓住最高级的病房。”

书玉有些不好意思。韩擎却似没有察觉她的窘迫：“你的嗓子可有留下后遗症？”

书玉摇了摇头：“我的嗓子，耐用着呢。”

过了一会儿，她又状似无意地问：“韩擎，我们以前见过吗？”

韩擎一愣，不答反问：“你问这个做什么？”

“觉得你面善。”

韩擎笑了：“我们怎么可能见过？你一个大家闺秀，我一个讨生活的混混，我们哪里可能有交集？”

“可我就觉得在哪里见过你，你说吧，这又怎么解释？”

韩擎忽然凑近书玉，道：“该不是，在梦里见过我吧？”

“什么梦里？”

“就是，这样的梦……”韩擎附在书玉耳边低语了几句。

“韩擎你个流氓！”书玉气得抓起枕头就往他脑袋上砸。这个痞子，从没正经过，居然调侃到她的头上来。

枕头没能砸中身手敏捷的韩擎，却砸中了从病房外进门的辜龙。

“这是做什么？”辜龙挑眉，手中抱着砸来的枕头。

书玉瞬间理直气壮起来：“老公，这个人奚落我金贵，扭个小脚还得上医院。我不要受人嘲笑，今天下午就出院。”她确实在医院里憋得慌，早就想出院了，奈何辜龙总不肯。

听罢，辜龙淡淡地瞥了一眼韩擎，没有说话。韩擎立刻举手投降：“你们夫妻二人的小情趣，我不懂。我走，我走还不行吗？”说罢溜得比泥鳅还快。

辜龙走到病床前，一把将书玉捞到了怀里：“能走动了？”

“早就能跑了！”

“嗓子也恢复了？”

“都能唱曲儿了。”书玉随即哼哼了两句。

辜龙若有所思地摸了摸下巴：“这么看来，你的身子大好了。”

“是呀，是呀，所以早些出院吧。”

“既然身子大好了，今夜便来陪我就寝吧。”

书玉一愣，一拳捣向辜龙的心窝：“说什么呢。”

辜龙低声笑了，忽然问：“我们离开这里好不好？”

“去哪里？”

“随便，去英国怎么样，这个时节爱丁堡的风景很不错。或者去意大利，你不是心心念念要去看一看梵蒂冈？”

“怎么忽然想去旅游了？”

“如果你喜欢，我们可以在那里定居。”

现在的情况越来越扑朔迷离，竟有人胆敢布局来取他性命。他怎能让她也跟着一同涉险？

“不去。”书玉的答案很坚定。

辜龙不依不饶：“不喜欢这些地方？那我们可以选别的。你想去哪里？”

书玉状似认真地考虑了半天，答：“我想去……我想去有你的地方。”知道你不会与我一同离开，所以我要留下来陪着你。

辜龙一愣，随即无声地笑了。他的小妻子呀，从来便不让他省心。不过，就这样操一辈子心，他甘之如饴。

书玉又问：“找到方蹇的下落了吗？”

辜龙想了想，道：“应该回到家乡了吧。”

“那你说两年前你曾经点过明月的牌子，这是怎么回事？”

辜龙有些无奈：“都是些不打紧的陈年旧事，你提它作甚？”

“你见的那个明月，有方蹇漂亮吗？”

辜龙甩出一句万能答案：“全天下的女人，在我眼里你最好看。”

“我问明月呢，你扯我做什么？”

“漂亮。”辜龙只得坦诚，“明月很漂亮，毫不逊色于方蹇。”

书玉登时柳眉倒竖：“快老实交代，你当年找明月做什么？”

辜龙苦笑：“没干什么……”忽然他灵光一闪，想起了个转移话题的好办法。

“最后一次见方蹇时，他让我转达给你一句话。”

“什么话？”

辜龙回忆了一下当时的情形：“他说——”

包厢外，宽袖长襦的美人背光而立，纵看不清面容依然能辨清那绝尘脱俗的气度。

美人甩一甩水袖，道：“书玉，若此生有缘，我还你一曲真正的《高山流水》。”

番外·哀江南

他人生中第一次登台唱曲时只有十一岁。

一曲唱毕，台下哗然。满座客人带着各色目光审视着台上的小美人，就像评判一件货物。在这些赤裸裸的目光中，他猛然生出一股恐惧。

就在他险些落荒而逃时，有人挡住了他的去路。他抬头，看见了一位面容清隽的青衫公子。

“你叫什么名字？”青衫公子问。

“江南。”

青衫公子笑了：“江南。好名字。”他有些脸红。接着便听那公子又道，“你很有天赋，但要经打磨方可璞玉成材。想不想跟着我学？”

他瞪大眼睛，有些心动，口中却犹豫：“你……会教吗？”

“我会不会教，你跟来一看不就知道了？”

江南一怔，身体已快于大脑做出了选择。他上前几步，抓住了青衫公子的衣袍：“我跟你学。”

“此后，我便是你的师父。我叫方蹇。方寸之地的‘方’，‘驾蹇驴而无策兮’的‘蹇’。”江南听不明白，青衫公子耐心地解释，“方寸之地，蹇驴无策。取一筹莫展，穷途末路之意。”

他依然懵懂。很多年后他才知道原来他的师父是赫赫有名的江南第一伶。

江南方氏，眼界极高，非根骨上佳的苗子不收。他是师父收的第一个徒弟，却不想也是最后一个。

江南成年后第一次登台，化桃花妆，着宽袖长襦，还未启唇便已艳压群芳。一曲《桃花扇》，惊艳了所有人。

他在后台休息时，戏班子的管事一脸心事地走了过来，说有大官人要见他。他正对着镜子细细卸妆，并不理会这所谓的大官人姓甚名谁。

管事急了：“这位大人可得罪不起啊，您去陪一陪又有什么损失呢？若被大人看上，此后岂不飞黄腾达？”

他一挑眉，一根簪子便甩到了管事的脸上，生生在管事的下巴处划出了一道红痕。

“不好意思，手滑了。”他懒懒地看了管事一眼，管事登时面如土色。

休息室的门再度被推开。穿着一身青衫的师父走了进来。他的眼中瞬间充满喜色：“师父，你说我今日唱得如何？”

师父似乎有些疲惫，看向他时依旧和颜悦色：“唱得很好。我的一身本事，你已尽数学去。”

他喜形于色，像个得到蜜糖的孩子。师父指了指他的戏服：“把它脱下来给我。”他虽不明所以，但依然赶紧照办。

师父又道：“以后这桃花妆，你再也不要化了。”

“为何？”

“太艳。木秀于林，风必摧之。江南，生逢乱世，你要懂得藏拙。”

当晚，师父彻夜未归。他闯到管事房中，才从管事语无伦次的叙述中拼凑出了来龙去脉。原来，那所谓的大人，竟是北边政要秘密请来的日本高官。

他发疯似的跑遍了整个南京城，寻了整整两天一夜才在一处荒郊别苑寻到了师父的踪迹。

他跪在门外，泪如雨下。门内，师父的声音奄奄一息：“江南，你又何苦来。”他不说话，只拼命地磕头。额头瞬间血流如注。

师父长叹了一口气，道：“江南，你走吧。不要进来。这是为师的最后一个要求。”

酒巷茶馆中，说书先生一拍黄板，叹道从此以后江南再无第一伶。

台下有人反驳，胡说，分明前阵子在南京城还见那方氏于闹市中登台，一曲《桃花扇》唱得字字剜心，那唱功竟比过去还要精湛上几分。

众人奇道，有这回事?

那人答，千真万确。

南京城，烟花巷。

一个衣衫褴褛、蓬头垢面的落拓男人在马厩里枕着稻草睡得正香。

黑夜里，一道沉稳的脚步声由远而近，停在了男人身边：“我听了你白日里于集市中唱的那首曲。这是我几十年来听过的最好的《哀江南》。”

稻草堆里的男人依旧保持着睡姿，一动不动。

“我知你痛恨日本人，我们来做一笔交易如何？只需你坐镇一方，替我守一封信函，然后把信函交给来寻它的人。你做完这一切后，后续自有其他人来完成。你若答应，我可以帮你解决他们。”

说罢，来人把一张照片扔到了稻草上。稻草上的男人动了动，拿起照片一看，不由得一愣。照片上那几个日本高官的脸他不可能忘记。

“我把信函交给来寻它的人后，后续会是什么？”

来人的声音透着淡淡的笑意：“他们都会死。”

他沉默了半晌，说：“好。我答应你。”

那人轻轻笑了：“那么，告诉我你的名字。”

“方蹇。”他一字一句道，“‘方寸之地’的‘方’，‘驾蹇驴而无策兮’的‘蹇’。”

自方蹇入主月明楼后，这里一跃成为了南京城第一楼。

而他知道的秘密也越来越多。夜深人静时，他常惶恐不知所措，时常夜半惊醒。

辜龙来月明楼时，方蹇意识到一件可怕的事：难道这次那些人要辜龙的命？

他听闻过那位辜先生的事迹，这位辜先生是个人物，既有竹子的风骨，又有墨梅的清冷。若是这样一个人死了，可惜了。

谁知，辜龙一进楼却要求见月明楼里唱功最好的人。

方蹇听到小生的汇报，让唱功最好的云月去摘星阁接待。谁料云月很快便被轰了出来。

小生嗫嚅着复述辜龙的原话：“唱得太差劲。”

方蹇哑然失笑，整了整衣袍道：“请辜先生移步三楼西厢，就说明月想邀先生一叙。”

若要一般显贵从摘星阁移驾三楼下等包厢，定然少不了推拒和抱怨。谁料辜龙二话不说，拿起大衣便来了三楼西厢。

三楼西厢内，方蹇着宽袖长襦，眉目婉转。台下的辜龙听得认真，仿佛正面对一场重要的会议谈判。

曲毕，方蹇问：“辜先生觉得这曲可还入耳？”

辜龙点点头：“比先前听的要好上许多。”

这便是所有的评价？方蹇有些失望，又问：“先生可喜欢戏曲？”

“不喜欢。”

“那先生又为何来月明楼呢？”

谁料清冷的辜龙瞬间神色变得很温柔：“我妻子喜欢。”

方蹇一愣，没料到竟是这样的答案：“所以先生这是爱屋及乌？”

“不。”辜龙道，“我不喜欢戏曲，但我愿意为她了解曲艺，我不想……”不想让她嫌弃我不懂风雅、五大三粗。这最后一句话倒不好意思说出口了。

方蹇瞬间明白了。他被震惊了：“辜太太真是好福气。”

辜龙答：“是我的福气。”

这样一对伉俪，于细微处见真情，令方蹇不由得心生羡慕：“不知辜太太是什么样的人？”

辜龙笑了：“她是天底下最美好的女子。”

大抵这是世间丈夫对妻子最美的评价。

方蹇心下动容。他原以为辜龙的评价是情人眼里出西施，谁料两年后，当他亲眼见到那个女子，他才明白，辜龙当年那句评价竟无半分虚言。

那女子听他唱完一曲《哀江南》，便道：“方蹇，你想不想离开月明楼？”

从来没有人问过他这个问题。他是月明楼的主人，是秘密的守信者。月明楼要靠他支撑，那群隐在暗处的人要他斡旋于猎物之中。从来没有人问他，方蹇，你想不想离开？

那时，他回了她一句：“离开这里，我会更不开心。”他这一生，是没有机会脱离月明楼了。既然没有希望，那就不要奢求。

她入了他的心，他却不敢剖开心来细细瞧上一番。

再见辜龙时，他顿生恍惚之感。原来，原来他们便是两年前他心生艳羡的那对夫妻。他想放声大笑，奈何心中充满了苦涩。

鬼使神差间，他以《凤求凰》代替了《高山流水》。辜龙不懂曲艺，但这曲《凤求凰》，他一定是知道的。因为两年前就在这同一间包厢，他唱的就是这曲《凤求凰》。

果然，辜龙看向他的眼里多了几分探究。书玉直至被辜龙支走也依旧不明所以。他疯狂地嫉妒辜龙能拥有她，谁料她却吃起了他的醋。

世间红尘，可叹，可笑。

亲手点燃屏风时，方蹇有一瞬的轻松。经年的噩梦，终于解脱了。

看火蛇迅速舔舐了整个包厢，他忍不住哈哈大笑起来。突然，火光中，有白衣丽人自隔壁厢的暗门闯了进来。那人焦急地冲他喊："姑娘，您这是做什么？"

他懒懒地看了一眼焦灼的白衣美人，笑了："云月，过几日你该出嫁了。快离开这里，听话。"

云月却摇头："您总想把我推离您身边，可是云月不想走。"说罢双膝一软，跪了下来。

"你这是做什么？"他淡淡地道，"我对你并不好。你不必如此。"

云月却笑："若没有您，云月早就死了。"

他还要说话，却觉得后颈一痛，似乎有细细的针头扎进了他的皮肤。猛一回头，他愕然发现就在这说话的工夫里，蕖月不知何时已站在了他的身后。

"姑娘，多有得罪了。"蕖月垂下了头。

云月喊道："蕖月，快带他走！"

他的神志渐渐模糊，最后一丝清明中，他看到云月换上了他惯常穿的那件红袍。有吻小心翼翼地落在他的额头："若真要给那些人做出个样子，我来。"

又有人扛住了他的胳膊。是水月和芙月。

他最后回头望了一眼。熊熊火光中，那个身着红袍的俏丽身影渐渐模糊，最后消融在了一片浓重的红色里。

第二个故事

# 夜猫

## Chapter 1 夜猫非猫

无月之夜，小巷深深。偶尔有几声猫头鹰的啼鸣自夜色深处传来，很快便被吞噬在了死一般的沉寂中。如沼泽般浑浊的空气里，几声急促的惊呼敲碎了一片寂静。窸窸窣窣的衣料子摩擦声和粗重的呼吸声在这巷子里愈发显得刺耳。

“这女人倒泼辣得紧。”带着浓浓醉意的声音透着压抑的兴奋。

另一个声音道：“你抓住她的腿，我脱她的衣服。”

“唔……”被钳制住的女子挣扎得更激烈了，怎奈敌不过男人有力的桎梏。

咯噔，咯噔，咯噔。

石板路上传来了细高跟鞋的声响。

两个男人都是一愣，不约而同地回转过身。地上放着两盏马提灯，借着微弱的灯光，依稀能辨别出来人玲珑的曲线。来的是个女人，纤腰长腿，体态婀娜。

尤其是女人穿的那双缎面高跟鞋，鞋头镶着一圈水钻，泛着幽幽的蓝光。

“我道是谁在这里，原来是张警司手下的两条狗。”来人娇媚的声音像一根羽毛，直挠得两个男人心旌摇曳。

“你是谁？”其中一个男人的呼吸愈发粗重起来。

另一个男人松开了对少妇的桎梏，不自觉地往那女人的方向走去。

女人轻轻一笑，道：“我是谁？你说我是谁？”

她的容貌隐在夜色里，但依然能分辨出她脸上愈发肆意的笑容。她依旧袅袅婷婷地站在那里，只伸出一只手，便将伺机扑上来的男人撂倒在地。

跌倒在地的男人蜷着身子嗷嗷直叫。另一个人连忙上前查看，这一看登时面如土色。那女人居然轻而易举地撂倒了他兄弟。

被捉来的少妇早趁着空当跌跌撞撞地跑了。此刻，小巷里只有两个面色苍白的醉汉，以及这个古怪的女人。

咯噔，咯噔。

女人向前走了两步，停在两个男人面前，居高临下地看着他们。

她忽然蹲下身子，提起了一旁的马提灯。幽幽的灯光照亮了她的脸。蜷缩成一团的两个男人在看清她容貌的瞬间同时发出了骇人的尖叫：“你你你……你是……”

女人勾唇一笑：“呵，我是谁？”话音未落，尖尖的指甲已划开了其中一个男人的动脉。

“姑奶奶，姑奶奶饶了我们吧，我们也是身不由己……”另一个男人语无伦次地朝女人磕头。咚咚咚。磕头声一下沉过一下。

磕头声响到第二十一下时戛然而止。与此同时，马提灯燃尽了最后一丝燃料，小巷陷入黑暗。

夜色深处，又传来了一阵猫头鹰的啼鸣，似哭似笑，似哀似叹。

春天收起了最后一点尾巴。

一场雨后，院里的西府海棠一夜间只留满地残蕊，叫书玉心疼了好半天。

辜龙坐在窗前看书，书玉在院子里扫落花。她将落花扫成了一个小山丘，怎么也舍不得将这堆海棠清走，蹲坐在花丘边上愁眉苦脸的。

辜龙翻过一页书，书玉就叹一口气，再翻一页，又叹一口气。三声叹息过后，翻页声再也没有传来。

书玉一口气憋得难受，忍不住抬头去看窗边的辜龙。这一抬头可不要紧，她发现窗边的人不见了。

下一秒。她身子一轻，落入了一个宽厚的怀抱。

“你不是在看书吗，跑到院子里做什么？”书玉揪起一根小草向辜龙砸去。

辜龙很自觉地受了她这一下，态度良好地答：“老婆在院子里叹气，我哪里还看得进去书？而且，你不就是叹气给我听的吗？”

书玉恼羞成怒：“胡说，谁叹气给你听？”

“满院子就你我两个大活人，你不叹气给我听，叹给谁听？”

“我叹给花听，总可以吧？”

“原来在我老婆心目中，连开败的花的地位都比我高。”

辜龙的语气难得地带了一丝失落，书玉立刻心软了：“其实吧……你的地位……也很高的。”

“有多高？”

书玉有点不开心了，这人怎么蹬鼻子上脸了？她扭头不看他：“哎呀，反正就那么高，其实也不算很高……”

“到底高不高？”辜龙较真起来。

书玉扭回头瞪他：“一点也不高！”

辜龙低声笑了：“这样啊，那我准备的那株广玉兰也就没有必要拿出来了，反正在你心里我的地位那么低……”

书玉登时坐直了：“什么什么？什么品种的广玉兰？你什么时候弄到的？快拿来我看看！”

辜龙淡淡瞥了她一眼，不说话。书玉凑上前亲了一下他：“在我心里，你的地位最高啦。花在哪儿？快拿来我看看。”

辜龙莞尔，这么没有诚意的回答，偏偏她还说得这么理直气壮。不过那株广玉兰本就是为她准备的，迟早还是要交到她手里。他放下书玉，把她搂到怀里：“中午就到了。我看你那宝贝海棠这几日就要谢了，所以前些日子挑了株广玉兰给你，花农今日中午应该就会把花送来。”

书玉瞬间笑弯了眉眼，搂住辜龙的脖子又往他脸上亲了一口。

“说吧，怎么谢我？”

书玉开心得找不着北：“什么都依你。”她脑中已在畅想该如何侍弄那株新的广玉兰了。辜龙看着她兴奋的模样，摇头失笑。

刚吃过午饭，书玉就到了大门口处候着。

辜龙有些无奈：“花农会把花送进宅子来，你站在门口干什么？”

“我就看看花长什么样。”

“那你站在阴凉处等。别等太久，早些进屋。”

书玉把头点得像鸡啄米，也不知听没听进去。辜龙无奈地摇了摇头，独自进了宅子。

书玉左等右等，总算有个花农模样的人出现在了街道口。那人扛着半人高的植株，很快便走到了宅子前。书玉连忙招呼道：“轻一点轻一点，小心门槛。”

谁知花农站在门槛前不动了。书玉疑惑地盯着那花农，还没来得及开口询问，便听那花农发出了带着哭腔的哀求：“书玉！你可得救救我啊！”

书玉目瞪口呆：“贺子池？你什么时候改做花农去了？你是不是又惹

什么事了？”

贺子池欲哭无泪：“上周组长派了个没天理的任务给我，让我去找张警司走丢了的宠物猫。天呐，你知道那张警司有多古怪吗？明明委托人找东西，却不说那猫长什么样子，隔着个屏风就只说了猫的名字。难不成我走街串巷喊猫的名字，那猫就能主动回来了？”

书玉也觉得奇怪：“组里最近接案子的风格有些诡异啊，怎么这样的案子也给接？这种鸡毛蒜皮的小事不应该交给街区里的警署吗？”

贺子池张了张嘴，话到嘴边又生生咽了下去。他总不能说，由于他的失误导致她以身涉险，辜尨非得要阎尌给个交待。阎尌破天荒地放低姿态道了歉后，他的炼狱生活就开始了。前阵子派他帮李家的姨太太捉奸，要他给王专员带孩子，眼下居然要他去找张警司走丢了的猫……这日子还能不能过了？

书玉勾了勾嘴角：“你惹组长不高兴了？”

一语中的。贺子池看向书玉的眼神分外真挚：“书玉，我知道你是好人，帮帮我吧，我要是没在规定时间内把那只破猫找回来，组长就要我陪副市长的长女逛夜市……”

“让你陪名媛淑女逛个夜市怎么碍着你了？这是好事啊。”

贺子池一脸惶恐：“我宁可抓一百只猫也不要和那邱萍萍待上半秒。”开玩笑，那长得如同女匪的女人一根手指头就能把他捏死，更别提那女汉子恨嫁心切，不知摧残了南京城内多少好儿郎。

书玉看贺子池的样子不像在开玩笑，她摊了摊手，道：“这事我也帮不了你啊，你要我帮着鉴定文书字画倒没问题，可这找猫找狗……”

“不找猫也成，你就跟我回一趟组里吧。组长见了你，没准一开心就不让我找猫了。”贺子池连忙道。

“我怎么不知道我有这么大的面子？”当年书玉在阎尌手下没少吃苦头，整个组里就数她被训得最惨，她见着阎尌必然犯怵，阎尌见了她必然开训。所以贺子池的意思是，把她送到阎尌面前让他训一顿他就开心了？

“不成。”书玉果断拒绝，又补充了一句，“没有商量的余地。”

贺子池犹豫了半天后下定了决心：“若你这次帮了我，我府上的花花草草，随便你拿！”

书玉本来已经准备转身进宅子，一听这话，立刻顿住了脚步：“你这话当真？”贺家二公子的院里可是收集了天下一半的奇花异草。

“千真万确。”

“好。”书玉点头，“我答应你。”

贺子池喜笑颜开：“那走着，回组里！”

“谁说我要回组里了？”书玉看了他一眼，“我决定帮你找张警司的猫。张警司除了说了猫的名字，还说了什么？”

贺子池回想道：“没了。他吞吞吐吐的，就只说了猫的名字。”

书玉皱眉。有些官员确实有这样的怪癖，明明要人找物，却因物品太贵重而不愿透露更多。可是不过一只猫，有什么名贵之处需要这般遮掩？她想了想，说：“算了，你问也问不出什么，我让辜龙找人再问问那张警司。辜龙就在里头，我去……”

“别！别别别！”贺子池突然惊恐地叫了起来。

书玉被吓了一跳：“你还要怎样？你的面子不够大，什么都问不出来，难不成你真准备满大街喊着猫的名字？”

贺子池又惊又怕。若辜龙知道他又来招惹书玉，那就不是找猫这么简单了，他很有可能直接被一台花轿送进邱萍萍的香闺。

“成，不找辜龙。”书玉有些头疼，“不过筹码翻倍，我要你帮我培育一株花期延长三倍的西府海棠。”

贺子池松了一口气：“行行行，没问题。”

“那猫叫什么名字？”书玉问。

“夜猫。”贺子池答，“那只破猫叫‘夜猫’。”

天刚蒙蒙亮，书玉便从被窝里钻出来，摸黑开始穿衣服。

枕边的辜龙被她的动静吵醒，皱了皱眉，哑着嗓子道：“起这么早做什么？”

书玉被他一胳膊捞回了被窝，挣脱不成，把早就想好的借口道出：“书斋要我去鉴定一幅字画，卖家约了这个时间。”

辜龙不满：“哪个卖家排场这么大？”

书玉适时地凑上去吻了吻他的额角：“哎呀你就别问了，等我干完这一单，得了大大的好处，到时候好好犒劳你。”说罢从床上爬起，拎着个小布包出了门。

门关上了，辜龙翻了个身欲继续睡，怎奈身边空了一块，百般不适应，怎么也睡不着了。

大清早，集市里早已人潮攒动，叫卖吆喝声与讨价还价声并举，好不热闹。书玉换了一身粗布衣衫，戴着个头巾，臂弯里挂着一方竹篮。篮子用蓝色碎花小布盖着，看不清里头是什么。

一旁，同样粗布衣服打扮的贺子池拉着一个木板车，狐疑地问书玉道：“这样就能混进张警司的宅子？”

“你说呢？”书玉冷冷地瞥了贺子池一眼。

贺子池立刻噤声。过了半晌又忍不住问：“可是进了宅子问出猫的特征和长相后，还是找不到那只猫怎么办？”

“谁说我要帮他找到那只猫？”书玉挑眉，“问清猫的特征以后，买一只一模一样的猫送给张警司不就结了？”

贺子池瞬间恍然大悟：“哇，对啊！书玉你真是……”

书玉皱眉：“嘘！他们到了。”

贺子池顺着书玉的视线望去，只见集市东边来了几个小厮打扮的人，东张西望不知在找什么。

书玉调整好了面部表情，迎上去对着那几人中的一个大丫鬟道：“姐姐，这是按你们要求送过来的果蔬，全是今晨刚刚采摘下来的，保准新鲜。”说罢从贺子池的木板车里拿出了一个早就包好的小包裹，道，“这是给几位哥哥姐姐准备的小礼。都是些农家的物什，不值几个钱，但胜在不施农药，小玉自作主张拿来孝敬几位哥哥姐姐。”

大丫鬟接过包裹，看了书玉一眼道：“原先负责送蔬菜的李嬷嬷呢？”

“嬷嬷前些日子感染了风寒，只好让小玉来代送。”

大丫鬟看了看贺子池，没有怀疑：“你们跟上来。”

那大丫鬟和小厮又采买了几样肉食和脂粉，统统堆到了贺子池的板车里。贺子池刚要摆出一副哭丧脸，就被书玉的眼神逼了回去。

抵达张警司的宅子时，天已大亮。书玉和贺子池跟在大丫鬟身后从后门进了宅子。大丫鬟撂下一句“你们去后厨房把这果蔬收拾妥当再走”后，便招呼着几个小厮离开了。

后厨房是女人的天下。热情的厨娘一边接过书玉和贺子池送来的果蔬，一边直夸二人生得好看。贺子池被夸得不好意思了，书玉却笑盈盈地把这朴素的赞美统统收下。

书玉一边给厨娘打下手，一边与那厨娘闲聊：“大娘，你说张警司有什么喜好吗？不瞒大娘，小玉家里有个不成器的弟弟，怎么也找不着活，若张警司能帮忙，兴许小玉那弟弟能有些出路。”

厨娘性子耿直，很快便说：“这可不大好办啊。我们老爷平日里没什么喜好，一不收现银，二不收珠宝玉石，唯一喜欢的大概就是养鸟。可那鸟儿都名贵得很，丫头你肯定拿不出来。”

书玉诧异：“看不出来张警司居然喜欢养宠物？除了鸟儿，张警司还有什么喜欢的宠物？”

厨娘想了好半天，摇摇头：“我倒没见过府里有除了鸟以外的宠物。”

一旁的贺子池忍不住了：“那猫呢？张警司养猫吗？”

书玉面无表情地看了一眼贺子池。后者自知失言，捂着嘴不敢说话了。厨娘倒没觉察出不妥：“没见过宅子里有猫啊。”

坐在灶炉边择菜的几个仆妇却捂着嘴笑了起来。书玉狐疑地望向那几个女人。只听其中一人道："我看妹子也别找鸟找猫了，只消你梳妆打扮妥当，走到我们老爷面前，别说给你弟弟安排活干，就是你想要天上的星星月亮，老爷也会给你摘下来。"

书玉一愣，脑中飞快地运转起来。贺子池却心惊胆战的。看来这张警司是个色鬼，书玉莫不是想……若果真如此，辜尨非一掌劈死他贺子池不可。

厨娘变了脸色，唾了一口道："看我不撕烂你们的臭嘴，你们想教坏小姑娘还是怎么？"说罢转头对书玉道，"你不要听她们胡说，我和府里的总管有些交情，我让他帮你问问有没有适合你弟弟的职位。"

被训斥的女人不高兴了："刘姐，你怎么知道是我们教坏小姑娘，而不是小姑娘自己乐意呢？"

又一个女人嗤笑道："是啊，没准这又是一个十七姨太太呢。"

书玉惊呆了，这张警司居然娶了不少于十七房的姨太太，还真是个风流人物。

厨娘已气得满脸通红："你们当着外人的面胡说些什么，如果被太太知道了……"她突然不敢往下说了。那几个长舌的女人也变了脸色，立刻低头各做各的活。

书玉和贺子池面面相觑。看来张太太很是威严，下人们都谈之色变啊。

"大娘，这十七姨太太……是个怎么样的人啊？"书玉看着厨娘，小心翼翼地问。

厨娘的脸色好不容易缓和了下来，被书玉这一问又紧张了起来，然而在看到书玉无辜憨厚的表情时，不由得长长叹了一口气："十七姨太太是个难得的美人，可惜红颜薄命，丫头你可千万不要学她。"

果蔬都已收拾妥当，书玉和贺子池再也没有理由可以逗留，只得起身作别。沿途，书玉又逮着些丫鬟小厮旁敲侧击，没有一个人在张宅里见到过猫的踪迹。明明宅子里就没养过猫，那张警司要人找的是哪儿门子的猫?

“你确定张警司要你找的是活猫？而不是玉石猫、金雕猫？”书玉一边在宅子里穿梭，一边低声凶贺子池。

贺子池耷拉着脑袋：“他确实让我找猫啊，还点明了是只宠物猫。”

书玉有些泄气。也是，从张宅厨娘口中可知，张警司根本就对古玩玉器没兴趣，因此他断断不会收藏玉石猫抑或金雕猫。那么，张警司走丢的到底是哪一只猫?

两人正往前走着，忽然前方的假山后传来脚步声，三个小丫鬟和一位仪容端庄的女人走了过来。那女人着一身牡丹团簇滚金旗袍，摇一柄牡丹花样小圆扇，蹬一双吉祥纹理高跟鞋。那双高跟鞋尤为美丽夺目。细跟缎面，鞋头镶着一圈水钻。弧形的水钻像一弯月牙，冷冷地泛着妩媚的蓝光。

蹬着高跟鞋的女人妆容精致，但依旧掩不住岁月的痕迹——那密密的眼角细纹任扑多少层粉也掩盖不住。但不可否认，纵韶华已逝，眼前这位依旧是风韵犹存的美人。

美人皱着眉，对书玉道：“你是哪个房里的丫头？”

书玉一愣，马上答：“给厨房送货的，现在马上就走。”

“太太，今日确实是府里的采买日。”一旁的小丫鬟轻声道。

张太太点点头：“原来只是一个宅外的采买丫头。”书玉刚松了一口气，只听张太太又道，“一个采买的丫头便有这般姿色，你们莫不是联合那死鬼来诓我的吧？”

三个小丫鬟登时齐齐下跪：“奴婢不敢，奴婢是太太的人，一切但凭太太吩咐。”

书玉一颗心又提了起来。这张警司的原配好生跋扈。贺子池比书玉还紧张，挪了几步挡在了书玉面前，引得书玉诧异地瞥了他一眼。

张太太这才看到了贺子池：“这又是谁？也是负责采买的下人？”

丫鬟答了个“是”。

张太太神色冰冷：“连个小厮都这样俊，还敢说不是他刻意安排的？怎么，这回连小倌也要带到家里来了？”

书玉悄悄拉了拉贺子池。贺子池了悟，于是两人皆敛目垂头，态度谦恭地聆听太太教诲。张太太训了几句自觉无趣，最后竟抬起书玉的下巴，细细观察起她的五官来。

除却辜尨，书玉还从未被人如此近距离地看过脸，一时有些不自在。张太太将书玉的局促尽收眼底。半晌，她笑了：“你这张小脸竟比那贱人还美上几分，也难怪那死鬼看得上。不过我告诉你，你若想顶上十七姨太的名号，那就是痴心妄想了。”

书玉被那尖尖的指甲硌得难受，却听那女人在她耳边道：“好不容易送走了一个叶猫儿，还想再来一个叶猫儿吗？”

书玉脑中灵光一闪，颤颤巍巍地弯下腰来：“奴婢惶恐，若奴婢有半分这样的念想，天打五雷轰。”

“谅你也折腾不出什么花样，快走吧。”张太太摇了摇小圆扇，蹬着高跟鞋，渐渐走远了。

书玉却留在原地没动。贺子池抹了抹脑门上的汗，唏嘘道：“这个老女人好恐怖。”

“贺子池。”书玉忽然开口叫他。

“怎么了？”

“当日张警司是怎么跟你描述那只猫的？”书玉问。

“我不是都跟你说了吗？他只告诉了我猫的名字。”

“不是，我要你把他的原话复述出来。一字不落。”

贺子池有些犯难，但他还是努力地回想了起来：“他大概是这么说的：数月前走失了一只宠物猫。自它走后，我无时无刻不在牵肠挂肚。那是一只很伶俐的小东西，善解人意，与我最是亲近。它的名字叫夜猫。若你能帮我把它找回来，再多的酬金也不是问题。没了，就这些。”贺子池摊了摊手。

书玉没有说话。就在贺子池以为书玉又要凶他时，书玉转头对他微微一笑："你说，这张警司既然把那只宠物捧在心尖宠着，为何直到它走丢了数月之久才想起来要人去找呢？"

贺子池一愣，答不上来。书玉又道："夜猫，那只宠物的名字叫夜猫。你怎知张警司说的是夜猫，而不是叶猫儿？"毕竟南方人说话一般没有儿化音。

贺子池呆住了。

"再者，你又怎知那夜猫是猫，而不是人呢？"

"你的意思是，那夜猫实际上是一个人？"

书玉勾了勾嘴角："我想，那夜猫十之八九便是张警司的宠妾——十七姨太太。"

贺子池瞪眼："怎么可能？十七姨太太早就死了！"

书玉耸耸肩："也许是，也许不是。"

"你的意思是，也许那十七姨太太其实并没有死？"

"十七姨太太应该是死了的。张宅内的下人都道十七姨太太已去世，且以张太太的性子，若十七姨太太尚在人间，她定然不会罢休。而张警司托人找夜猫却不肯说夜猫的模样，想必他心里也晓得，这夜猫是不可能回来了。"若那夜猫真如她所想是十七姨太太叶猫儿，那么张警司倒算得上一个痴情人。只是她好奇，到底是什么让张警司萌生了寻找叶猫儿的念头？

"那怎么办？"贺子池听书玉分析得头头是道，却觉得头更大了，"他自己都知道找不到了，还要我们找什么？"

书玉笑了："你问这么多有什么用，雇主又不会回答你。既然张警司要掷重金找这根本找不到的东西，那我们就找出来给他看。"

贺子池吓了一跳："你要掘墓？"

书玉气结："你可以再傻一点吗？找一个容貌气质与十七姨太太相仿

的女子，让那张警司解一解相思之苦，你的任务自然就圆满完成了。”

贺子池醍醐灌顶：“那我们快些离开这张宅，速速去烟花之地寻长得像叶猫儿的女子。”

他正兴奋，却听前方传来一阵骚乱。丫鬟小厮匆匆赶了过去，经过书玉和贺子池身边时不忘训道：“还杵在这里干什么？快来帮忙，府里来了贵客。”

什么客人的面子这么大？书玉好奇。贺子池直接拉了个小厮就问：“府里来的客人是哪一位？”

小厮不耐烦地答：“辜龙辜先生。”

贺子池当即吓破了胆，转头冲书玉道：“辜龙怎么来了？是不是你露出了马脚？”

书玉也很诧异，辜龙平时不与张警司来往，怎么今天说来就来？

“不可能，我行事滴水不漏，肯定是你说漏嘴了。”书玉坚决否认。

贺子池也不管到底谁对谁错了，立刻往张宅门口方向跑。跑了几步却又突然如木桩般被钉在原地不动了。

前方响起一道声音：“这不是贺家二公子吗？穿得这么寒酸是要做什么呢？”

贺子池闭了闭眼，而后认命地睁开眼冲辜龙绽开了最诚挚的笑容：“好久不见啊，辜先生。”他的眼睛却忍不住往身后瞟，只求辜龙没看到书玉。不过那么大一个活人，辜龙又不瞎，怎么可能看不到？

今日，辜龙穿着一件浅灰色休闲西装，内搭浅色条纹衬衫，与中年发福的张警司相比，愈发显得年轻。他慢悠悠地往贺子池身后看了一眼，道：“贺公子老是鬼鬼祟祟往后看是为何？难道后边有什么是我看不得的吗？”

贺子池索性转身往后看去，后方是亭台假山，哪里还有书玉的影子？他不由得长长舒了一口气，书玉果然机智地躲了起来。

辜龙淡淡地看了贺子池一眼，继而往那假山走去，一边走一边与张警司寒暄："张兄倒是会享受，这里的布置雅韵天成，应是托了原有地形之福吧。"

张警司干笑几声，道："哪里哪里，辜先生谬赞。"

辜龙却不接话，兀自走到了一座假山前，似是观察起假山的纹路来。贺子池和张警司有些摸不着头脑。书玉却提了一颗心在嗓子眼。辜龙与她就隔着一座假山，若他再往前走上几步，她就无处可藏了。

当贺子池傻乎乎地往门的方向跑去时，她已知再往前走，必然要撞见辜龙。她来不及拉回贺子池，只得自己独自闪身躲到了假山之后。可一藏好，她就懊恼了。躲什么躲，又没干什么见不得人的事，这一躲倒显得她理亏。

但躲都躲了，哪里还好意思自己站出来。她只求辜龙别再往前走。辜龙果真如她所愿，立在假山前不动了。

假山后没有了动静，书玉却不敢大意，屏息凝神，半点风吹草动也不放过。好半天，辜龙的声音终于传了过来："张兄莫要自谦了，这里果然是风水宝地，连泥都是南京城内找不出第二处的珍贵土质啊。"

张警司抹了一把汗："天下的泥土……不都长这样吗？"

辜龙笑道："看来张兄不是爱花之人。想来张兄府上有擅长侍弄花草的人，定是那人把这泥弄到了此处。"

张警司一时不知道怎么接话，辜龙又道："听闻三日前张兄手下有两员得力干将横尸于垸水巷。"

张警司点头："是，是，辜先生消息真是灵通。"

"非我消息灵通。"辜龙瞬间语气变冷，"当地警局拿了证据指证凶手是我手下的人。传票直接递到了我的手里，你说我能不知道吗？若真是我手下所为，我绝无二话。但证据分明存在漏洞，案情也有诸多疑点，警局如此草草定案，这又该如何解释？"

张警司已面色发白，辜龙却毫不在意。他把玩着手中的泥土，淡淡地道："巧合的是，死亡现场留下了几个残缺的脚印，脚印带着些许泥土。我派人查了查，那泥土的土质与我手中的一模一样。张兄不解释一下吗？”

假山后，书玉心里一咯噔。这摆明了要栽赃嫁祸给辜龙，到底是谁胆子这么大?

那边，张警司腿软了：“辜先生，我也不知局里哪些个不懂事的年轻人这样贸然下了结论……回头我一定好好训训他们……但是，但是辜先生您一定要相信，误认您手下为凶手绝不是我的授意，且凶手也绝对不是我……”

辜龙勾了勾唇：“我自然相信张兄不会做这样的事。但还请张兄让警局给我一个交待。”

辜龙的话却令张警司更为心惊。“不会做这样的事”，到底是指不会授意警员诬陷辜龙，还是指不会干那杀人害命的勾当？抑或两者皆囊括在内?

书玉还在凝神思索，无论张警司在里头扮演了什么角色，哪怕只是一枚棋子，他也脱不了干系——他的身边一定蛰伏着一股势力。那股势力不想要辜龙好过。她想得太认真，连辜龙什么时候离开了假山都不知道。待她回过神来，身后已再无人声。

又等了半天，书玉才从假山后走了出来。辜龙等人已不知去了哪里，她没有心思去找贺子池，在集市里乱晃了一圈，又拐到书斋处买了个砚台。磨磨蹭蹭间竟也挨到了傍晚，她无心再逛，便回了家。

辜龙早就到了家，一个人在小榻上看书。书玉蹬掉鞋子上了小榻，一骨碌钻进了辜龙怀里。

“鉴定完字画了？”他问。

书玉含糊地答了一声：“唔。”

“可得了什么好处？”

“没。半分好处也没有。”自出了张宅，她光在那胡思乱想了，哪儿还有空思考如何帮贺子池找猫？到底是哪一方的势力要和辜龙过不去?

辜龙刮了下她的鼻子："半分好处也没的买卖你也做？"

书玉环住他的腰，问："今天你去哪里了？"

辜龙愣了愣："出去办了点小事。"

好半天书玉才说："你能不能以后不要有事瞒着我呀？我也可以帮你分担的。你的老婆没有你想的那么没用呢。"

辜龙笑了，下巴搁在她的发顶："我知道。"

"知道什么啊？"书玉不满。他就喜欢玩模棱两可的文字游戏。

"知道我的老婆想帮我分忧，知道我的老婆很厉害。"

"那还不坦白？"

"坦白不应该是双方的事吗？"

书玉一愣。辜龙又道："你先向我坦白，我再把你想知道的事告诉你。"

"我有什么可坦白的？"

"哦？今天你果真去了书斋？"

书玉傻了眼，想要拿出在集市里买的砚台作物证，奈何怎么也找不着了。

"别找了。"辜龙面无表情地晃了晃手里的砚台，"家里那么多块好砚你不用，又买来这样一块破砚，欲盖弥彰得也太明显了吧。说吧，今天和贺子池去干什么了？他又拿什么东西引诱你？让我猜猜，这个时节，贺子池能拿得出手的，也就他那一院子花花草草吧。"

有一个这样聪明的心上人有时候真是一件伤脑筋的事情啊。书玉只好揽着辜龙的脖子，一五一十全招了。

"也不是什么大事嘛。你别为难贺子池好不好？"她还惦记着那满院的奇花异草呢。

辜龙揽着她的腰，神色复杂："我什么时候为难过他？给他派任务的是阎崶，又不是我。"

书玉想了想，也对，贺子池每次见了辜龙都如老鼠见了猫，可从头到尾辜龙什么也没对他做。她又问：“那你快告诉我，你是怎么猜出我今日没有去书斋的？光凭那砚台可不算。”

“隔着假山的洞眼，我闻到了你的味道。”

书玉不信：“胡说，我哪儿有什么味道。”就算有，隔那么远怎么可能闻到？

辜龙低声笑了：“你的味道，我如何不知道。”说罢一俯身便把她压在了身下，“还有，下次记得把鞋子上沾到的泥土抖干净，那峄山红土可不是哪里都能见着的。”

他一边说着，一边熄了灯。

夜色正好。

## Chapter 2 栽赃嫁祸

南京城里有一条坞椿巷，巷子尽头有家老字号的书局。半旧的匾额上题了几个龙飞凤舞的大字：咸丰一十二。

咸丰书局的前堂除了卖些小说话本，还兼做出版印刷工作。满室旧书味混着油墨味，倒有几分别样的韵味。书局客人不多，平日里接的订单却不少。但只有书局内部人员才知道，那订单大多与出版印刷无关。

譬如，一张过了期的订单上写着“寻回大总统秘书室里一位要员遗失的五封信函”。再譬如，最近的一张订单上写着“找回张警司走丢的一只猫”。订单上的内容千奇百怪，最机密的订单锁在书局内室的小阁楼，非核心成员不得入内查看。

坞椿巷的居民自然不知这书局的运作情况，只道那是个不错的消磨时光之地，兴许往那里逛上一逛便能找到几本前朝孤本。

书玉跨进书局时正是午间最清闲的时候，书局的前堂里只有两个年轻人。一个戴着黑框大眼镜的瘦高年轻男子坐在电脑前噼里啪啦地打字，嘴角叼着一根早就熄了的烟。另一个是扎着两条麻花细辫的小姑娘，十七八岁，正忙着对一摞书籍做标记。

两人看到书玉皆是一愣。继而，扎麻花辫的小姑娘尖叫着抛掉了手里的书，一头扎进了书玉怀里："玉姐姐你回来啦！"

书玉摸摸小姑娘的后脑勺："小芸又在给书分类？真辛苦。"

黑框大眼镜的男子笑着望着书玉："她哪里辛苦，不过给书贴一贴标签而已，真正受累的是我好吗？"

小芸气红了脸："龙牙，你胡说！"

书玉莞尔。她抬头对龙牙道："贺子池在哪里？我有事找他。"

龙牙撇了撇嘴："找他做什么？我还以为你终于愿意回来了，哪知道居然只是为了找贺二傻。"

书玉笑了笑："我已嫁人，自然遵从夫家的意思。既已辞职，就没有再回来的打算。不过因为想你们，我还是会回来看一看。"

龙牙的面色却更不豫了："那辜龙有什么好，阴阳怪气霸道无理，哪里比得上组长？"

那凶巴巴的阎獸哪里都比不上辜龙好吗？书玉心中腹诽，嘴上却道："男大当婚女大当嫁，你总不能指望我把一生都奉献在这里，最后孤独终老在这咸丰书局吧？"

龙牙语塞。

"好了，快告诉我贺子池在哪里。"

龙牙不说话，只伸出三根指头指了指楼梯，复又转身打起字来。书玉也不介意，转身便往楼上走去。

咸丰书局的楼梯错综复杂，越往上，分开的岔口越多，每一个岔口通往的是不一样的楼层。按龙牙的手势，贺子池应该是在三层。书玉默念了口诀，开始寻找通往三层的楼梯。

贺子池找到了十七姨太太的画像，约她今日来看。虽然辜龙并不支持她继续找夜猫，但他知她不达目的不罢休的性子，于是只吩咐："找到了跟十七姨太太相似的女子就罢手，不要和张警司多作纠缠。他并不像表面上看起来的那般懦弱平庸。"

书玉应下了，心里却另有一番计较，她要顺藤摸瓜，揪住藏在幕后企图嫁祸辜龙的人。

快到三楼时，书玉刻意放轻了脚步，纵然如此，高跟鞋还是在木质的地板上发出了声音。

她正苦恼忘了问贺子池的房间号，下一秒却发现根本无须问。因为三楼的房间大多落了锁，锁上无一例外蒙了厚厚一层灰，想来这些房间已荒置了不短的时间。只有最里间的房间没有落锁，门把上也没有半点灰尘。书玉想都没想，便拧开门把，打开了门。

正午的阳光透过浅棕色的窗帘缝隙打进来，在木头地板上留下了一条长长的明亮色斑。背对着门的地方摆着一张藤椅，椅子上坐着一个人，因背着光，看不清那人是谁。但书玉已从屋子里的两面书架和书架上摆放的书籍猜出了那个人的身份。

她从来没有一次这么后悔自己的糊涂和大意。怎么偏偏撞到枪口上来了？

只听那人开了口："小芸，过来帮我把茶满上。"

书玉长舒了一口气，还好，屋中人并不知道来的是她。此时不溜，更待何时？于是她当机立断收回了预备要迈出去的右脚，手腕轻动，关上了房门。

门板隔开了她和屋中人，她拍了拍胸口，蹑手蹑脚地向楼梯口退去。谁知，楼梯口处冷不丁冒出了一张茫然中带着几分惊喜的脸："书玉，小芸说你来找我了。可是你怎么跑到三楼来了？我的楼层在二楼呀。还好龙牙告诉我你去了三楼，你……"

书玉一把捂住了贺子池的嘴，不让他继续说下去了。奈何贺子池声音太过洪亮。身后，楼道尽头的房间里传来了响动，似乎有人在往楼梯口走来。

书玉吓得汗毛倒竖，再也顾不上贺子池，一个人往楼下冲。贺子池看情形不对，也跟着书玉往下跑。书玉跑到了前堂，惊觉身后还跟着一条尾巴。她惊讶地问："你跑什么？"

贺子池一愣："你跑我也跟着跑了呀。"

书玉无语。她匆匆瞥了一眼楼梯口的方向，再也顾不得其他，以最快的速度离开了咸丰书局。贺子池赶紧跟上，一边跟还一边喊："书玉！书玉！你等等我呀！"

小芸从书堆中抬起了头，满脸的问号："玉姐姐为什么要跑呀？"

龙牙幸灾乐祸："大概撞见了她害怕的人。"

"玉姐姐还有害怕的人？"

这时，楼梯上走下了一个人。那人瞥了一眼前堂内的两人，面无表情地开口道："小芸，我早就跟你说过我三楼的房间没有茶具了，为何还不送一套上来？"

小芸垂下了头："我……我以为组长你不爱喝茶……"

那人看了小芸一眼，小芸便说不出话了。龙牙默默地把头低下，装作认真打字的模样。

谁料那人又道："龙牙，三楼的地板脏了，你去擦一下。顺便把四楼五楼的地板也一并擦一擦。"

龙牙垂头丧气地答了一声"是"。

贺子池拿出来一张小像，上面的女子温婉腼腆。鹅蛋脸，远山眉，点朱唇，银贝齿。带牡丹纹样的贴身旗袍裹出了袅娜的身段，一双藕似的手臂半举着一个绣有牡丹图样的小圆扇。美人娇怯的眼神，更是让看的人心里发软。

贺子池啧啧道："漂亮吧？"

书玉瞥他一眼："你得意什么？"

贺子池讪讪地住了嘴。

“这画像哪儿来的？”书玉问。

“十七姨太太刚进张家时张警司请画师给做的小像。”

“你不觉得，这美人有些眼熟吗？”书玉看了半天，皱眉问道。

贺子池不解：“我可没有见过。难不成你见过？”

书玉摇头：“并不是说她的五官，而是她的装扮。你不觉得这位美人的衣着打扮都和张太太有几分相似吗？”

这么一说，贺子池醒悟过来。那旗袍，那圆扇，甚至那妆容，都像极了张警司的原配。奈何小像并没有绘全身，画师没有画的地方，是不是也有一双缎面镶水钻的高跟鞋呢？

“难道说，张太太和十七姨太太有什么关联吗？”贺子池推测道。

书玉皱眉：“难说。叶猫儿和张警司是怎么认识的？”

“传闻说是在赌场认识的。当时叶猫儿赢了张警司所有的筹金，张警司从未接触过那般赌技惊人的美人，一见钟情。”

书玉更惊讶了。她虽不懂赌技，但她晓得赌技不单单是手腕上的技艺，每一个微表情都要做得恰到好处，才能于豪赌中完胜。画像上的美人眼神这样娇怯，实在不像是个心理素质过硬的赌客。

要么传闻有误，要么这个叶猫儿不简单，对眼神的操控已经达到炉火纯青的地步，能于每一个场景转换不同的风情。

书玉问：“你那传闻可有凭证？”

贺子池答：“张宅里的下人传的。我去赌场调查过，那里的工作人员也记得确有此事。”

书玉盯着小像上的温婉美人，不再说话。叶猫儿是个怎样的人，她与张警司的原配间有什么纠葛，她的死因又是什么，书玉半点也不关心。只是要想模仿这个已逝的美人，委实要费上一番功夫。

“张警司和叶猫儿初见的赌场是哪一家？”许久，书玉开了口。

“天机阁。”

天机阁？书玉皱眉。张警司虽在警界混出了些名堂，但要想上天机阁，还有一定的距离。更遑论来一场邂逅美人的豪赌。这位张警司，看来也有猫腻。

贺子池忽然想到了什么："你……该不会是想去天机阁吧？"

书玉收起了小像："收拾收拾，咱们现在就去天机阁。"

能说不吗？贺子池有些郁闷，那样乌烟瘴气的赌博之地，书玉一个女儿家却想要去？可是她从来不是一般的女人。

贺子池在内心里叹了一口气，认命地跟上了她的步伐。

天机阁并不是一家赌场，而是天一、天水、天岩三家赌场里级别最高的地方。若不是身家过硬或者赌技过硬，一般人不敢到天机阁献丑。

贺子池紧张地凑近书玉耳语道："咱们该不会也要赌吧？"

今日，书玉穿着一身竖领水色旗袍，踩一双天青色细高跟鞋，贵妇派头十足。她对贺子池摇了摇头，道："少说，多看。"

贺子池有些懊恼。书玉说要在天机阁内找个与叶猫儿相仿的女子，一要赌技高，二要有一张神似叶猫儿的脸。谈何容易？

天机阁倒比下方的三大赌场环境好很多，但昏暗的光线，时常找不到人的服务生以及隐在暗处的赌客仍令贺子池微微发怵。他还有个要紧任务——保障书玉的安全。

前方传来小小的喧哗，似乎要有一场大赌。书玉和贺子池随人流走过去围观。

中央的场地上是一张大赌桌，服务生已洗好了牌。赌桌旁坐着三个赌客，观其神色，都是久经沙场的老将。他们身后，各有一个包厢，包厢里坐着他们真正的东家，只是用一道帘子遮住了东家的真面目。

人群里有小小的骚动。

"那不是裘老七吗？"

"那个新晋的赌王？"

“还真是，谁能请得起他做赌手？”

书玉顺着他们的目光看去，只见那裘老七并不老，约莫二十出头，身量瘦小，戴着半张铁质面具，唯面具后透出的一双眸子充满了与外表不符的深沉老练。只是他身后的帘子里，坐的人是谁？

铃铛声响起，正前方的幕布落了下来，出现了此番大赌的赌注。幕布后悬挂着一幅水墨画，左下角落了一枚红印，刻着“张僧繇”三个小篆字样。

画的一侧，坐着一个蒙着面纱的妙龄女子。肤如凝脂，纤腰长腿，她眨了眨眼，便流露出魅人的妩媚。

书玉注意到了蒙面美人的脚。美人穿着一双缎面高跟鞋，鞋头细细密密地缀了一圈幽蓝色的水钻。

书玉不由得皱眉。怎么回事？难道今年南京城内流行这样一款女鞋？怎么一个两个都穿这同一款鞋子。

贺子池有些兴奋：“你说那赌注到底是那幅画，还是画旁的美人？”

书玉把视线投向了水墨画，微微一勾唇：“画不值钱。”

贺子池一愣。

书玉又道：“那《五星二十八宿神形图》的真迹不可能在这里。不过这赝品倒是把张僧繇的画法学了个透。”足以以假乱真，若不是她知道真迹在哪里，她也没法光凭肉眼辨明真伪。

“这么说赌注是画旁的美人？”贺子池道。

书玉笑了：“既然美人和画都在上头摆着，赌注当然既包含画也包含美人了。”

铃铛再次响起。赌局开始。

内行人看门道，外行人看热闹。更有围观者不看赌局，从头至尾眼睛便没离开台上的蒙面美人。

书玉这外行人却直勾勾地盯着裘老七的手出了神。好漂亮的一双手。这样的长度，这样的骨节比例，分明是用来抚琴的，却用来赌博了。

上半场赌局已结束。裘老七靠着最后一张牌生生赢走了另外两个赌手三分之一的筹金。

看客们啧啧称奇，有的摇头，有的兴奋。而赌桌上的三个赌手，依旧气定神闲，稳如泰山。

下半场正要开始，却听一位赌手身后的帘子里传出了一道声音："只这半盏茶工夫，就输掉了半个布庄的银子。"

这声音，分明是个女子。围观者亦被勾起了兴趣，纷纷往帘子处望去。

只听那帘后的女声又道："挂在上头的画我是看不出有什么好，但画边的这位姐姐看上去倒不错。我花了这么大价钱，总该让美人姐姐露个脸给我瞧瞧吧，好歹也让我晓得我这银子花得冤不冤。"

人群里已有附和之声。正要开庄的服务生犯了难。赌注本就讲究虚虚实实，虚实莫辨才更能引人一探究竟。这女客人的一句话竟要打破天机阁的规矩。裘老七身后的帘子也有了动静。只听帘内一道慵懒的声音漫不经心地道："既然输不起，何必要来天机阁？"

书玉的心猛地一跳。这声音，怎么如此熟悉？

她抬头往帘子看去，奈何厚厚的帘子将包厢内的人掩藏得严严实实。

"这位先生的话可不对了，我邱萍萍怎么是输不起的人？"话音刚落，一柄扇子挑开了帘子，一位身着收腰花式衬衫的女子蹬着一双马蹄靴从包厢内走了出来。

她五官平平，连清秀也算不上，却有一股凌厉的气势，让并不出色的五官有了几分灵动，直叫人移不开眼。

众人再度哗然。原来是副市长家的女儿。贺子池条件反射地遮住脸，缩在书玉身后："快帮我挡挡。"

"你和她有过节？"

"若我找不到夜猫，就得陪这一位逛夜市。"

书玉恍然大悟。原来她就是让贺子池闻之色变的邱萍萍啊。

书玉瞥了一眼身后恨不得缩成一颗米粒的贺子池，没忍心说实话：人家姑娘配你绰绰有余，倒是你这副熊样能不能配得上她还是未知数。

邱萍萍走到了赌桌前，一手叉腰，一手撑着桌子道："先生抢了裘老七做赌手，我和另一位赌客自然讨不了好处。要不下半局我们换一种赌法可好？"

"什么赌法？"依旧是那懒洋洋的声音。

邱萍萍拍了拍手："我和这位赌客并为一家，若下半局结束时，我们的筹金胜过你，那么算我们赢，反之，你赢。"

这……哪儿有这样不讲道理的赌法？众人纷纷等着裘老七身后那位爷的反应。

那声音的主人倒是很有兴致："哦？那你和那一位赌客商量好了没有？这样擅自替人做主可不太好。"

邱萍萍一愣，转头便对左手边的赌手道："问问你家主人，可以还是不可以？"

那赌手看了邱萍萍一眼，并不说话。书玉这才发现，从头至尾，这第三位赌客便没有发过声。他到底会不会接受邱萍萍的提议？

众目睽睽下，第三位赌手身后的帘子动了动，一张纸条递了出来。

纸条上书：可。

人群骚动了起来。若邱萍萍一方赢了，赌注怎么分配？看来这第三位赌客也是个好斗的主，为了能扳回一局，连赌注也不在乎了。

"最后一件事。"邱萍萍挑眉看向台上的画卷和美人，"我要先一睹美人姐姐的芳容。"

怎么绕来绕去又绕回了要看美人的真容？服务生抹了把汗。却听台上的美人轻笑了几声："早看晚看也都是一个看字，我若摘了面纱，无论合不合邱小姐的意，这赌局都得往下走。"

说罢素手一扬，撩起了蒙在面上的绢纱。

书玉抬头。只看了一眼便震住了。贺子池更是夸张，指着台上的美人结结巴巴道："她……她不是……"

鹅蛋脸，远山眉，点朱唇，银贝齿。是个标致的美人，与十七姨太太叶猫儿一般无二的美人。

书玉曾经思忖，找个脸型、五官、身材差不多的女子便好，再照着化上妆，不难造出第二个叶猫儿来。谁知，台上这位无须任何修饰，便已活脱脱是另一个叶猫儿。甚至比画像上的叶猫儿更像叶猫儿。

画像里的叶猫儿所缺少的神韵，统统在台上女子的眼角眉梢间找着了。这才是在赌场叱咤风云的女子该有的神韵。

"邱小姐可还满意？"台上的美人勾唇一笑，直教人酥软了骨头。

邱萍萍拍手大笑："果然生得极好看，今日就算输了，我也了无遗憾。"

衮老七身后的赌客并没有提出异议，想来是同意邱萍萍与那第三位赌客联手了。这样一来，场上的局势又发生了变化。邱萍萍一方所执的筹金一时压过了衮老七。就看下半场衮老七该如何力挽狂澜了。

服务生正要摇响铃铛，却被一个女声阻住了："若邱小姐一方胜了，赌注该如何分配？"

众人的视线顿时汇聚到了围观人群中那抹纤细的身影上。那女子穿着一身竖领水色长旗袍，蹬一双天青色细高跟，手持一柄折扇。

好一个清冷的美人。

贺子池被书玉吓了一跳："他们怎么分配关我们什么事？"

邱萍萍没想到有人当场把赌注的分配提了出来，她想也没想便答："我随意，不要赌注都可以。"

好大的口气。

书玉转了转眼睛，继而走出了围观的人群，径直走到了衮老七身边。她微微侧身，对着衮老七身后的帘子道："不知先生有没有把握赢这下半局？"

帘子里的那人语气带笑："赌场从不讲把握二字。"

“这么看来，先生心里也没有底咯。”书玉勾起嘴角，“不知先生有没有意向也找一个盟友？”

帘内人沉默了几秒，道：“若有盟友自然欢迎。”

书玉将手中的令牌甩在了裘老七手边：“那我便来做先生的盟友。”

众人看清那令牌代表的筹金数，无不大吃一惊。筹金的压倒性优势再加上裘老七的一手赌技，邱萍萍一方必败无疑。

“等先生赢了这赌局，我只求借台上的美人一天，一天之后自当完璧归赵，您看如何？”书玉慢悠悠地道。

帘内传来一阵笑声：“有人愿意做这样的亏本买卖，我何乐而不为呢？”

铃铛声又响起。

下半场赌局正式开始。却也没有了开始的必要，因胜负已成定局。

帘内，有手下过来征求意见：“先生，真的便把那美人借给她一天？”

他摆了摆手：“不打紧。”手下垂头，退了下去。

他倚着包厢内的软榻，神色莫辨地透过帘子望向赌桌边那个袅娜的背影，轻轻地笑了。

他又下意识地摸了摸胸前的古铜色十字架吊坠。

裘老七的赌技非浪得虚名，再加上书玉的加入，赌局胜负很快便见了分晓。

邱萍萍悻悻地推开了面前的筹码，心有不甘地看了看对面的裘老七，又看了看台上的美人。奈何只得愿赌服输，谁让她最先提起结盟这个话题呢？眼下对方也闹起了结盟，真是搬起石头砸自己的脚。

书玉勾了勾唇：“既然胜负已定，那台上的美人我可就先带走咯？”

帘子后传来的声音带了几分戏谑：“可别忘了一日后完璧归赵。”

书玉笑道：“那是自然。一日后，美人一根头发也不会少，先生尽可放心。”

一旁的邱萍萍忽地蹿到了书玉身侧：“好姐姐，能不能让我跟着你们一日呀。我就是想和台上的美人姐姐赌上一局，才冒着被我爹打断腿的风险来这天机阁。”

“你要和台上的美人赌一局？”书玉垂眸看身侧的女子，这副市长家的姑娘倒率性耿直。

邱萍萍接话：“是啊，这位美人可是天机阁里少有的好赌手呢。”

好赌手？既然是天机阁的好赌手，为何却成了赌注？

台上的美人忽地笑出了声：“邱小姐，你这样说我倒不好意思了，我的赌技哪里比得上裘老七。你若真心想找人切磋，何不趁现在约下裘老七？”

邱萍萍一愣，瞬间醍醐灌顶：“对呀，美人我要拿下，裘老七我也要约！”

书玉忍俊不禁：“邱小姐真贪心，美人和裘老七，一个也不舍得落下。”

邱萍萍不以为意：“轻易放弃才不是真君子。”

围观的看客都乐了。好好一个女子，却要学男人做君子。忽然，第三位赌客的帘子动了动。这位幕后赌客今夜一语未发，唯一的表态仅是通过纸条传了个话。

此刻，众人的视线都被吸引了过去。连书玉也好奇地看了过去。这第三位赌客到底什么来头？

下一秒，走出来了个眉清目秀的青衣小厮，双手托着个盖着锦缎的玉盘。

只见那小厮冲众人福了福身，道：“我们家大人对这位先生佩服得紧。虽输了赌注，却见了一场好局。为表谢意，大人想送与先生一件小礼，请先生笑纳。”

小厮口中的先生自然指的是雇了裘老七的那位赌客。

众人面面相觑，真是怪事，哪里有人会在输了赌注后再赠给赢家礼物的?

裘老七身后的帘子动了动。帘内那人轻轻一笑，道："谢谢你们家大人。不过，无功不受禄，这礼我若收下，必然寝食难安。"

小厮也不勉强，福了福身便退回了帘子后。

众人有些失望，就这样？那个所谓的大人连面都未露，甚至裘老七身后的那位赌客也不曾露脸。

众人还在抱怨，赌桌前却不见了裘老七的身影。他背后的赌客也已悄然离去。第三位赌客的包厢自那青衣小厮退下后也没了响动，想来包厢也已没了人。很快，围观的人群也离开了，独留书玉、贺子池、邱萍萍和台上的美人。

贺子池偷偷捅了捅书玉。书玉回过神，望向台上的美人："不知美人怎么称呼？"

美人微微一笑："在天机阁讨生活的人，哪里有资格拥有自己的名字？若夫人不嫌弃，便叫我夜猫吧。"

贺子池差点叫了出来，被书玉狠狠拧着胳膊才没有当场失态。

"夜猫？"书玉满面惊讶，"好别致的名字，不知是哪个'夜猫'？"

美人抿嘴笑道："夫人别取笑奴家了，不过是最寻常的夜里没地可去的野猫罢了。名贱人好活，乡下人取名都这样。"

一旁的邱萍萍正要开口，却被书玉打断："邱小姐，你若想和夜猫姑娘赌上一局，我自然不会反对。但现在我要请她帮个忙，邱小姐可否等一日后再来邀约？"

邱萍萍没反对，她也不是无理取闹之人，眼前的女子既然这样开口了，她只得应承下来："好吧。"说罢又转头冲夜猫道，"不过美人姐姐你可要等我呀。"

送走了邱萍萍，书玉转头对夜猫道："今夜我想请姑娘见一个人。"

"男人？"

"是。"书玉也不隐瞒，大大方方地点了点头，"姑娘介意？"

"接一个客是接客，接两个客还是接客，对我而言，无所谓。"

书玉看着夜猫的眼："姑娘只需在那人面前露上一面即可，若那人要姑娘做姑娘不愿做之事，姑娘大可以拒绝。"

夜猫像听到一个笑话般笑了起来："我能拒绝吗？"

书玉正色："你是我请来的，我自然要护你周全。你若不愿意，没有人能逼你做任何事。"

夜猫被书玉认真的神色震住，一时语塞。

"那么，我们先告辞了。"书玉微微欠了欠身，"今日戌时一刻，我来接姑娘。"

出了天机阁，贺子池忿忿："张警司那老色鬼，不就是想找一个女人吗？犯得着绕这么多弯子？害得我半个月不得安宁，真是够了。"

书玉却皱了皱眉。张警司若只是想找天机阁内的夜猫，用得着兴师动众委托咸丰书局吗？阎崶把这个看似无厘头的任务交给贺子池，当真只是惩罚他办事不力？

罢了，既然任务已了，她无须再深究。只是以后，还是跟贺子池划清界限为好。

回到家，书玉绷了一天的神经顷刻间松懈下来。她熟门熟路地在书房里找到了辜龙。

辜龙正背对着她整理文件，头也不回就问："张警司的猫找着了？"

书玉揽住他的胳膊："应该是找到了，但总觉得还有些蹊跷。不过无所谓，剩下的问题留给贺子池伤脑筋。"

辜龙瞥了她一眼："哦？我看有人好奇心旺盛，估计连带着那半点蹊跷也要摸得一清二楚。"

书玉有些不满："胡说，这回我真的不多管闲事。真的。"

辜龙笑了："让我算算，你这是向我保证第几回了？"

"别说我了。栽赃你的人，你可有头绪了？"

"八九不离十了。"

"是哪一方的人？"

辜龙抬手理了理书玉凌乱的头发："说了你也不认识。"

书玉一把拍开他的手："不理你了，我要吃饭。"

辜龙莞尔："看来我的地位越发低了，先是比不过院里的落花，再是不敌几盘小菜。"

天机阁。

有美人坐在镜前梳妆，身后的大床上坐着一个男人。

那男人五官清隽，神色极为淡漠："今夜你便要去见张寒生？"

美人垂眸："是，大人。"

男人淡淡地道："既有机会近他的身，便了结干净。"

美人恭敬地颔首。

"我取到那份文件后，让它带给您。"美人素手一抬，房间角落里便飞来了一只棕色白额的猫头鹰。猫头鹰的眸子在昏暗的厢房内如两点幽幽的萤火，明灭不定。

男人沉默了半晌，道："我已折损了月明楼，不可再失天机阁。你若感情用事，那么你便与你的前任作伴去。"

简简单单的几句话却令美人的后背起了一层薄薄的冷汗："是，大人。"

"夜宴？"晚饭后，书玉一边摆弄着窗台上的盆景，一边看着辜龙打开衣橱挑选外套。

辜龙道："不错，张警司今夜在宅子里设了一场小宴，邀请函今早送到了我的手上。"

书玉好奇：“他还请了谁？”

辜龙报了几个名字。书玉一愣，这些人都是警界的高官。辜龙平素孤高，因而与这拨人的关系有些微妙。

“你真的要去？”她的眉目间蒙上了一层担忧。

他勾了勾唇：“就算是鸿门宴，我也得去。”不入虎穴，焉得虎子？

书玉走到辜龙身边，顺手帮他挑了一件外套，再配上相搭的衬衫：“你总是这么冒险，什么时候能让我安心？”

辜龙脱掉身上的便服，任她帮他穿上衬衫。他低头抵上她的前额，温声道：“放心吧，我什么时候真正让自己陷入过险境？”

书玉细细地系着他衬衫前襟的扣子，虽然心里清楚他心里有数，但一颗心依旧悬在半空惴惴难安：“胡说，当初在青河镇，你怎么就冒冒失失地冲到了火里？你知不知道这种行为多危险，如果你……”

辜龙了然，张开双臂抱住他的小妻子：“我和阿姆，这不都好好的吗？”

书玉静了一瞬，继而开口：“辜龙。”

辜龙觉察出她语气中的异样：“嗯？”

书玉靠在他怀里，一字一句道：“接下来的话，你要认真听，仔细记到心里去。不管以后遇到什么情况，你都不要拿自己的安危涉险。无论什么人遇了险，如果救援的代价是你的安危，那么，你一定不要去。哪怕那个遇险的人是我，你也不要去。知道了吗？”

辜龙一时没了声音。

书玉等了许久也等不到他的回答。往日，只要她说什么，纵然再荒诞，他最终也会无奈地应下。于是，她下意识地想抬头看他的反应。

辜龙却动了动下巴，阻住了她抬头的动作。他轻轻摩挲着她的发顶，开了口：“想听真话还是假话？”

“你说呢？”

“在这个世界上，我没有多少亲近的人，最令我牵肠挂肚的就只有你了。若有一天，你遇了险，我怎么可能坐视不管？如果失去了谭书玉，我也不知道辜龙会变成什么样子。”忽然，他又笑了，“好好的，说这些做什么？不过就是一场宴会，你这么草木皆兵，倒让那些心怀不轨的人看笑话。”

书玉也忍不住笑了，只听辜龙又道：“你今夜便要把夜猫送给张警司？”

书玉点了点头：“我和贺子池一起。”

“送到张警司手里，你就回来，不要多耽搁。不要好奇，不要耍小聪明，快些回来，在家里等我。”

“知道了，我又不是小孩子。”

“若是小孩子，那还好办些，总不至于这么不听话到处跑。”

书玉轻轻捣了辜龙一拳，他轻而易举制住她的拳头，只把她揽得更紧了。

## Chapter 3 流光夜宴

戌时一刻。天机阁前。

夜猫着一件亮银色贴身旗袍，蹬着一双镶着蓝色水钻的缎面高跟，向书玉和贺子池走来。

贺子池装作不在意地瞥了瞥盛装的夜猫，暗暗咽了咽口水。书玉面无表情地睨了他一眼。他正色道：“晚饭水喝多了。”

“你又知道我要问什么了？”书玉悠悠开口。

贺子池干脆闭了嘴。

抵达张宅时，夜宴还未开始。已有侍者候在偏门：“老爷已在南厢雅阁等着诸位。”

夜猫下车时，侍者神色微微一滞，继而迅速低下头，一副若无其事的模样。书玉没有错过这一细节。

贺子池冲两个女人挥手：“你们快点。”

夜猫却忽地停了脚步。她看向书玉：“夫人，先前在天机阁，你许诺护我周全。”

书玉点头：“我不会忘记。”

夜猫却道：“我希望夫人忘记。”

书玉一愣，只听夜猫又道：“我不需要夫人护我周全，无论夫人要我见的那个人想让我做什么，我不会不情愿。既已沦落风尘，也就没有必要惺惺作态。”

书玉想说些什么，话到嘴边又咽了下去：“知道了。”

沿着宅子的小径往前走，转过一个小弯，迎面撞上了几个女眷。书玉还未看清来人是谁，便听一声凄厉的尖叫自为首的女人口中传出。那尖叫来得突然，饶是书玉也吓了一跳。贺子池更是夸张，生生往后跳了一大步。只有夜猫，从头至尾冷冷地站在原地，一动也不动。

尖叫的女人与书玉有过一面之缘。正是张警司的原配。

书玉稳下心神，不由得觉得古怪。张太太与夜猫不知心有灵犀还是怎么，竟穿了同样款式的旗袍。然而，同样亮银色的贴身旗袍，同样的蓝钻缎面高跟，穿在夜猫身上是说不尽的妖娆魅惑，而穿在张太太身上却显出僵硬的老态。

张太太白着一张脸，看向夜猫：“你是谁？”

夜猫睨着一双眼，神色讥诮：“回太太话，奴家夜猫。”

张太太瞬间面如死灰。

引着书玉三人进门的侍者冲张太太福了福身，道：“老爷让他们去南厢，太太，我们先告退了。”

张太太这才如梦初醒，指着夜猫语无伦次地嚷道：“假的！她是假的！真的那个早就……”

夜猫也不恼，捂着嘴笑得花枝乱颤：“什么真的假的，我看太太你穿这不合身的衣袍才像个假人。”

贺子池嘴角抽了抽，低声道：“这个夜猫嘴好毒。”

书玉一言不发，不知在想些什么。

张太太依然在原地发着狂，由侍女小厮制着，动弹不得。侍者见怪不怪地冲书玉等人点了点头，继续往南厢而去。

很快，就到了南厢雅阁。夜猫转头对书玉道：“夫人就送到这里吧。”

书玉忍不住开口：“你……”

“一场赌局，换来伺候两个大人物的机会，是我赚到了。”夜猫淡淡地道，“我先进去了。”说罢撩起裙摆，走进了雅阁。

原地的书玉轻轻摇了摇头，罢了，各人有各人的福分，她强求不来亦不想强求。这就算帮贺子池完成了阎尌交待的任务，也够格拿贺子池那一院花花草草了吧。她正要往回走，却发现贺子池如木桩般定在原地一动不动。

“走不走？不走我可走了。”

贺子池转过头，满眼兴奋地道：“书玉，我琢磨了一晚上。”

书玉不解，隐隐有种不祥的预感。

贺子池继续道：“我想啊，这个事情的来龙去脉一定是这样的：张警司年轻时风流倜傥，因一场赌局结识了夜猫，一见钟情。奈何落花有意，流水无情，张警司求美人不得，只得找了个和夜猫长得一模一样的女人做姨太太以解相思之苦。结果替身死了，张警司思念恋人，又不好意思直接找上门去，于是便拜托我这么个善解人意的神探来拯救他于水火。”语毕，贺子池满含期待地看着书玉。

书玉张了张嘴，斟酌了许久才委婉地开口：“龙牙是不是又借了一些描述痴男怨女的画本给你？”

贺子池一愣：“你怎么知道？”

“没什么事的话我先走了。”书玉抚额，“记得挑个空闲日子，我去你府上取花。”

贺子池赶紧拉住书玉：“别走啊。我们来验证一下我的猜测对不对。”

“怎么验证？”

贺子池笑而不语，眼神却瞟向了雅阁的屋顶。

书玉摇摇头：“你脑子被驴踢了吗？”爬到别人家的屋顶上，偷窥主人家的私生活，他不嫌丢人，她还要脸呢。

“不会被发现。”贺子池眨了眨眼，随即指了指雅阁旁的墙。那面古香古色的墙体设计成了三角形，隐在浓密的树叶中，正好形成视觉死角。若从那里落脚，确实不会被人发现。书玉突然对贺子池刮目相看。

“你就不想知道夜猫和叶猫儿还有张太太到底是什么关系？”贺子池追问。

书玉心道，还真不想知道。

“你就不好奇张警司到底是个什么样的风流人物？”贺子池坚持不懈。

书玉心里一咯噔。辜尨说过，张警司不像表面上那般懦弱。他无疑是一条引线，连着那些隐在暗处的势力。说不好奇，不可能。

“书玉？”贺子池的目光里已有了讨好的味道。

书玉面无表情地瞥了他一眼，道：“愣着干什么？爬墙。”

书玉这辈子还是第二次干爬墙这码事。第一次是因年轻气盛为情所困，那倒也罢了；第二次居然是受了贺子池的怂恿，这就有些抹不开面子。

“不许说出去。”书玉严肃地看了一眼贺子池，“我就上去看一小下。还是被你逼的。”

贺子池把头点得如同小鸡啄米：“是是是，保证不说出去。你也不准告诉辜龙。”

书玉不耐烦地摆摆手：“成交。”她傻了才把这丢人的事说给辜龙听。

二人趁着夜色，手脚并用爬上了屋顶。贺子池小心翼翼地挪开半块碎瓦，书玉的脑袋率先挤了过来。所幸雅阁屋顶不高，隔音效果不佳，两人在屋顶上倒能将阁内的动静听得一清二楚。

雅阁内，夜猫袅袅婷婷地立在一张小案前。她的面前站着一个男人，正是张警司。两人面对面，却一句话都没说。

这是干什么？打哑谜吗？

书玉的目光被张警司吸引了过去。今日所见的张警司和那日在张宅偶遇的张警司看上去并不像一个人。同样的五官，同样的身材，甚至连站姿和几个细小的肢体动作都一般无二，可书玉就是觉得哪里不一样了。再看一眼张警司的脸，书玉恍然大悟。

是眼睛。

那日在张宅假山后，她瞥见张警司的一双眼唯唯诺诺毫无神采，不敢与辜龙对视。而此刻，张警司双眸炯炯有神，连带着周身的气质也发生了变化。眼神最能展现一个人的气质，能伪装得这样彻底，怎么可能是庸人？

书玉脑中迅速将张警司的资料过了一遍。张寒生，草根出身，从最底层的巡捕混起，只花费了六年便爬上了警司之位。初成为警司的那一年，迎娶当地银行家的独女。婚后陆陆续续纳了十七房侧室，最后一房便是十七姨太太叶猫儿。

她只当这张警司精于溜须拍马，讨了哪位上层的欢心，这才当上警司。却未想，若能令上层仅六年便愿意把警司之位给他，这样的人，哪里可能是庸人？那么，绞杀手下，嫁祸辜龙的事，是不是他做的？

正冥思苦想间，书玉便听到阁内的人开了口。

率先开口的是夜猫：“寒生，好久不见。”

贺子池激动地看向书玉：有猫腻！我的推测果然没错！

书玉不理他，继续往下看。

张警司动了动，语气有些急促：“如今你总算愿意来见我了。他们告诉我你死了，我总也不信，我就知道你没有死，我……”

夜猫冷冷出声：“我不知道你在说什么。”

“你……”张警司眼中带了几分苦涩，“你总归是怨我的。”

“现在说这些有什么用？”夜猫的声音依旧冰冷。

张警司往前走了几步，一把握住夜猫的手，叹了一口气：“这么多年，我按着你的要求变成了这副模样，你还不满意吗？”

夜猫没有说话。

“你想让我做什么，我做便是，你何苦杀了那两个巡捕？”张警司苦笑，“你又为何要嫁祸辜龙？现下，所有的矛头都指到了我的身上。”

贺子池目瞪口呆，这剧本的走向不太对啊。听这对话，叶猫儿竟没有死，而夜猫就是叶猫儿？不仅如此，叶猫儿还杀了人？

书玉震惊了，原来那横尸于垸水巷的两名巡捕是出自夜猫之手？一个柔柔弱弱的女人，取走了两个七尺大汉的性命。这夜猫到底是什么来路？

“人是我杀的。谁让他们撞到了我的枪口上？”夜猫满不在乎道，“我劝你看好你那原配夫人，指不定什么时候她也不小心丧了命。”

张警司静了一瞬，道：“你变了。”

夜猫一愣，随即咯咯地笑了起来：“张寒生，你真当我是叶猫儿？”

张寒生定定地看着夜猫：“是或不是，你说了不算。”

屋顶上的书玉和贺子池，面面相觑。贺子池内心咆哮：你们说话说得明白一些，到底夜猫是不是叶猫儿？这关系到我的推理是否正确。

书玉内心烦躁：劳驾底下这二位别再打情骂俏，赶紧再透露几句有关栽赃辜龙的线索，最好把隐在背后的人抖出来。

屋顶上，两人都急得抓耳挠腮，不料耳边忽然传来一声刺耳的啼鸣。

书玉吓了一跳，转头便撞上了一对如鬼火般的“灯笼”。贺子池捂住嘴，骇然地盯着眼前的不速之客。那“灯笼”分明是一对眼睛，猫头鹰的眼睛。借着月光，书玉依稀瞧见猫头鹰的模样——深棕色的羽毛，唯额心有一点白斑。显然是一只品种珍贵的猫头鹰。

书玉突然想起，似乎听张宅的下人提起过，张警司的爱好之一便是养鸟，那么这一只是不是从笼中逃出来的宠物鸟？但这只宠物鸟异常凶猛，一边发出刺耳的叫声，一边向他们伸出锋利的爪子。

贺子池大骇，一个骨碌顺着屋顶滚到了挨着墙的大树上，再一蹬腿，整个人便不见了。

书玉心里暗骂贺子池跑得快，却也庆幸他没有留下来添乱。她想着怎么引开这只亢奋的大鸟，眼角的余光却瞄到了雅阁内。只见自那第一声啼鸣响起时，阁内的夜猫便僵直了身子一动不动。

电光石火间，书玉了悟，这只训练有素的大鸟只怕不是张警司圈养的宠物，而是夜猫带来的援兵。那鸟鸣，想来是在报信。

书玉急出了一脑门的汗。这该如何逃脱？

就在这时，有强光照亮了整个夜空。书玉被光刺得眯了眯眼，那猫头鹰亦被光线逼退，不知躲到了哪个角落。

随着夜空被照亮，夜幕中竟出现了几个女子在空中“飞”过。

这是什么情况？

下一秒，书玉才发现，原来那几个女子都被细细的绳索牵着，而绳索的一端固定在了雅阁旁的这堵墙上。

那些女子身着纱裙，面罩轻纱，如九天仙女下凡。她们手里托着酒盏，顺着绳索牵引，缓缓地向宅子东北角滑去。那酒盏不知用什么材质做成，在夜色里闪着淡淡的荧光。

书玉猛然想起，今夜在张宅会有一场夜宴。宴会的地点正是张宅东北方向的大院。书玉顾不得叹服张警司的别出心裁，索性自己也攀上绳索，顺着绳索往夜宴的方向滑去。

绳索滑到尽头后，落了地的美人们自屏风后鱼贯而出。书玉一落地，整整衣衫便要离开，冷不丁被叫住了：“你怎么穿成这样就过来了？有没有规矩？”

书玉还未回过神，便被一团轻纱砸中。定睛一看，是一套纱裙并一块面纱。丢给她这身装束的管事正在一旁瞪着她，连带着周围的美人也好奇地停下了脚步。

书玉生怕引来不必要的猜测，连忙三下五除二套上纱裙，戴上面纱，讪笑着找了个空隙躲到了美人之中。

没事，不就是奉一次酒吗？倒完一圈酒，她就撤。然而，当她转出屏风时，彻底傻了眼，这哪里是奉酒那么简单？

宴会上，坐了一圈来客。美人们提着酒壶上前倒酒，酒还未倒满，就坐到了客人怀中。此刻，大多客人身边都坐下了侍酒的美人。

书玉端着酒壶，是一步也迈不动了。她……能不能选择回雅阁啊？

书玉愣神的当口，身后已传来不耐烦的催促。

此时再回头，倒更显得可疑。书玉咬咬牙，端着酒壶便从屏风边走了出来。

书玉一边缓步往前走，一边不露声色地寻找辜龙，果然在左边上首的位置找到了他。

辜龙端了酒盏小酌着，并不理会宴上的莺莺燕燕。远远看去，他眸色清冷，周身散发着生人勿近的淡漠，却因生了一副好皮相，依旧引得侍酒的美人上前倒酒，却没有一个美人能如愿以偿坐上他身侧的位子。

书玉的大脑飞速运转，很快便在脑海中形成了逃亡的方案。

并非所有的美人都会被来宾留下侍酒，没有被叫住的美人便顺着流水席的席位一直走到尽头的屏风处——那是退场的地方。

只要她一路走过，不引起任何人的兴趣，陪酒她就算躲过了。

打定主意，书玉一晃身子，似乎站立不稳就要跌倒。身后的美人善意地扶了扶她，书玉趁机把手伸入了美人端着的托盘里，再站稳时，指尖已蘸满了不知名的棕色酱料。接着书玉轻轻抬袖，额头上瞬间多了许多麻子。

再往前走时，书玉的底气便足了起来，但也不忘控制前进的步伐，不紧不慢，不叫人看出她心里的紧张来。眼见要经过上首的席位时，书玉愈发小心谨慎。

从辜尨的位子走过时，她寻了个契机与另一位美人并肩而走，让那美人挡一挡辜尨的视线。按理说，她不必如此谨小慎微，因为辜尨根本看都不看侍酒人一眼，但总归小心驶得万年船。

辜尨依然低头小酌，偶尔侧身和身边的副官低声交谈几句，并没有留意身边走过了什么人。

书玉快要走到屏风处时，不禁长长舒了一口气。谁料就在这时，身侧传来了一道慵懒的男声："欸，美人你停一停，给我把酒满上。"

美人这么多，总不至于叫她吧。书玉没理，继续往前走。

那声音依旧不依不饶："美人，叫你呢，额头上长麻子的美人。"

书玉险些一个趔趄。她稳了稳身体，转头看了看身侧的席位。

只见一个面容英俊的男人坐在席上抬头看着她。男人的嘴角微微向上勾起，生生添了七分痞气。他的身侧环绕着两个衣着清凉的美人。

不是韩擎又是谁?

书玉忍住把酒泼到他头上的冲动，走上前预备给他的酒盏满上。一边走还一边提防着辜尨那处的动静。此刻，辜尨席前停着一位粉衫美人，那美人似乎打定主意要夺得辜尨身边的位子。

现下看来，辜尨应该无暇理会韩擎这边的动静。书玉心下稍安，却忍不住腹诽如果她的辜先生真敢让那美人落座，她今夜便把他的铺盖卷到书房。

书玉一边心里开着小差，一边准备倒酒。酒即将倒下时，她才猛然发现，韩擎的酒盏分明是满的。她连忙直起酒壶，奈何还是洒落了几滴酒水。书玉气结。合着韩擎是在戏耍她呢?

韩擎一手托着下巴，挑眉看着书玉："美人在想什么呢？这么心不在焉。"

在想怎么泼你一脑袋酒。书玉心里咆哮，面上却依然低眉顺目。她戴着面纱，穿着侍酒人的衣服，韩擎未必认得出来。这痞子之所以揪着她不放，估计是那风流病在作怪。

腹诽归腹诽，书玉万万不敢开口。若声音一出，只怕要露馅，于是只得低眉顺眼做小伏低。她又怕韩擎口味独特，欣赏脸上带麻子的女子，因而赶紧装作不胜惶恐状，跟着其他美人的步伐，脚底抹油般离开了。

"跑得倒快。"韩擎低低笑了一声。

书玉顾不得谨小慎微，快走几步就走到了屏风后。然而斜刺里伸出了一只手，牢牢地握住了她的手腕。

书玉一惊，抬头看向来人。

那人肤色白皙，五官清隽，分明是个引无数美人注目的翩翩公子。奈何他薄唇冷目，一看便是个寡情的主，倒叫一干美人不敢靠近。

无怪乎美人们望而却步，连书玉这般厚脸皮的人见了阎崶也犯怵，那些娇滴滴的美人哪里受得住？只求阎崶别认出她是谁，否则这脸可丢大发了。

自阎崶主动伸手握住书玉那刻起，席间就有几道视线飘了过来。冷情冷面的阎崶居然也会有垂青女人的时候，更何况还是一个侍酒女。奇事！奇事！

有心人已不露声色地探头，想看一看那侍酒女的容貌如何，好摸清阎崶的喜好。然而，看到书玉那一脑门"麻子"时，众人无不默默地缩回了原位。

阎崶的口味，果然奇特。

书玉顶着阎崶冷冷的视线想抽回手，奈何阎崶力道太大，她想出声抗拒奈何又害怕暴露身份。就这么僵在了原地，欲哭无泪。

"坐。"阎崶说。

她哪里敢坐？组长你倒是松手啊？！

这样僵持着太诡异了。她壮着胆拿另一只得空的手去拨阎峙的手，眼里都是讨好的味道。不论阎峙认没认出她来，对女子这样的低眉示好，他总不至于太过强人所难吧。

然而阎峙从来不知见好就收是个什么意思。他皱了皱眉，瞥了一眼书玉，预备再使一使力令对方就范。

书玉瞬间读懂了阎峙眼中的含义，早知如此，当初还不如破罐子破摔直接向辜尨坦白呢。

千金难买早知道。

阎峙并没有如愿拉过书玉。一双有力的手按在了书玉的肩膀上。继而，无比熟悉的嗓音在她耳畔响起："阎组长，你把她弄疼了。"

周围的宾客擦亮眼睛，竖起耳朵关注着这里的一举一动。

阎峙和辜尨共抢一个女人。这事百年也不得一见啊。

阎峙愣了愣，终于松了手。

书玉如获大赦，下意识便躲进辜尨怀里。刚一站定，蓦地想起她现在只是一个侍酒女，平白无故往辜尨怀里钻是怎么回事。于是她故作镇定地挪开了几步，与辜尨保持距离。

辜尨淡淡地瞥了她一眼，没有说话。书玉拿起酒壶，视线无意间扫到了一旁的韩擎，只见那厮一脸看好戏的表情，满眼的揶揄之色。

书玉忍不住在心中爆了句粗口。韩擎分明一早就知道了她是谁！韩擎都认出来了，辜尨怎么可能认不出来？不过是给她面子。

于是，辜尨揽着她的肩把她带到他的坐席时，她一直保持着良好的态度。待辜尨坐稳后，她还勤快地往他的杯盏里续了酒。

"倒酒还倒上瘾了？"辜尨的声音很平静，听不出半点情绪。

坦白从宽这个道理书玉还是懂的，她连忙开口："你听我说……"

书玉依偎着辜尨，轻声把今夜见闻细细说与辜尨听，末了道："你说那夜猫为何要嫁祸你？张警司和夜猫，谁才是棋子？"

她并未摘下面纱，凑近他耳语时，热气喷在了他的耳垂，连带着轻纱也一下一下挠着他的脖颈，直挠到他的心底。

见辜龙没有回答，书玉有些气恼："你有没有在听我说话？"

他当然在听，她说的话，他每字每句都听得认真。只不过，只要她在身边，他总要分神想些别的——比如，怎么不摘下面纱也能吻上她的唇。这个难度好像有点大。

席间忽然安静了下来，原来夜宴的主人出场了。

张警司着一身靛色长袍，一路走来都在跟客人打招呼，他又恢复了惯常的和气模样。

他的身边，跟着个戴着面纱的窈窕女子。那女子与侍酒女着一样的轻纱，长长的裙裾飘动，露出了裙底的玉足。书玉看清楚了，那玉足上穿着一双熟悉的缎面高跟鞋，蓝钻镶边，泛着冷冷的光。

那女子手执酒壶，向着辜龙的方向款款走来，停在了他的席前。

书玉心里一紧，却又不好开口，只得干着急。

却见辜龙摆了摆手，淡淡地道："酒杯已满，无须再添。"

夜猫也不恼，欠了欠身便顺着席位往下走。书玉松了一口气，却见夜猫走到了尽头的席位，继而坐到了阎尌身侧。阎尌从头至尾没有看夜猫一眼，也没有出声拒绝，仿佛身边只有一团空气。

然而书玉刚放下心来，就见又一个美人火急火燎地往辜龙这里走来。书玉皱眉。这些个女人怎么一个两个都往这里凑，整个夜宴就没有其他男人了吗?

正要发作，她却发现那位美人有些古怪。那美人身量很高，身形略壮，鹤立鸡群地站在一众纤弱的美人中。美人眼神里写满焦灼，直直看向书玉。

书玉正纳闷，却瞥见那高个美人的额头有一抹新鲜的抓痕。看样子，像是鸟爪留下的痕迹。她心里一咯噔，下意识便攥紧了辜龙。

"怎么了？"辜龙询问地看向她。

书玉讪笑："我看那个美人长得不错，让她过来侍酒好不好？"

辜龙顺着书玉的视线看向那个壮硕的蒙面美人，道："不好。"

"为什么？"

"腰太粗。"

"……"

那美人还没来得及到辜龙席前，便被一个壮汉拽住了手腕。

书玉不由得小小地惊呼了一声："贺……"又连忙噤声，同时心虚地别过脸，不忍再看那位美人泫然欲泣的眼神。

辜龙瞥了书玉一眼，悠悠道："你不必担心，他没事的。"

说着辜龙淡定地拿起酒盏，轻轻啜了一口，下一秒便侧过脸吻上书玉的面颊："抱我。"

书玉这才回过神，柔软的双手瞬间缠上辜龙的脖子，整个人也贴了上去。辜龙心神一荡，无奈地对书玉耳语道："装个样子而已，你这样卖力地演，小心我假戏真做。"

书玉伸手在辜龙的肩上狠狠地掐了一把。

"嘶——"辜龙吃痛。

"这样可以了吧？"书玉面无表情。

"你倒下得了手。"

"辜先生若喜欢这位姑娘，她便是您的了。"张警司温吞的声音在席前响起。

辜龙等的就是这句话："多谢。"

"辜先生，先前有些误会无法澄清，如今我有了线索，亦知晓了从中作祟的人。辜先生可否与我去一个地方，一起来解这个谜？"张警司搓了搓手。

辜龙皱了皱眉，似是认真思忖了起来。半晌后，他道："好，我就和张兄走一趟。"

他又转头看书玉，神色暧昧："不过，劳驾这位姑娘到我的车上等我。”

书玉心里焦灼，面上却不露分毫，起身跟着辜龙的副官一同离席。

辜龙的车子停在张宅外的老榕树下。副官打开车门，恭恭敬敬地对书玉道：“太太，请上车。先生很快就回来。”

书玉点点头，坐进车后座。副官侧身坐进驾驶座，很快便开动了车子。书玉愕然：“不等辜龙一起走吗？”

副官答：“先生来之前便吩咐过了，今晚我的任务就是带太太安全离开。先生另有人接应。”

书玉震惊得说不出话来。原来，他早已定下了方案。

她皱眉望着张宅，却终是一句话也没有说。突然，旁边的树影里冷不丁蹿出了一个人。那人不管不顾地扑上刚开动的车子，砰的一声撞在车玻璃上。

副官迅速踩住了刹车。

书玉面色苍白：“撞到了人？”

副官道：“太太，你在车上不要动，我下车看看。”

谁知那人迅速爬了起来，对着车内哭喊：“救救我，求求你救救我！我知道张寒生所有的秘密，我统统说出来，求求你们救我……”

书玉愕然。只见张警司的原配披头散发的，正瑟瑟发抖地跪在车前。

副官把张太太拽起来。书玉皱着眉问：“你知道些什么？”

张太太似乎找到了救星：“张寒生不是东西，他就是看中了我家的钱财，他害死了我爹，吞了我娘家的所有财产，他这样对我……他居然联合狐狸精这样对我……”

书玉冷冷道：“我没空听你废话。”

张太太一咬牙，直接道：“我要举报，张寒生是间谍。”

“你凭什么这么说？”

张太太忽然咧嘴笑了：“他在为一个人收集南京警力布局的情报，那些人在他身边安插了一个眼线，就是叶猫儿。他和那贱人互看对眼，秘密合作送出去了不知多少情报。要不是我把那贱人弄死了，根本不知道他们在做这样的勾当。”

“你确定叶猫儿死了？”

“千真万确，根本没气了。”

书玉心里一凉，这么看来，夜猫不是叶猫儿。她继续道：“你知道张寒生在为谁收集情报吗？”

张太太一愣，半晌后说：“我不知道那个人叫什么名字，他们都叫他‘大人’。”

大人？书玉暗忖。现在这个年代，还有什么人会自称为“大人”？

“你说的这些根本没有证据。”书玉泼了张太太一盆冷水。

张太太却咯咯笑了：“证据？我有。弄死叶猫儿的时候，我无意间截获了她要送出去的一份情报。”

“那份情报在哪里？”

“情报现在不在我身上。你们若能保障我的安全，我便把那份情报交给你们。”顿了顿，张太太又道，“我要你们给我准备一个新的身份，一笔钱，还有一份出国的证件。”

“好。”书玉点头，“这些文件半个时辰后送到你手上，带我们去看情报。”

张太太却摇头：“我不傻，等文件到了，一手交文件，一手交情报。”

“我们怎么知道你的情报是真是假？”书玉皱眉。

“我没有必要骗你们。我的命都押在了你们身上，若情报有假，凭你们的能耐，你们大可以把我抓起来。我先回去收拾东西，半个时辰后在这里见。”张太太跌跌撞撞地往偏门跑。

“太太？”副官用询问的眼神看向书玉。

书玉道：“给她准备文件。”

偏门连通着西厢房。张太太深一脚浅一脚地穿过杂草园，好不容易到了荒芜的西厢。

她绕了个大弯，途中避开了所有下人，应该没有人跟过来。她微微喘了喘气，打开锁上的房门。迎面扑来灰尘的味道，呛得她连咳了数声。咳嗽声似乎惊动了房内的什么东西。有挣扎声传来，打破一室寂静。

张太太点燃一根蜡烛，缓步向内室走去，一边走一边低声道："乖，听话，再发出声音，小心我手里的蜡烛油。"

那声音瞬间停止了。

突然，原本关上的房门被夜风吹开。张太太下意识回头，却被门口的人影吓掉了半条命。

那是一个女人，她身着轻纱，脸上大概蒙着一块面纱。古色古香的纱裙下端却露出了一双西洋样式的高跟鞋。缎面高跟鞋，蓝钻镶边，幽幽的蓝光在月光下显得尤为清冷。

再也没有人比张太太更熟悉这双鞋子。

"我说怎么找遍了张寒生的住处都找不到，原来被你藏起来了。"女人的声音很娇媚，"你这么一而再再而三地撞到我的枪口上来，想来也和那两个巡捕一般不怕死吧。"

红色的蜡烛掉到了地上，滚了两圈后，烛火彻底灭了。

秒针滴滴答答地走了一圈又一圈。

张宅外分外寂静，连风都没有。副官已着人准备张太太要求的文件去了。书玉坐在车后座，不知想些什么。

蓦地，书玉敲了敲车窗玻璃。车外的副官低下头："太太，有什么吩咐？"

书玉说："不等了，我们回去。"

副官有些惊讶："那情报？"

"这份情报，看样子是拿不到了。"书玉皱眉。不该放任张太太一个人回张宅。不过，以张太太执拗的脾性，她也断然不会让人跟随。

“罗飞，你差一个暗卫去寻辜龙，告诉他张太太今夜告诉我们的事情。”书玉吩咐，“我们先回府。”今夜注定不太平，这里太危险，她不能让辜龙分神。

书玉等了许久，却没等来副官的回答。车窗外安安静静，罗副官高大的身影不见了。

“罗飞？”书玉心里一紧，“罗飞你在吗？”

依然没有回答。

突然，有什么东西撞上车子的前窗，撞得车身剧烈震动。书玉扶住座椅，庆幸自己锁了车门。然而下一秒她却被窗外的东西吓到了。

她从来没有见过这么大的猫头鹰。那猫头鹰展开的翅膀比轿车的宽度还要长。巨大的身体像一张大网，挡住了车灯的光线。

车灯打在猫头鹰的周身，照亮了它如雪般的白色羽毛，和眉心处唯一一点深褐色羽毛。

此刻，那只空中巨禽瞪着眼，一下一下撞击着车窗玻璃。每一下撞击，书玉都能清晰地看到它的利爪。她毫不怀疑，只消一下，那爪子便能撕裂人的咽喉。

罗飞生死不明，而她被困在车内。那只巨禽撞破车玻璃只是时间问题，她必须在此之前想到脱身的办法。然而，手边没有任何武器，她竟连自保也做不到。

车子晃得越来越厉害了，书玉一咬牙，在那巨禽撞上车的一瞬间扭开车门滚了下去，铆尽气力向张宅的偏门跑去。

跑至半途，猫头鹰反应过来，放弃了车子，扇着巨翅向她扑来。

尖利的爪子带着猎猎风声袭来，书玉赶紧一矮身，但依然被抓破了左肩。她顾不得查看肩上的伤痕，双手护好要害处，踉跄着往偏门跑。

又一阵劲风刮过，她已预见到了后背将再添新伤。

然而，预想中的疼痛却没有传来。

书玉几步跨进了偏门，矮身躲进了门边装饰用的石雕后。她心下稍安，回头去寻猫头鹰的踪迹，惊讶地发现平地上多了一个瘦小的身影，正和那猫头鹰缠斗在一起。

那人脸上戴着半张铁质面具，轻盈地跃上跃下，不过几个来回，猫头鹰的身上便多了几道血痕。

书玉眯起眼，心中的疑惑却越来越大。那与猫头鹰缠斗的人，分明是在天机阁与她有过一面之缘的新晋赌王裘老七。裘老七为何要救她？

这当口，裘老七忽然转头往书玉这边看了一眼。她看懂了，他要她速速离开。

于是，她飞也似的往宅子里跑去。也不知是不是因为张宅的偏门太过冷清，书玉一路跑来竟没有撞见一个人。

此刻，张宅夜宴正到高潮，该是觥筹交错，人声鼎沸，奈何这偏门附近却连一个人也无。

书玉想拐到正院去，谁知跌跌撞撞间倒跑到了西厢。西厢里一个人也没有，书玉借着月光往西厢的院内看去，只见那院子杂草丛生，竟似被荒废了不短的时日。

书玉皱了皱眉，转头继续寻找通往正院的路。西厢的东北角不知有什么东西动了动，她脚步一顿，定睛看去，就见那里似乎有个扭动的人影。

一瞥之下，她彻底停住了脚步。并不是那人影阻止了她的脚步，引起她兴趣的是这个院子本身。

这个院子安静得厉害，在这无风的夜里更显得死气沉沉。

今夜的月亮很明亮，然而，院内的天空中乌云沉沉，半点月光也无。明明是同一片天空，却呈现了两个不同的景象。

书玉似乎想到了什么，迅速低头看去。她站在西厢的院门前，月光照了下来，按理说她的影子该正好投在西厢的地上。然而，西厢院的地上什么都没有。她的影子，凭空消失了。

书玉再抬头，细细打量起院子的布局。

每一处荒草，每一块石砾，甚至每一块土地的凹槽，她都不放过。一一看下来，她心中已浮现出一张画：张僧繇的《五星二十八宿神形图》。

思及此处，书玉干脆踏入了院子。

随着她脚步落地，院子里的情形瞬间发生了变化。原本荒芜的杂草移动了位置，院子中央露出了一片宽阔的空地。空地边上有一棵弯曲的老槐树，槐树下盘膝坐着一个人。

书玉心里一咯噔。那人的一身衣服好生眼熟，分明是今日出门前她帮着她家辜先生挑的。

难道树下坐着的那人是辜尨？他怎么会被困在这五星二十八宿阵里？张警司又到哪里去了？

书玉心里焦灼，又听耳边响起了一道柔媚的女声。

“辜先生，我可是费了好大的劲才将您请来，您这么爱理不理的模样实在让人忍不住想调戏一番呢。”

是夜猫。

此时她正好站在院子的死角，又被几片芭蕉叶挡着，故而无论夜猫还是辜尨都看不见她。但若她刚刚向辜尨迈出一步，她便会彻底暴露在夜猫的眼皮底下。

“你把我困在这里，就为了说这些？”老槐树下的人开了口。

“当然不是。我可有很多话想和先生说呢。”夜猫往前走了几步，“我们家大人想和先生合作，不知先生意下如何。”

“这便是你们合作的诚意？”辜尨冷冷地道。

夜猫咯咯笑了起来：“先生本事通天，若不出此下策，只怕先生连看都不会看我们一眼。先生牵掣南北局势，如果能得先生援手，我们当真三生有幸。”

“和你们合作，我有什么好处？”辜尨问。

“南北统一。”

书玉瞪大双眼，这夜猫，好大的口气。

“呵。”辜龙讥诮地笑了一声，“你口中的大人是谁？”

夜猫抿嘴笑：“先生莫急，只要您许下承诺，我们大人定亲自上门拜访。”

辜龙站了起来，他拍了拍身上的灰：“说来说去，你还是不肯说那个‘大人’是什么人。那么很遗憾，这合作也不必谈了。”

“先生不要这么武断。您若拒绝，恐怕就出不了这五星二十八宿阵了。到时候我一不小心点上一把火，先生便只能殒命在这荒芜之地。哦，忘了说，院子里还不止先生一个人，张寒生的原配也在。你们二人深夜幽会于无人厢房，又双双殉情而亡。您说，这个秘闻若传出去，会给南北的政局造成怎样的影响？若被您太太知道了，她又会做何感想？”夜猫一边说着话，一边向辜龙靠近。宽宽的袖口里，已亮出半截刀。

书玉的一颗心提到了嗓子眼。

辜龙蓦地笑了。他的容貌依旧隐在黑暗中，他的声音却清晰有力：“辜龙怎么死，他的名声怎么败坏，关我什么事？他若死了倒好，我正好把书玉要回来。”

书玉被口水呛到，极力忍住才没有咳嗽出声。

夜猫很快冷静下来：“你不是辜龙，你是谁？”

“你说我是谁？”那人五指微微一合，便听夜猫发出一阵撕心裂肺的尖叫。

当啷一声，夜猫手里的刀落了地。她忍着剧痛站直身子。空气中，散布着一条又一条丝线，每一条丝线极细又极锋利，像一张大网无声地将她罩住。

夜猫不可能不知道这些丝线意味着什么了。她的眼里闪过一抹恐惧：“阎……阎王丝！”

芭蕉叶后的书玉轻轻勾了勾唇。夜猫惧辜龙，故而布下五星二十八宿阵企图将他困住，又心思缜密地于阵内掩去了所有的月光，为的是让辜龙辨不清虚实，自乱阵脚。

然而谁能料到，阵内困住的根本不是辜龙，而是阎尌。

若有月光，以夜猫的眼力，不可能毫无所觉。然而，今夜阵内无月也无影。夜猫这是聪明反被聪明误，搬起石头砸了自己的脚。

细丝拉成的网在空气中缓缓移动，每移动一分，便与夜猫贴近一分。夜猫很清楚，若网瞬息收紧，她这条命也就没了。

阎尌站在原地，冷冷地盯着网内的夜猫。忽然，夜猫笑了："先生这是要杀了我？"

阎尌道："你嘴里吐不出我要的东西，我留你一条命有何用？"

夜猫笑得越发妩媚："我嘴里没有先生要的东西，并不代表我身上没有。"阎尌不说话。

"那份情报在我手里。"夜猫挑了挑眉，"张寒生来不及送走的那份情报被我截下来了。"

书玉皱眉。果然，张太太回张宅后便落到了夜猫手里。只是，夜猫会把情报放在身上吗？

阎尌终于动了。他看向夜猫："情报在哪里？"

夜猫咯咯笑了起来："就在我身上。你走近一些就能拿到。"

阎尌当真往前走了两步。

夜猫笑意更深："情报就在我胸口的衣服里，你若想要便来取。"

阎尌不动。

"怎么，怕我使诈？"夜猫睨着眼，"我可不敢乱动，这一动，谁知会不会碰到阎王丝？"

夜猫挺了挺丰满的胸脯。这种时候，夜猫要施美人计？阎尌伸手向夜猫胸口探去，眼里半点情绪也无。

突然，有声音打破了平静。只见好几支弩箭射向阎尌。阎尌飞快地后退，避过了所有的暗弩。

书玉提起的心还没来得及放下，便见夜猫的缎面高跟鞋的鞋尖突然爆开，射出一根根蓝色的绣花针。那针头颜色鲜丽，显然有毒。

阎尌来不及躲闪，那些绣花针便如弩箭般向他射去。他五指一动，空中的阎王丝迅速移动，绞断了几根毒针。然而毒针数量太多，个头极小，防不胜防。只要一根毒针逃离了阎王丝的桎梏，夜猫便会得逞。

书玉眉头皱成一团，恨自己手无兵器，半点忙也帮不上。

就在这时，夜空里又传来几道细微的声音。书玉来不及分辨来的是什么东西，便见所有的毒针瞬间被那飞来的东西击落在地。地上除了毒针外，还有三把生锈的小刀。每把刀的形状竟还不一样，似乎是临时从某个旮旯角里摸出来的。

夜猫连续两击不得，却也不懊恼，瞅准时机，竟借着小刀想要割断阎王丝逃脱。阎王丝就算暂时露了破绽，也不是那么容易能挣脱的。

因此，夜猫放弃了她的左臂，踉跄了两步便稳住身子，继而往西厢院门处飞奔。

黑暗里却传来一道带着淡淡戏谑的声音：“别走得这么急，情报不要了？”

书玉还没反应过来这句话是什么意思，却惊讶地看到夜猫猛地顿住了步伐。老槐树后，慢慢走出一个人来。

那人着一身黑色西装西裤，双手插兜，悠闲地走到阎尌身旁。

竟是辜龙。

书玉愕然。原来从始至终，辜龙就在这五星二十八宿阵内，而她半点也未察觉，就连布阵的主人夜猫也被瞒了个彻底。

夜猫立在原地，突然爆发出歇斯底里的笑声。她笑了许久，道：“这些年，习惯了辜先生政坛上的样子，却忘了辜先生当年成名可不是因为权谋，而是——”她剧烈地咳嗽起来，断臂处的血越发汹涌，薄薄的纱巾已兜不住渗出的血液。

辜龙淡淡地道：“你身上根本就没有情报。”

夜猫止住了咳嗽，眼睛泛红："辜先生既然这么笃定，那还问我做什么？只是若错过了情报，那便是辜先生的过错了。"

辜龙勾了勾唇："你自己也知道，你身上的那份是假的。"

夜猫不说话。

"因为真的在我这里。"辜龙说。

夜猫突然开口："张寒生在哪里？"

辜龙道："你已脱身无门，何必再问他？"

夜猫咬了咬唇。

就在二人对话的间隙，阎王丝已悄无声息地再次控制住了夜猫。她早就知道刚刚停下会给她带来什么样的后果。她不该停下离开的脚步，但她终究控制不住自己的心。

"二位先生，今夜我是走不出这里了。"夜猫笑得颓然，"不过，能拉着二位陪葬，倒也值了。"

话音刚落，夜猫飞起一脚，带起了几块碎石，那碎石受力射向不同方位。书玉暗叫不好，夜猫这是要变换阵位了。阵位一变，生门也随之变化。若夜猫堵死了生门，将这五星二十八宿阵变为了死阵，那这里的人一个也逃不了。

在碎石飞起的同时，阎王丝也动了。数以千计的细丝猛地收网，夜猫来不及尖叫，便已躺倒在地。书玉捂住嘴，眼睁睁地看着前一秒还风姿绰约的美人此刻如残破的布偶般瘫倒在地。

而此刻，阵内的景象发生了变化。一轮明月悬挂在院落正上空，院内不再荒芜，细草随风而舞，老槐树静谧而安详，偶有虫鸣声起，但不聒噪。

院中的景象变化太大，书玉一时愣住。然而她却惊恐地发现，阵内不见了辜龙和阎崶的身影。他们去了哪里？

突然，书玉感到脚踝一凉，有一只手握住了她的脚踝。

她一激灵，低头看去，只见夜猫不知何时已爬到了她的脚边。书玉下意识想挣脱，却听夜猫轻轻道：“夫人，别怕，我不会害你。”

她动作一顿，大脑却转得飞快。夜猫已是强弩之末，而在这弥留之际却能分毫不差地辨清她的方位，莫非……夜猫从头至尾便知道她藏在这芭蕉叶后？

只听夜猫一边咳嗽一边吃力地问：“夫人，张寒生还活着吗？”

张警司？书玉一愣：“我不知道……”

“不知道吗？”夜猫轻轻地笑了，“那就是说，他可能还活着？死了一了百了……但活着……总好过死了……咯咯……”

夜猫躺倒在地，望着院落上空的明月，缓缓道：“夫人若有机会见到他，便把这个交给他。就说……这是叶猫儿给他的。别说夜猫给的……要说是叶猫儿……”

见夜猫的眼神越来越涣散，她只得接过了那个手掌大小的小包裹——一块洗得泛白的蓝色手绢不知包着什么，隐隐从绢帕的缝隙漏出点泥土来。

书玉不敢大意，她不知这夜猫会不会在弥留之际再设下一局。

“夫人……”夜猫的声音很淡，几乎要弥散在夜风中，“生门在那里。”

书玉一愣。夜猫并没有将五星二十八宿阵变为死阵，而是在最后关头设下了阵中阵。辜尨和阎崶被困在里阵，书玉在外阵。而夜猫将外阵的生门设在了书玉身后。

书玉内心复杂。这个双手沾满鲜血的女人在最后关头到底在想些什么？她已无从知晓。

因为她感觉到，原本紧紧握着她脚踝的那只手，松开了。

夜风吹来，书玉身上泛起丝丝凉意。

头顶是温润的明月，四周静谧无声。若在平时，书玉定要静下心来欣赏这美景，奈何此刻，她的内心焦躁不安：辜龙和阎尌怎么样了？但愿他们都安好。

书玉当机立断，蹲下身用石块在地面上做了记号，而后走入院中寻找里阵的入口。

院内的空地上干干净净，半点打斗的痕迹都没有，连院子尽头的厢房也凭空消失了。唯一不变的，便是那棵老槐树。

书玉皱了皱眉，向老槐树走去。当时，辜龙和阎尌就站在这棵槐树附近。她绕着槐树走了一圈，一无所获。入口到底在哪里?

空荡荡的院落，连发泄的地方都没有。气恼之余，她一掌拍向老槐树。老槐树的枝叶轻轻颤了颤，落下几片叶子。叶子还未落地，院中的景色已悄悄发生变化。待她再度抬头，不由得被眼前的景象震住了。

依然是个小院子，不过院子的外墙变为了布满爬山虎的砖墙。头顶上的明月已成了一轮将歇未歇的夕阳。

院子的尽头是一栋红棕色的三层英式小公寓，公寓前的草坪上放了一张白色的小圆桌和几把靠背圆椅。桌上还摆着下午茶剩下的糕点，被霞光镀了一层金边。院子中央，一棵西府海棠树静静地立着。

一瞬间，书玉有些恍惚。这里的一切，与当年她在英国求学时的住所一般无二。发愣间，她听到身后有脚步声传来。她下意识地回头，便与来人面对面撞了个正着。

来的是辜龙，却也不是辜龙。眼前的辜龙依旧容颜清俊，却要年轻许多。他穿着白色衬衫，外罩一件英式小马夹，西装外套搭在胳膊上。他专注地看着她，神色认真。

他说：“就这么说定了，如果我能让这棵西府海棠开花，你便和我在一起。”

她恍然想起，她租住的公寓是一对老华侨留下来的。老太太初来英国时携带了家乡的西府海棠，好不容易种活了，却不曾开过花。

远渡重洋的日子，她也很希望能看到这株西府海棠开花的模样。

她微微扬起头，看着眼前年轻而执拗的青年。初遇时，她被他儒雅清隽的外貌欺骗，后来才知道原来他有一肚子的坏水。但等她识得他的真面目时，已经太晚了。

书玉眼里含笑。辜龙却微微皱眉：“你这是要反悔吗？”

当年的谭书玉年轻气盛，面对辜龙的询问，只挑眉轻笑：“我说答应你了吗？你若能让西府海棠开花，我便考虑考虑要不要和你在一起。”

那时，她笃定他办不到。伦敦的气候湿冷，西府海棠不耐潮，树未死已是奇迹，开花却是奢望。

彼时，辜龙却笑了：“好，一言为定。”

就在二人订下约定的第五日，数十年未开花的西府海棠奇迹般地开花了。

当年的谭书玉以为自己低估了命运和缘分的力量。多年后她才晓得，是她低估了辜龙的执着。此刻，站在机关重重的五星二十八宿阵内，再见到当年的辜龙，书玉的心里自是感慨万千。

她往前一步，一字一句道：“好，若西府海棠开花，我便与你在一起。”生生世世在一起。若知往后我们的纠缠会那么深，当年我就不会处处想着法子刁难你。若当年我早早地答应了你，是不是就不会横生那么多枝节？

只恨回不到当年。

风似乎大了些，细沙迷了眼。书玉用力眨了眨眼，却发现眼前的辜龙越来越模糊。她心里一紧，想伸手去够他，却抓了个空。

眼泪不受控制地落了下来。书玉正要随着辜龙而去，有人从她身后抱住了她：“玉，你叫着我的名字，却为何朝着与我相反的方向去？”

书玉一愣。顷刻间，眼前的景象消失了。她又回到了张宅的西厢，月光柔和，虫鸣悦耳。

书玉猛一转头，直到看到了辜尨的脸，才安下心来。

“你怎么样？”她挣开他的怀抱，上上下下地检查。

辜尨有些无奈：“我很好。倒是你，怎么把背弄伤了？”

书玉这才感到背后火辣辣地疼。应该是那只猫头鹰留下的爪痕。

辜尨揽住她，小心翼翼地避开她的伤口：“你为什么这么容易受伤？”他恨不得护在掌心的宝贝，却总在他的疏忽下受这样那样的伤，叫他如何不心疼？

书玉蹭了蹭他的颈窝，心不甘情不愿地答：“因为我笨。”

辜尨笑了：“对，这么笨，叫你先走，你却还是留了下来。”

书玉哼了一声：“还不是要我这个笨人来给你这个聪明人领路，带你出去。”

“好。”辜尨说，“我等你把我领出去。”

“组长没有和你在一起吗？”书玉又问。

“阎尉应该还在阵里。这个阵会勾起人心里一些埋藏很深的回忆，若处理不当，很有可能陷在回忆里出不来。”

“是不是我们入阵时，潜意识里最想见到的场景会重现？”

辜尨看了她一眼，点了点头：“很有可能。”

书玉忽然好奇：“那你是怎么脱困的？”

辜尨轻咳一声：“我已觉察到了不妥，只是不知道如何破解。后来，我听到了你叫我的名字。”他以为她遇险了，情急之中破了幻象。

书玉不明所以，不过还是洋洋自得：“这么说，还是我救了你。”

“是是是，多亏你，我才脱了困。但是留给我们出去的时间不多了。”

辜尨绕着院子走了一圈，最后停在了那棵老槐树下。书玉面色剧变，就是碰了这棵树，她才陷入了幻境，若辜尨因接触老槐树而再度入阵，她可不能保证有运气找回他。

还未待她出声阻止，他便有了动作，对着树抛出了两柄小刀。

下一秒，院中的景象开始崩塌。

很快，西厢原本破落荒芜的样子再度呈现在了眼前。西厢院的正中，立着一个人。那人眼神涣散，整个人如雕塑般一动不动。

正是阎尉。

书玉和辜龙对视一眼，连忙上前。辜龙正要伸手把阎尉唤醒，却听阎尉低声叫了一个名字。

辜龙皱眉。书玉好奇地凑上前："他说什么？"

这时，阎尉又叫了一声那个名字。这下，书玉听清了。

"嘉穗……"

书玉茫然："嘉穗？嘉穗是谁？"

辜龙满不在乎："管她是谁。"说罢一掌劈向阎尉。

书玉吓得变了脸色："你轻点啊，别把人给打伤了……"

阎尉眼神有了焦点，一个后翻躲过了辜龙的偷袭。

辜龙瞥了书玉一眼："看吧，他哪里是那么容易能被伤着的？"

阎尉很快便弄清楚了现状。他皱了皱眉，看向书玉的眼神瞬间严厉了几分："小玉，你身手不行，来这里凑什么热闹？在组里的时候还没吸取足够的教训吗？"

书玉被训得缩了缩脖子，下意识便往辜龙身后躲。

"阎组长。"辜龙开口了，"内子已不是你的组员。"

阎尉看向辜龙，眉头皱得更深："你也是，就不能好好护着你的妻子吗？若你再让她受伤，我便把她讨回来。就算她蠢笨且牙尖嘴利，这么多年我也用顺手了的。"

书玉："……"组长好样的，辜龙你也训。

辜龙却笑了："让她受伤，是我考虑不周。不过组长若想出尔反尔，我是断然不会答应的。"

书玉小心翼翼地插话："这个……此地不宜久留，我们什么时候离开呢？"

辜龙和阎尌都转头看她。她有些窘："很晚了，我们走呗？"

辜龙笑了，走上前便揽住她的腰："走，回家。"阎尌一言不发地跟了上来。

出西厢院时，书玉蓦地感到了一丝不妥，但一时想不起哪里不对。

突然，她顿住了脚步："夜猫的尸体哪里去了？"

荒芜的西厢院内，寂静无人。原本该在院门附近的夜猫却不见了。

阳光透过窗棂洒入内室。

"嘶——你轻一点。"书玉裸着后背，趴在床榻上。

辜龙正给书玉换药，闻言挑眉道："现在知道痛了？"

书玉不满："这回我很听你的话，当时情况紧急，如果不是我急中生智……"

辜龙淡淡地瞥了书玉一眼，书玉登时底气不足了："我说的是实话……"

"我什么都没说，你急着澄清做什么？"辜龙帮书玉把衣服穿好。

书玉披着单衣，蹭到辜龙怀里："张警司当真是间谍？"

辜龙点点头："不过是一颗棋子。"

"那份情报是什么内容？"

"不知道。我并没有拿到情报。昨夜我是诓夜猫的。叶猫儿将情报送走的时候，没料到碰到起了歹念的张太太。叶猫儿横死，张太太意外截获了那份情报。夜猫在张寒生处遍寻情报无果，自然认为情报在张太太手中。然而，夜猫失算的是，当初叶猫儿拿到的情报根本就是假的。"

"假的？那真的在哪里？"

"真的情报一直在张寒生手中。"

书玉更不解了。如此听来，叶猫儿和张警司起了内讧？否则张警司为何要把假情报给叶猫儿？她问："既然知道了真的情报在张警司手中，为何不取来？"

辜龙失笑："哪儿有那么容易。他死咬不松口，我如何知道他把真的藏在哪里？"

书玉明白了。半晌，她犹豫地开口："听你刚才的分析，叶猫儿和夜猫是两个不同的人？"

"那是自然。"

"张警司到底喜欢的是叶猫儿还是夜猫？"那叶猫儿和夜猫到底是什么关系？孪生姊妹？

辜龙笑了："你可以去问问他本尊。"

书玉忽然又想起一事，探过身子摸索了半天，从换下来的衣服里摸出一个旧手绢包裹的物什，递给辜龙，把夜猫弥留时的话复述了一遍。

辜龙掂了掂包裹，又拿起来嗅了嗅，惊讶地道："峄山红土？"

书玉一头雾水，辜龙转头看见她的样子，不由得心中一乐："早饭后我要去牢里见张寒生，你也一起来吧。兴许真的情报很快就有眉目了。"

书玉有些不满："你多说一句话会死啊？"

辜龙笑了笑："我想，张寒生应该是个长情的人。你把夜猫的遗物交给张寒生，顺便把夜猫的遗言也说给他听。"

地牢。

书玉眯了眯眼，适应了阴暗的光线，这才在小室角落的木板床上见到了张警司。

他依旧穿着夜宴时的服饰。此刻，虽发丝凌乱，衣衫不整，他却不颓废。相反，他望向书玉的眼里少了平日的温暾和懦弱，此刻的他眼神犀利，似要一眼把书玉望穿。

这才是卸下了伪装的张警司。他淡淡打了招呼："辜太太。"

书玉也不好奇他是什么时候知晓她身份的，只走近几步，道："今日我来，是受人之托交一样东西给你。”

张寒生却似对书玉所说的东西并不好奇。他问：“她还活着吗？”

书玉一愣。夜猫临终前握住书玉的脚踝，问的也是张寒生的生死。

“我不知道张警司问的是谁。是叶猫儿还是夜猫？”

张寒生垂头，无声地咧开嘴：“辜太太，你知道我指的是谁。”

“真遗憾，我猜不透你的心思。”

“我想知道，那天和你一起来雅阁的那个女子，她还活着吗？”

书玉不答，只把旧手帕包的峄山红土递到张寒生面前：“这是她让我转交给你的。”

张寒生抬起了头，盯着那小包裹看了许久，接了过来。

“她说，这是叶猫儿给你的。不是夜猫，是叶猫儿。”书玉一边说，一边不动声色地观察张寒生的表情。然而，她失望了，张寒生的脸上看不到半点情绪波动。

良久，他说：“好，我知道了。”

就这样？书玉皱眉。她终是忍不住把心中的困惑问出了口：“你到底爱的是叶猫儿还是夜猫？”

张寒生笑了：“现在说这些，有意义吗？”

书玉语塞。无论叶猫儿还是夜猫，都已作古，于他而言确实没有意义了。但于夜猫却不同。

书玉心中哽着一口气，语气有些不善：“也是，就算你两个都爱，也无伤大雅。只是可怜那个为你……”她竟一时语塞，说不下去了。

她叹了一口气，转身准备离去，被张寒生叫住了：“辜太太。”

书玉回头，张寒生直视她的眼：“我托咸丰书局找的夜猫你可找到了？”

书玉一愣。夜猫？夜猫不是已经死了吗？

张寒生忽然笑了：“我要找的夜猫是一只鸟，不知可找到了？”

鸟？夜猫居然是一只鸟？

张寒生又道：“我同她一起养的鸟，我擅自给鸟儿取了这个名字。”

书玉想再问些什么，张寒生不肯回答了。

走出地牢，书玉依旧一头雾水。她面对辜龙时有些抱歉：“还是不知道真的情报在哪里。”

辜龙走到她身前，给她披上外套：“无妨。我再想办法就是。”

二人正要相携着回府，却在半途碰见了阎尌。阎尌拖着一个硕大的铁笼正往这里走来。书玉看着笼子里的巨大白色猫头鹰道：“组长，你怎么把它捉住的？这猫头鹰可凶了，一爪子挠下来，人就去了半条命。我的肩伤就是它抓的。”

辜龙轻咳一声：“这是雕鸮，猫头鹰的近亲。”

书玉面上有些挂不住：“不就是一只大鸟，取这么文绉绉的名字作甚。”

辜龙无奈：“它也有个接地气的名字，叫夜猫。”

书玉一听到夜猫二字，瞬间顿住了步伐。她转头问阎尌：“你从哪里找着它的？”

“它被人锁在了张宅的西厢。昨夜我到西厢时，它正好破门而出。今晨它又袭击了我的人，然后，我就把它制住了。”

书玉因激动而微微颤抖。她走到笼子前，看着毛发凌乱的雕鸮，转头看辜龙：“我们来做一个大胆的推测，如何？”

辜龙挑了挑眉，似乎被勾起了兴趣。阎尌依旧站着没说话，目光却停在了书玉身上。

书玉道：“张太太当初截下的其实是这只雕鸮，她意外发现雕鸮的足下系着信件，于是自以为截下了张寒生和叶猫儿想要外传的重要情报。其实，信件只是个幌子，是迷惑不轨之人的障眼法。真正的情报应是在这只雕鸮身上。”

阎尌皱眉：“怎么把情报藏在一只鸟的身上？”

书玉信心满满道："很简单啊，比如藏在它的翎羽下。"

"所以？"辜龙挑眉。

书玉笑得不怀好意："给它剃毛吧。"

耳室内，罗副官站在笼子前与笼内的巨禽大眼瞪小眼了许久，手里的钳子和剪刀依然悬在半空。

书玉有些不耐烦了："罗飞，你倒是快下手呀，难不成你不记得它把你撞得有多惨？"

罗副官有些无奈，拔毛实在是……他用询问的眼神看向一旁的辜龙。

辜龙轻咳一声，淡定自若道："拔吧。"

罗副官正要下手，只听书玉急匆匆道："等等，就这么拔效率肯定很低，先让羽毛过一下水。"

辜龙立刻招呼手下抬进了一大缸水。不是错觉，罗副官觉得笼子里的雕鸮在发抖。

噗通一声，巨大的雕鸮落了水，伴随着鸟叫声和水花声，书玉冷静地指挥罗副官："快把它按下去。对，脑袋按到水下。"

辜龙突然出声："停。"

罗副官一顿，雕鸮的脑袋便浮上了水面。

一旁的阎崶开口了："它的背上，有一幅画。"

书玉一愣，往水缸里看去，只见雕鸮湿漉漉的白色羽毛上慢慢显出一些黑色的纹路。羽毛湿得越彻底，纹路则越清晰。零零碎碎的纹路组合起来，似乎成了一幅画。

辜龙道："趁水没干，把画临摹下来。"

书玉迅速反应过来，顺手拿了几样趁手的物什，便开始描摹雕鸮背上的奇怪纹路。羽毛上的纹路在一点点消退，书玉要赶在纹路消退前把这些图形记录下来。

待最后一笔描完，羽毛上的纹路已彻底消失不见。

书玉刚要松一口气，只听罗副官叫道：“它的肚子上也有画！”

然而太晚了，雕鸮肚子上的画很快也消失了个干净。书玉只来得及分辨出那依稀是一个人的脸。一个女人的脸。

书玉懊恼地垂下笔。辜龙拍了拍她的肩：“不要紧。一幅画而已。”

阎崶看着宣纸上墨渍未干的画，道：“你们说这像什么？”

书玉看了看画，皱眉道：“这是……地图？”

错综复杂的线条及不知名的特定标识，看上去就像一幅地图。不过，这是一幅不完整的地图。

“这会是哪里的地图？”书玉百思不得其解。在她的印象中，南京城内并没有与地图相契合的地方。

辜龙道：“我会着人去查。”

忽然，书玉想起了什么：“你们知不知道贺子池在哪里？”

辜龙没说话，阎崶倒是开口了：“他很好。”

很好？书玉有些怀疑。但阎崶都这么说了，她也不好质疑。

阎崶难得地又解释了几句：“他很机灵，没有受伤。此刻，他应该在享福。”

天机阁。

“大人，夜猫折了。”小厮恭恭敬敬地立在窗边。

一个男人背对着床负手而立，专注地看着墙上的两幅画，淡淡地道：“知道了。”

“另外半幅地图被辜龙和阎崶截下来了。”小厮又道。

“无妨。”

夕阳的光打在墙面上，照亮了墙上的画——一幅是线条错综复杂的地图，一幅是一个年轻女子的半身像。

画中的女子眉目如画，气质温婉，着一件宽袖旗袍。男人望着那女子，良久不曾移眼。

"大人，"小厮忍不住开口，"什么时候迎嘉穗小姐回来？"

"快了。"

近日南京警界掀起了一阵不小的风波。某位张姓警司因多次恶意泄露机密被拘，并于拘留第二夜自尽于狱中。虽然整件事的来龙去脉被压了下来，但大街小巷，酒楼茶馆都在交头接耳讨论这件秘闻。

"你知道吗？张太太一听说张警司死在牢里，二话不说上吊自尽了。"

"张警司府上收了十六七房姨太太，一听张警司被抓，通通卷了细软跑了。"

"果然是原配见真情。"

书玉坐在靠窗处，一小口一小口地啜着茶。耳边聒噪的茶客明明不清楚整件事情的始末，却说得好似真刀实枪地经历过。

忽然，邻桌有人神秘兮兮地说："我看那张太太也不是什么好货色。你们可知道，她曾经设计过府里的姨太太。"

众人下意识地竖起了耳朵。

那人得意地道："张警司的十七姨太太美若天仙，张太太嫉恨很久了。于是在一个夜黑风高的晚上，张太太趁十七姨太太一个人在巷子里遛鸟，叫两个巡捕轮奸了十七姨太太。你们不知道那情形有多惨，两个巡捕本就是混混出身，喝过酒后神志不清，把那娇滴滴的十七姨太太给弄死了。当时我打更经过，就躲在那条巷子的木头桩子后，就看到那十七姨太太躺在地上，那个可怜啊……"那人说着便打了个寒噤。

又有人接话："我在屋子里也听见十七姨太太的尖叫了。那叫声惨得啊……"

一片唏嘘中，有人说："那十七姨太太也是个不检点的，大半夜一个人跑到外头遛什么鸟？"

有几人附和。

那人继续道："不过，奇的是，又过了几日，那两个巡捕就死在了那条巷子里。真是善恶有报。"

书玉不想再听。明明有那么多人耳闻目睹了那幕惨剧，却没有一个人站出来向叶猫儿施以援手。如今，那隔着墙听来的一点花边消息倒成了他们绝好的谈资。

书玉忽然很想回家，想家里那位辜先生，于是丢下茶钱便往家走。

踏入房门，书玉一眼便瞥见辜龙悠闲地坐在西府海棠旁，一下一下地晃着摇椅。她躺上去和他挤在一起，还好当初定做摇椅的时候便算好了要能同时容下两人。

"去哪儿了？"辜龙把她揽到怀里。

书玉找了个最舒服的角度躺下："随便逛了逛。在茶馆里遇见一些碎嘴的看客，听得我心烦。"

辜龙抚了抚她的发："何必与那些人计较，兴许下一次，他们也会成为被讨论的人。"

书玉笑了："对，风水轮流转。对了，那半幅地图解出来了吗？"

"没有头绪。"

书玉有些遗憾。如果她能及时画下雕鸮肚子上的女人脸，线索会更多吧？

辜龙看透了她的心思，缓缓道："天下那么多谜团，哪里有办法一个一个都解出来？况且，有些谜解出来了未必是好事。"

忽然，书玉想起一事："在五星二十八宿阵的里阵，你看到了什么？"

辜龙愣了愣，很快便说："忘了。"

书玉不满："快说。"

"真忘了。"辜龙一脸无辜。

书玉皱眉看他："你就不想知道我看到了什么吗？你告诉我，我也告诉你。"

辜龙来了兴致："来，告诉我，你看到了什么？"

"怎么着，又想诓我？"

"我哪里敢。"

书玉瞥了辜龙一眼，慢悠悠地道："我看到伦敦的西府海棠开花了。快说说你看到了什么。"

辜龙轻轻笑了："真想知道啊？"于是，他附在书玉耳边低低说了一句话，她的脸霎时便红了个透。

"你你你……"书玉气得语无伦次，"你个流氓。"

辜龙再也忍不住，大笑出声。

书玉忿忿不平地看着辜龙，心却变得很柔软。

看多了世间别离，她愈发珍视此刻的相守。

张警司卒于狱中的那晚，书玉去了地牢。

一为感谢他最后的提醒，二为解心中的最后一点疑惑。

"你为何要选那样一只雕鸮作传信的工具？"她问。白羽雕鸮极为罕见，因这样毛色的雕鸮太过显眼。白色在黑夜里非常醒目，让这样一只醒目的鸟儿传递密信，分明要冒极大的风险。除非，那个选择白色雕鸮传信的人心里另有打算。

"其实，你并不想给那些人提供情报，对不对？"书玉问。

张警司没有说话。

书玉并不指望他会回答："无论如何，还是谢谢你。"谢谢你最后松了口，让我们找到了真正的情报。

许久，张警司开了口："她死的时候，只有你在她身旁？"

书玉点点头。

"她走得安详吗？"张警司问。

书玉不知该怎么答。她怎么也无法将"安详"二字说出口。

这几秒的犹豫，让张警司明白发生了什么。他叹了一口气，道："她从小被那些人控制，被逼无奈才会去做那样的事。她的本性并不坏。我的命是她给的，她让我做什么，我就做什么。她让我娶妻，我便娶妻；她让我奴颜媚骨，我便做给她看；她把一个和她长得一模一样的女人送到我身边，我便认真待那个女人。叶猫儿的死当真是个意外。大人让她索我的命，只要她开口，我便把命还给她。你问我爱哪一个，我倒想问问她，她心里可曾有半分位置留给我。”

这番话，夜猫到底是听不见，也答不了了。

次日清晨。

狱卒巡视时便见小室内多了一具尸体。

甘愿半生折腰的张姓警司，终是在死的时候，挺直了腰杆。

# 番外·影子

自她记事起，她便晓得，组织里养着许多影子。

何谓影子？

找两个眉眼略相近的幼童，让他们同吃同住，朝夕相对。每隔一段时间便让磨骨师来给他们正骨，把两人不同的骨头一点一点磨掉。如此年复一年，直到两个毫无血缘关系的幼童长成容貌和气质几乎一模一样的两个人。然而，两个人中只有一个可以在阳光下行走，另一个永远是隐在暗处的影子。

自她领到夜猫这个名字起，她便晓得，这辈子只能做叶猫儿的影子。

叶猫儿自小便是被娇养的。她琴棋书画样样精通，插花弄草信手拈来。但夜猫不同，她风里来雨里去，为正主挡去所有的危险，日日刀口上舔血。

夜猫救下张寒生纯粹是一时兴起。她踢起一颗石子打跑一干混混，便见瘦削的青年半死不活地躺倒在地。

他抬眼看她时，眸子是清澈的："姑娘，有吃的吗？"这是他对她说的第一句话。

她本欲抬脚就走，然而终是鬼使神差地丢下了两个白面馒头。

他捡起馒头，就着尘土狼吞虎咽。吃完了抹抹嘴，他说："姑娘，我会报答你。"

她觉得好笑："你拿什么报答我？"

"你想要什么？"他问。

她随口道："我要的东西只有城内的警署第一人才能给，你怎么给？"组织里的人预备把叶猫儿安排进一个警界官员家里，奈何一直没有合适的人选。这事困扰她不是一天两天了。

他点了点头："好。"

她忍不住嗤笑。好什么好，说得好像真能做到似的。

没想到，两年后，领事带着她去见选定的警界官员时，她再次见到了他。

三年便从最底层的巡捕爬到了这个位置，可谓前途无量。大人给他的评价是，他不是最好的，却是最好用的。

"鄙人张寒生。"再见面时，他看着她道，"你便是我日后的妻子吗？"

她看出了他眼里的希冀。蓦地，她的心里涌上一股难言的滋味。她当然不可能成为他的妻子。他也不会知道他和什么样的人做了交易。

"娶盛辉银行家的小姐为妻吧，她能让你少用两年稳住现在的位置。"他既然走上了这条路，那么她就助他走得更快更顺当。

他没有说话。

她又道："在警界里混，骨头太硬是活不下去的。"她蓦地想到了初见时，他那对干净的眸子。

他听她说完，只答了句："好。"

短短两年，他爬到了一个新的高度。同年，他在她的授意下纳了数房姨太太，成功地气死了老丈人，坐拥了妻家的全部资产。后来，他迎娶了叶猫儿。她作为叶猫儿的影子，也悄无声息地入住了张宅。

叶猫儿嫁入张宅后，连最迟钝的人都能看出张寒生对这位十七姨太太有多么不一般。日日举案齐眉，似他二人才是苦尽甘来的良配。

夜猫亦是第一次看到张寒生笑得如此开怀。她隐在暗处，看张寒生为博叶猫儿欢心，大老远地找来了峄山红土，只因叶猫儿一句“这株花怎么老是蔫蔫的难道是泥料不对”。

叶猫儿很开心。夜里，待张寒生熟睡后，叶猫儿便推开窗，对着空气轻声道：“姊姊，现在的日子比当初预想的要好太多了。”

黑暗中的夜猫神色温柔。她们终于苦尽甘来了。她却也有些许黯然，张寒生果然还是喜欢叶猫儿这样的可人儿吧。

也罢，他们幸福，就好。

可终究天意弄人。

那夜，夜猫从天机阁里接了任务回张宅后便没有见到叶猫儿。她以为叶猫儿大概又在哪个角落侍弄花花草草，便没有在意。

途经张宅西厢时，她冷不丁被人叫住了。

是张寒生。他站在月光融融的西厢院内，静静地看着她：“夫人，过来陪我一起坐坐吧。”

她一顿，鬼使神差地走了过去。她和叶猫儿，容颜一般无二，张寒生恐是将她当作了叶猫儿。不过这又何妨，她便骗自己一次。做了二十多年的影子，假装这一次自己是正主。

那一夜，月光清澈，虫声悦耳。她和张寒生并肩坐在老槐树下，一夜无话。谁料，天刚吐鱼肚白，她便在垸水巷寻到了叶猫儿。

登时她便红了眼。叶猫儿自小娇养着长大，哪里承受得住这样的痛苦和耻辱？叶猫儿分辨出了她的脚步声，拼着最后一口气拽着她的胳膊道：“姊姊……离开天机阁吧……离开……”

话未完，气已绝。

她负气离开了张宅。若那夜她没有鬼迷心窍，叶猫儿便不会落得这般下场。谁知张寒生竟找上了咸丰书局，非逼着她再度露面。可这一次，她却是带着杀他的命令而来。

但是她下不了手。她耍了小聪明，让张寒生落在辜龙手里。

大人的爪牙伸不到辜龙的羽翼下。如此一来，张寒生至少能留下一条命。

弥留之际，她托人带给他一包峄山红土。她知道，他对叶猫儿的死耿耿于怀，愧疚难当。

见土便如见人。她想让他知道，叶猫儿从来不曾怪过他。至于她自己……罢了，一个影子而已，哪里有资格说爱。能见证最好的姊妹与他的爱情，也算了无遗憾了。

不料她没死，却等来了个不速之客。

戴着铁质面具的瘦小男人落在她面前，低着头看她。

是赌王裘老七。

“你来……做什么？”

裘老七道：“带你走。”

她忽然有些绝望，纵已残破到这步田地，大人还是不愿放过她吗？

裘老七又道：“你别误会，我不是天机阁的人。你可知，若没有你们大人推波助澜，单凭张太太那蠢人，叶猫儿是不会那么容易被下套的。”

这些事，她隐约有察觉，只是不愿去承认。

“你是谁？”她内心有了松动。

“也是一个被大人设了局的可怜人。”裘老七小心地抱起她，尽量避开她的伤口。

她这才注意到，他的手骨节分明，五指修长，竟更像抚琴人的手。

“你……叫什么名字？”她下意识地开了口。裘老七该是假名吧。

“江南，我叫江南。”

## 第三个故事·洛神花

### —— ◦ Chapter 1　六月游轮

包厢外的长廊很安静。

普通侍者是不被允许出现在这一层楼的，因此走道里连侍者的脚步声也无。长廊一侧开着几扇小窗，透过窗口能看到半个小湖，以及湖面上的半轮夕阳。

身材颀长的男人站在窗前，目光似追寻着湖上的夕阳，又似透过夕阳不知看向了哪里。

身后包厢的门开了又关上，有人停在了男人身后。那人懒散地立在男人身边，点了一根烟含在嘴里："待不住了？"

"你不也出来了。"辜尨收回了望向湖面的视线，看向吐着烟雾的韩擎，"里头商量得怎么样了？"

韩擎嗤笑一声："一群老家伙，在扯皮呢。"

"培养了六年的警司一下就没了，还被冠上间谍的帽子，林翁自然要在其他方面讨些好处。”辜龙淡淡地道。

“不怕他狮子大开口？”韩擎瞥了辜龙一眼。

辜龙挑眉：“我倒怕他不开口。”

韩擎猛吸了一口烟，叹：“老家伙碰上你这只狐狸，算他倒霉。”

辜龙勾了勾唇，没有说话。

“上次你让我查的事，有眉目了。”韩擎缓缓道，“又是前朝遗留下来的老贵族。有意思的是，他们同时在拉拢南北两边的人。不仅如此，他们和日本人的关系也不一般。你说这群早就要入棺材的老古董到底想要做什么？就算要复辟，扯上日本人算什么事？”

辜龙问：“上次还原的情报怎么样？”

韩擎吐出一口烟：“全是碎的，拼不全。那半幅地图走遍整个南京城也对不上号，莫非那地方在南京城外？我已经把线人放出了南京城，只要有一个地方和这地图契合，我韩擎就要把地点找到。”

辜龙点点头。

“还有一件事。”韩擎忽然道，“你知不知道‘影子’？”

“什么？”

“上一次我探天机阁的时候发现一件有意思的事情，”韩擎扯了扯嘴角，“那些老贵族似乎在大范围养着一群‘影子’。从小把两个不相干的孩子进行磨骨、训练，最后成双成对送到目标身边。一个在明处，一个在暗处。明处的清清白白，暗处的机关算尽，偏生还叫人揪不出把柄。”

辜龙很快反应过来：“叶猫儿和夜猫？”

韩擎点头：“她们是那群影子中最低等的。据说，有些正主，一个配着不下五个影子。”

辜龙皱眉：“哪儿来这么多孩子？”

“有的是因战乱和家人走散了的孩子，有的直接是拐来的。他们选影子的时候很挑剔，甚至不惜血本去大户人家偷孩子。”韩擎忽然笑了，“他们做这件事已经数十年，不知养出了多少代影子。没准咱们身边也有他们早年安下的影子。”

辜龙轻哼一声：“疯子。”

韩擎的笑容更深：“这还不够疯。你知道最高级的影子是什么样的吗？”

辜龙挑眉看向韩擎。

“是连影子本尊都不知道自己是组织里养出来的影子。”韩擎吸尽最后一口烟，一字一句道。

辜龙沉默了半晌，问：“这些，你是从哪里知道的？”

“还记得被一把火烧了的月明楼吗？你和阎尌去张宅的那晚，我收到了前月明楼楼主的一封信。那封信告诫我小心影子。随后我派人顺着这条线往下查，这些线索便出来了。奇怪的是，这些本该颇费周章查到的细节，居然很轻易就被我找着了。就像——”韩擎皱了皱眉，似乎在斟酌字句，“就像有个人等着我去查，然后把答案摆在我面前。辜龙，你说，月明楼的那位方楼主，到底有没有死在那场大火里？”

辜龙反问：“这个问题很重要吗？”

韩擎眼里有几分迷茫：“我也说不上来，就觉得有些古怪。也罢，我有了准信再告诉你。”

辜龙点点头：“好，我等你消息。”说罢双手插兜就往走道尽头的楼梯走去。

韩擎一愣，在他身后叫道：“你去哪里？”

“回家。”辜龙头也不回。

“里头还没商量出个结果，你个正主自己先走了？”

“他们商量就好，结果无非那么几种。我还有要紧事，先走了。”

“什么要紧事？”韩擎额冒青筋。这家伙走得倒干脆，又把一堆烂摊子丢给他？！

辜龙已经走到了楼梯口。他的声音远远飘来：“老婆在家等我吃饭。”

韩擎好半天才反应过来。等他爆出了一句粗口，长长的走廊里已没有了辜龙的影子。

小小的院子弥漫着饭菜的香味，辜龙一踏入院子便放松下来。

院子尽头的屋子里，门半开着，门内有个身影在桌前忙碌。他蹑手蹑脚走到那身影后，抬手便环住了那人纤细的腰。

书玉被吓了一跳，好不容易才稳住手里端着的那碟小菜："走个路也鬼鬼祟祟的，想吓死我还是怎么？今晚我做的菜，你不准吃！"

辜龙埋首在她颈侧，深深地嗅了一口："好香。"不知说的是桌上的菜还是怀中的人。

"香也不准吃。"书玉来了劲，"说吧，这么晚回来到底去哪里了？"她分明看到他和韩擎出去了，韩擎那家伙能带她家辜先生去哪里？无非酒肆花楼夜总会。

辜龙的声音有些委屈："怎么就不准我吃了？我出去办正事，累了一天了。饿着肚子想回来吃老婆做的菜呢。"他可怜兮兮地说。

书玉很没出息地心软了："饿了？"

"嗯。"

"来，尝尝这个。"书玉递给他一个碟子，"我第一次尝试这种做法，看看合不合胃口。"

辜龙尝了一口："好吃。"

书玉瞬间笑弯了眉眼。忽然，她想到了什么："今天阎尌来找你了，但是不肯告诉我是什么事。"

辜龙坐在桌前，把书玉捞到怀里坐定，伸手给她夹了一筷子菜："不是要紧事。"

"都还不知道是什么事呢，怎么就知道不要紧？"

"他的事，都不要紧。但是老婆，最近我闲得慌，你得陪我。"

"真的？我看韩擎、阎尌、贺子峘都很忙的样子。连贺子池最近也不知道在忙什么，整天见不到人影。”

“他们是他们，我是我。”

“怎么陪你？”

“我们去度假吧。”

塝家码头。

书玉立在游轮上，看码头上人来人往。今日太阳有些烈，她下意识压了压宽宽的帽檐，便觉得腰间已被一只手揽住。她侧头问：“我们要在海上航行四天吗？”

辜尨整了整她的帽子：“四天半。然后我们就到目的地了。”

她雀跃起来：“我们到的那天爷爷正好也会到吗？”

辜尨勾了勾唇角：“会。一周前他就写信给我，让我带着你去蓬霁园。老人家很想你。”

港口的风吹得书玉的长裙摆猎猎作响。她开心极了，迎着风的阻力便揽住他的脖子，重重地在他的脸颊印下一吻。

两人都是容貌出众的年轻人，并肩站在甲板就已吸引了无数目光。此刻书玉的大胆举动引来了好几道视线，有几个外国乘客吹起了口哨。她这才后知后觉地感到不好意思，整张脸都埋在了他胸前。

辜尨因书玉少有的主动而心情大好：“怎么，有胆量亲，没胆量负责了？”

书玉果然被激起了斗志：“谁说不敢了，我还敢再……”

话未完，辜尨的吻便落了下来。这可不同于她心血来潮的吻，他的吻来势汹汹，所有的喧哗都被隔绝开来，只剩风声与低低的喘息声。

“咯咯。虽然不想打扰二位，但是，你们这样会造成甲板堵塞。”

书玉一惊，下意识就要推开辜尨，奈何辜尨的手臂箍得她动弹不得。

只见两步开外的甲板上，一身休闲装的韩擎叼着根烟倚着游轮的栏杆，饶有兴味地盯着书玉和辜尨。

“你怎么在这？”书玉瞪眼。

韩擎弹了弹烟头，道：“我怎么不能在这了？这是我的船，我在自己的船上监督手下人工作，有什么不可以？”

“你的船？”书玉更惊讶了。

“放眼整个塔家码头，有几艘船不姓韩？”

书玉语塞。

辜龙淡淡地冲韩擎打了个招呼：“多谢款待。”

韩擎轻轻哼了一声，没有说话。书玉转头看辜龙：“你知道这艘船是他的？”

“嗯。”辜龙点点头，“所以我要了豪华套餐。免费。”

书玉乐了：“这样啊，那还真是多谢你款待了。”

韩擎的脸色不太好看，摆摆手预备离开。他还没走出几步，三五个水手扛着大筐经过，挡住了道路，水手身后还跟着一队身着白色船服的女子。

书玉好奇地问：“这些都是游轮上的服务生？”

韩擎道：“是。她们负责这艘游轮六月份的后勤工作。”

“这些服务生都是美人呢。”书玉揶揄地看了韩擎一眼。

韩擎笑了：“辜太太不要自惭形秽，辜先生眼里容不下其他美人了。”说完不等书玉发作，便如泥鳅般混在水手的队伍里离开了。

辜龙淡淡地瞥了眼韩擎消失的方向，复而低头对怀中的人认真地说：“他说的没错。”

书玉：“……”

几声汽笛响起，游轮驶出了码头。

天地宽广，海风猎猎。

烈日晒得书玉脸颊微红，辜龙摸了摸她的脸颊，笑道：“犹胜胭脂红。”

书玉捂脸：“不成不成，胭脂红后就要煤炭黑了。”说罢就往船舱里走。辜龙失笑，不紧不慢地跟在她身后进了休息室。

游轮的公共休息室里稀稀落落坐了几桌客人。书玉挑了靠窗的小圆桌，摘下帽子扣在椅背。很快便有服务生走过来，询问二人需不需要饮料和甜点。辜龙要了两杯茉莉花茶和一碟松饼。

书玉兴味盎然地打量着年轻的服务生。她指了指服务生胸前的铭牌：“这是你的名字，还是船上服务生的代号？”

女服务生是个十七八岁的小姑娘，圆圆的一张脸粉嫩含俏，听到书玉的问话先是红了红脸，继而答：“是管事给我们取的。”

她的铭牌上，以簪花小楷写着“玳瑁”二字。

书玉冲小姑娘微微一笑：“这个名字不错，富态。”

小姑娘的脸更红了：“谢谢小姐。”

刚点完单，就有另一个服务生走过来端上花茶和松饼。这一次是个年岁稍长的年轻女子，依然容貌俏丽。她的铭牌上写着“碧玺”。

玳瑁、碧玺，都是美轮美奂的天然宝石。

书玉对着辜龙咬耳朵：“韩擎的生意头脑还是不错的，你看，连负责点单上菜的服务生都有这么别致的名字。”

辜龙把小碟中的松饼分到书玉的碟子里：“他的头脑不止于此。”

书玉抿了一口花茶：“啧，我还以为他是个大老粗呢。”

辜龙失笑：“再没有人能比他更懂得风花雪月。”

书玉好奇：“他与你年纪相仿吧，可是他一没有成家，二也没有正经爱人，他是打算游戏花丛一辈子吗？”

辜龙敲敲她的脑袋：“他愿意游戏花丛是他的事，用你来操心？”

书玉缩了缩脑袋：“我这不是好奇嘛……”到底什么样的女子会入得了韩擎的眼？

忽然，一道清脆的童音打破了休息室内的静谧：“请问洛神花小姐在吗？”

正在临窗看海的书玉闻声回头。只见一个约莫八九岁的男孩子站在休息室的门口。他穿着渔家人惯常穿的短褂，露出两条瘦麻秆似的小细腿，黑黝黝的脑袋上戴着一顶小毡帽。

其余几桌旅客也都好奇地转过视线看向突然出现的小男孩。

“你们谁是洛神花小姐呀？”男孩又喊了一声，乌溜溜的眸子在室内转了一圈。

众人面面相觑。谁是洛神花小姐？休息室里的女性本就不多，除了吧台后的服务生，便只有书玉和邻桌一位着玫红色洋装的摩登女郎。于是，众人的视线不由自主在书玉和那女郎间游走。

书玉看了一眼辜龙，还没来得及开口，就听邻桌的女郎严肃地道：“小绅士，我可不叫洛神花。”

女郎同桌的一位男士笑了：“玫琳，你不要吓坏小孩子。”

小男孩走到书玉面前，与书玉平视：“那你是洛神花小姐吗？”

书玉摇摇头：“我不是。你找那位……洛神花小姐有什么事吗？”

“我这里有一封信要转交给她。”

“那你知道那位小姐长什么样子吗？”先前开口的男士也凑了过来。

“她是长得最好看的那一个。”

正在吧台后擦拭杯具的玳瑁听到响动，小跑了过来。她一手叉腰，一手拎起男孩的衣领子：“阿吉布，你怎么又混上船了？早就告诉你了，这里没有你要找的洛神花小姐。”

“胡说！”阿吉布费力地蹬着他的小细腿，脸涨得通红，“哥哥说她就在这艘船上。你肯定是嫉妒她比你长得好看，你不想让哥哥找到她！”

玳瑁急红了脸：“你胡说八道什么？”

眼见一大一小两个人就要扭打起来。辜龙起身，几个动作便分开了扭在一起的两人。他看向玳瑁：“怎么回事？”

玳瑁微微平复了气息，答：“回先生，是这样的。这个孩子是塆家码头渔人六的孩子，从六月初他就偷偷混上这艘游轮，说是要替一个大哥哥把信转交给一个叫洛神花的小姐。”

“大哥哥？”辜龙挑眉。

玳瑁继续答：“那个给阿吉布信的人曾经是这艘游轮上的水手，因为一次海难落下了残疾，再也不能出海。我们寻思着，大概是他在船上工作时对哪个小姐一见钟情，后来不能再上船，就想着给那位小姐带一封信。谁知道他所托非人，居然把信交给了这个二傻子。能找到人才怪。”

原来是这样。众人恍然大悟。

“能让我看看那封信吗？”玫琳低下头对阿吉布道，“也许能通过信的内容帮你找到洛神花小姐呢。”

阿吉布却警惕地抱紧了怀中的信：“谁都不可以看。这封信只有洛神花小姐才能看。”

玳瑁没好气地说：“你连洛神花小姐在哪里都不知道。”

阿吉布突然跳起来对玳瑁做了个鬼脸：“我会找到的。哼！”说罢一猫腰，从玳瑁的胳膊下蹿出了休息室，一溜烟便没影了。

晚饭后，甲板上聚集了不少赏夜景的旅客。

今夜海风不大，繁星璀璨，这样干净明亮的星子在都市的夜里几乎无迹可寻，因此更得一群旅人青睐。

书玉换了一套棉质长裙后才到甲板上，奈何甲板上已找不到清静之地。她有些沮丧：“怎么办，没有地方可以看海景了。都是你，非得要我回去换厚衣服。”

辜龙轻轻笑了笑，揽着她往前走：“有个好地方，一定没有人。”

两人绕过后船舱，一路走到了游轮顶端的瞭望台。书玉有些忐忑：“这里非工作人员不得入内吧？”

辜龙扬了扬手中的钥匙：“韩擎给的。”

书玉噗哧笑了出来：“以权谋私。”

辜龙正色道：“这叫物尽其用。”

瞭望台的视野更为开阔，半点喧嚣嘈杂也无，整片天地间只余了无尽的海与星空，以及夜幕里的两个人。瞭望台上摆了一张简易小圆桌和一张靠背长椅。桌上有一壶青瓷小酒，一壶蜜酿的花茶，以及几碟精致的糕点。

书玉偎着辜龙，笑得促狭："就差烛光了。"

辜龙凑近她，轻轻地"嘘"了一声："不需要有光，这样，刚刚好。"

书玉微微仰头，眼里盛满了星光："记不记得我们第一次约会？"

辜龙笑了，双臂伸展，把她锁在了他和栏杆之间："记得。"

书玉开始数落："知不知道你那时候多差劲，居然让我一个女孩子等你。当时玛丽说，这样让女士等的男人，最差劲。"

辜龙吻了吻她，很认真地检讨："是的，那时候我差劲透了，居然让你等了那么久。我还以为我要失去你了。"谢天谢地你还在原地。

"那天晚上你去哪儿了？"隔着时光的洪流，书玉终是把藏在心底的疑惑问了出来，"我去找马修，他也不肯告诉我。"那天晚上，与他有关的所有人都再三缄口，在她面前闭口不提他。

"太久了，不记得了。"

书玉有些委屈："有什么事情，比我们第一次在一起还重要？如果那件事这么重要，为什么你现在不记得了？"

辜龙没说话。

"不要瞒着我好不好，当时到底怎么了？你给我一个答案，就算你说你找旧爱了断去了，我也不怪你。我保证。"书玉认真地看着辜龙。

辜龙笑了。哪里有旧爱，在遇见她之前，他的眼里从没有过女人，可他嘴里却答："嗯，去找旧爱了断了。"

书玉来气了，捣了他一拳。辜龙捉住她的拳头："还说不生气。"

"我气你不老实。"

这个小女人越来越古灵精怪，越来越能摸透他的每一个细节。他向来忌讳把底牌暴露给除了自己以外的第二个人，却心甘情愿把自己剖开让她瞅得明明白白。却也不能让她看得太明白，他怕他的女人知晓了会心疼。

“好，我坦白。”辜龙举手投降，“当初为了让你院子里的西府海棠开花，我欠了亚伯一个很大的人情。那晚，我还人情去了。”

亚伯？书玉脑海中隐约浮现了那个年轻生物学家苍白的脸。

“他要你干什么？”

“唉，无非让我帮他打一场架。”

“你瞒着教授去打架？！”

“嗯。”

书玉将信将疑。

“欸，老婆，此等良辰美景，我们不要老谈论我不光彩的过去好不好？”辜龙收紧了怀抱。

书玉笑了：“你也知道不光彩。”

“嗯。你说什么就是什么。”

突然，夜色里传来了重物落地的声音。随后，一个女人压抑的尖叫打破了寂静。书玉和辜龙都是一愣，瞭望台这里居然还有其他人？

只见黑暗中，一团小小的人影从地上爬起来，很快便沿着瞭望台下的铁梯嗖地跑走了。独留铁梯旁的一男一女面面相觑。

那对男女，书玉认得。正是白日在公共休息室里的那位摩登女郎和她的同伴。那个女郎，似乎叫……玫琳？

“天呐，凯铭你没事吧？”玫琳弯下腰去看同伴的小腿。

凯铭倒抽了一口冷气：“还好。”

玫琳的语气中带着满满的怒意：“那个孩子怎么回事啊，都说了我不是洛神花，真是蛮不讲理。”

书玉愣住了，转头去看辜龙。听这意思，阿吉布认定玫琳是洛神花，还“袭击”了玫琳的同伴凯铭。这是闹的哪一出？

只听玫琳又道：“哪儿有人给自己取名叫洛神花的，又不是唱戏，叫这个名字岂不叫人笑话？”

洛神宓妃，翩若惊鸿，婉若游龙，非一般女子能压得住的名字。谁敢给自己取这样一个名字？

“你也别和一个小孩子计较。”凯铭安慰道，“再说，四天后游轮就靠岸了。”

玫琳撇撇嘴：“我看，要非得说谁像洛神花，今天早上休息室里那个穿黄裙的女士才像呢。”

书玉愣了愣。这说的不就是她吗？她真不知该苦笑还是该觉得荣幸。她一转头，便对上辜龙带笑的眸子。他附在她耳边轻轻说了一句话，她的耳根瞬间红了，于是伸手轻轻拧了拧他的手臂。

瞭望台下，玫琳和凯铭相携离去。瞭望台上，书玉和辜龙面面相觑。书玉问：“你说，那个孩子能不能找得到洛神花？”

辜龙说：“找不到。”

“这么肯定？”书玉有些惊讶。

“他太傻了。”

“要你找，你还未必找得到呢。”

辜龙笑道：“谁说我找不到。我的洛神花不就在这里吗？”

书玉转过头，不再理辜龙。

谁料当夜，却闹出了一场乌龙。

凌晨时分，书玉刚刚有了睡意，便被包厢外巨大的吵闹声惊醒。她茫然地撑起身，见辜龙也醒了。他把她睡袍的领口整理好：“晚上温度低，我出去看看。”说罢他披衣起身。

书玉不依，要和辜龙一同出门。辜龙也不拦，拿过自己的风衣裹在书玉的丝质睡袍上，便揽着她出了门。

走廊里已人满为患。身着睡衣的旅客面色各异地盯着厚地毯上坐着的小男孩。小男孩身后，玳瑁和碧玺局促地站着，不住地向旅客道歉。

书玉愕然。这个阿吉布又闯了什么祸？

稍加询问，她便弄明白了来龙去脉。原来这个阿吉布也是个鬼灵精，他打听好了这艘游轮上女客不多，年轻的女子更少，于是决定挨户去敲这些女客人的门，一户一户找出谁是洛神花。

不得不说这是个不是办法的办法。毕竟白日里旅客流动太大，唯夜间回包厢，才好无一遗漏地确认。于是便有了夜间的闹剧。

人群中，书玉一眼便辨认出了容色艳丽的玫琳。此刻她正抱着胳膊瞪着地板上的阿吉布，眉头紧锁，性感的身体裹在一件薄薄的黑丝睡裙里。她的身后，站着一脸无奈的凯铭。

书玉暗忖，阿吉布大概是打扰了玫琳小姐的好事了。

人群里，一个年轻的女人走了出来，蹲在阿吉布身边，温声道："小朋友，很晚了，明天再来找洛神花小姐好不好？"

阿吉布不说话。玳瑁气不过，拽了拽阿吉布的领子："礼貌呢？这位小姐在和你说话呢。"

女人轻轻对玳瑁道："没有关系的。小孩子脾气一会就过了。"

玳瑁纵再有气也发不出来了。碧玺走过来，把阿吉布从地上扯起来："走，去睡觉。"阿吉布不情愿地站了起来。

人群三三两两散去，所有开启了的包厢再度合上了门，走道又恢复了平静。辜尨揽了书玉的肩，预备回房间，却发现怀中的人不太对劲。

辜尨看着她："怎么了？"

书玉有些疑惑："刚刚好像看到一个熟人。"

"谁？"

书玉摇摇头："应该是看错了，那个二傻子怎么可能在这里。"

辜尨摸摸下巴，若有所思："嗯。一定是看错了。"

说着，辜尨阖上了房间的门。

世界彻底回归静谧。

## —— ◦ Chapter 2　洛神花茶

书玉醒来时已快到正午，辜龙不在房间内。她伸了伸懒腰，赖在软软的大床里，就是不愿起身。阳光从淡蓝色的窗帘渗进来，带来一缕若有若无的海洋的咸腥味。

蓦地书玉觉得有些渴。她认命地坐起来，还未掀开被子，便见辜龙端着餐盘走了进来。

“醒了？”他把餐盘放在床前的小案上。

书玉迫不及待便拿了一杯温牛奶啜了一口。

此刻，书玉才注意到，辜龙衣衫齐整，一表人才地坐在床畔，而她则蓬头垢面，还未洗漱。瞬间气场上她就输了好大一截。

辜龙含笑看着书玉，一眼便看穿了她的小九九：“快些洗漱，韩擎请我们吃免费大餐。”

“大餐？什么大餐？”

“去了就知道了。”

待二人穿戴齐整出现在游轮顶层的露天小餐厅，已经快到中午了。

韩擎穿着薄衬衫坐在遮阳伞下。他摘下墨镜，似笑非笑地看了看书玉：“辜太太今天的气色尤为不错啊。”

书玉已被他调笑惯了，袅袅婷婷地走到他面前，淡定地坐在辜龙身侧：“过奖。大餐呢？在哪里？”

韩擎失笑：“你们没来，大餐哪里敢来？”

话音刚落，服务生已端上了菜肴。一盘盘海鲜色香味俱全，勾得书玉馋虫大动。

“不错嘛。”书玉笑得眉眼弯弯，拿了一只烤得鲜嫩的苏茶虾放进嘴里。

韩擎挑眉："那是。细数这一带的海鲜烹饪手艺，有谁能比得过我的厨子？"

辜龙挑开蟹肉放进书玉碟里，轻轻笑道："这可不一定。"

韩擎转过头看他："怎么？辜先生走南闯北见识广，见过有人苏茶虾烤得比这还好？"

辜龙一本正经地点点头："还真有。"

"谁？"韩擎不信。

书玉噗哧一声笑了："远在天边，近在眼前。"

韩擎又转过头瞪她："别告诉我是你。"

书玉轻哼了一声："怎么，我看起来四体不勤五谷不分吗？"

韩擎咳了一声："我什么也没说。"

书玉站起来，挽起袖子："今儿我就给你韩小爷露一手。"

早有服务生把器具摆了上来。书玉套上围裙，站在餐桌边的铁架子旁摆弄起了食料。她闲时喜欢鼓捣各种口味的调味料，因而配出的酱料别具一格。苏茶虾尚在淡水里泡着，酱料的香味已弥漫了整个小露台。

韩擎嗅到了香味，他惊讶地看着书玉忙碌着的窈窕背影，继而转头对辜龙叹道："你当真好福气。"

辜龙嘴角微扬："是我的福气。"

"啧，"韩擎摸了摸胸口的古铜色十字架，神色莫辨，"你们这些成双成对的，欺负我孤家寡人是吧？"

辜龙道："你也是时候定下来了。"

韩擎笑了："得，你也来催我。看不惯我一个人逍遥自在是吧？我倒好奇了，当年在伦敦明明最冷情的是你，怎么就开窍想女人了？"

"不是想女人了。"辜龙神色平静，"只不过是见到了她。"

韩擎一愣。

这时，远处的书玉侧过身来。她看向餐桌旁的两个男人："韩擎，你吃辣吗？"

韩擎又是一愣："吃。"

"有忌口吗？"书玉又问。她鬓发微乱，一手拿着铲子，嘴角亦沾了几点酱料，整个人有了几分烟火气。这番景像竟刺得韩擎眼睛有些酸涩涩。

"韩擎？"书玉挑眉。

韩擎笑了："不忌口，我从来不挑食。"

书玉又转过身对着食具，嘴里下意识便开始数落辜尨："看看，哪个男人有你挑食？"

辜尨态度良好地答："我努力克服。"也就只有她敢这样训辜尨，也只有她训的话，辜尨才心甘情愿听得进去。

韩擎看了辜尨一眼："我看不是他挑食，是有人把他的胃养刁了。"

书玉端着一盘苏茶虾走了过来："尝尝味道如何。"

韩擎尝了一口，由衷道："辜太太，看不出来啊。我这里的大厨倒真逊色了。"

书玉还来不及脱掉围裙："你这里的设备真好用，勾起了我做菜的兴趣。"

韩擎笑道："你们是客，我倒劳烦你来做菜，我这东道主实在不尽责。"

书玉忍俊不禁："那多请我们几顿，顺带配套豪华游轮七日游。"

韩擎哈哈大笑："一言为定。"

"韩擎，我说怎么到处都找不到你，原来在这里呢。"半空里传来一阵银铃般的女声。

书玉站在餐桌前，一边脱着围裙一边好奇地看向声音的主人。

那是一个明媚的女人，身材高挑，肤色白皙，一身波西米亚风格的吊带长裙愈发显得她性感撩人。她的性感与玫琳的奔放火热不同，带着一股若有若无的含蓄的挑逗，却更是诱人。这是韩擎身边女伴一贯的风格，却又有哪里不一样。

女人拉开凳子坐了下来，撑起下巴看看辜龙又看看韩擎：“这位先生是？”书玉微微皱眉，她不喜欢这个女人看着辜龙的眼神。

韩擎自那女人出现后便没有说话，连带周身的气场也一点一点恢复了惯常的阴戾。他冷冷地瞥了这个女人一眼：“你来这里干什么？谁准你上我的船？”

那女人似乎感觉不到韩擎的敌意，只看向辜龙：“你好，我叫韩菁姝。”

辜龙却站起来帮书玉把围裙脱下，递给服务生。他转头对韩菁姝淡淡地道：“不好意思，你坐了我太太的椅子。”

韩擎笑出了声。

韩菁姝一愣，似是没想到眼前这个气质卓然的男人会有这样不绅士的回应。不过她反应很快，赶紧站了起来：“啊，我没注意，真是对不起。”却不看书玉，只等辜龙的反应。

辜龙却没有回应。他看向书玉：“热不热？坐下来歇一会儿。”

书玉微微一笑：“还好。”

韩菁姝面上有些挂不住，她看向书玉：“你是？”

书玉也看向她：“游客。”

韩菁姝却不满意这个答案：“游客怎么可以随随便便上到这个私人露天餐厅？”

这话却委实不客气了。韩擎皱眉：“他们是我的客人。倒是你，随随便便到我的私人餐厅来做什么？”

“堂哥！”韩菁姝叫道。

“走。”韩擎毫不客气地下逐客令。

韩菁姝不甘心：“老当家说了，要你月底回一趟本家。”

韩擎嗤笑一声：“哦？早在八年前我就脱离了本家，老头子这吩咐得倒挺顺口。”

韩菁姝脸上青白交替。

书玉和辜龙对视一眼。辜龙起身，对韩擎道：“我和书玉已吃饱，就先回房间了。”说罢揽着书玉就要离开。韩家的家事，外人不好插手。

书玉转头低声道：“韩擎，谢谢款待啊。”

韩擎看了看餐桌上几乎未动的菜肴以及书玉烤的苏茶虾，一口气就这么哽在胸口无处发作。他还想挽留，却已读懂辜龙的眼神。

只得作罢。

露天餐厅再度静了下来。韩菁姝尝了尝刚烤出来的苏茶虾，咂舌：“好吃！这是哪个厨子烤的？快介绍给我。”

韩擎心情更加糟糕。他起身拉开凳子，丢下一句话后便离开了。

“我给你安排一艘快艇，马上离开我的船。”

韩菁姝翻了个白眼：“你让我走我就走，多没面子。”

好好一顿大餐就这样被搅黄了。

书玉不太开心：“我饿。”

辜龙莞尔：“走，我们去厨房。”

书玉一听便来了劲：“偷吃？”

辜龙瞥她一眼：“光明正大地吃。”

此时已过了饭点，游轮的后厨厅空空落落，连后勤和服务生都回休息室用餐了。正好方便书玉偷食。

“要不要我现做几样小菜？”书玉一进厨房便被一应俱全的厨具和食材吸引，登时跃跃欲试起来。

辜龙无奈：“你先吃些东西，早饭才喝了一杯牛奶。”说罢从台子上拿了一碟芙蓉糕递到她唇边。书玉三两口把糕点咽下，这才觉得真的饿惨了。

“慢点。”辜龙又递过一杯热饮。

书玉索性坐在台子上，空着手等他喂。

厨房里有几碟新鲜的苏茶虾，辜龙一一剥好，递到书玉嘴边。她伸出舌头卷过虾仁，顺带舔了舔辜龙手指上沾到的酱料。

辜龙好笑地看着她一脸满足的模样："这么喜欢吃海鲜，当初我说送一座岛给你，你还不答应。"

书玉皱了皱眉："我还喜欢看星星呢，你也摘下来给我？"

他状似认真地思考了一会："也不是不可以。"

书玉噗哧笑了。

冷不丁，她觉得脚踢到了什么东西。她俯下身看向台子下方的空地，这一看可不要紧，台子下有一团东西撞上了她的脑门。

"哎哟——"书玉只来得及哀号一声，人便从台子上跌了下来。

辜龙也被吓了一跳，来不及拉住书玉，只制住了台子下跑出来的东西。那东西在辜龙手里拼命挣扎，脑袋上的小毡帽掉到了地上。

竟是阿吉布。

书玉惊魂未定："阿吉布，你躲在料理台下干什么？"

小少年挣脱了辜龙的手，一屁股坐在地上，面无表情地看着书玉和辜龙。三人面面相觑，直到一声咕噜噜的轻响打破沉寂。

书玉一愣，忙拿了一盘鱿鱼丝递到阿吉布面前："你没吃午饭吗？"

阿吉布红着脸，僵了半晌才接过鱿鱼丝，大口啃了起来。

"你……很久没吃饭了吗？"好半天，书玉才憋出一句话。

阿吉布迅速干掉三碟鱿鱼丝后又啃掉了半条鱼。风卷残云过后，阿吉布挺着鼓鼓的小肚子，满足地打了个饱嗝。

"没有很久。"他道，"就三顿没吃。"

这么小一个孩子，居然饿了三顿才想到要溜到厨房找吃的。倒是傻得可爱。

"你找到洛神花小姐了吗？"书玉坐在阿吉布身侧问。

阿吉布严肃地摇摇头："暂时还没有。不过，快了。"

"你找了多久了？"书玉又问。

阿吉布答："十四天。"

书玉一愣，今天正好六月十四，也就是说阿吉布从六月的第一天就开始溜上船寻找洛神花。

“还有十六天。”阿吉布皱着小眉头，“十六天以后如果我还找不到洛神花小姐，那就只能等明年了。”

书玉不解：“为什么？”

阿吉布答：“哥哥说，洛神花小姐每年六月都会上这艘船。过了六月份，连哥哥也不知道洛神花小姐会在哪里了。”

书玉很好奇：“你的这个哥哥，为什么不自己把信交给洛神花小姐呢？”

阿吉布忽然噤了声，半天后才答：“因为哥哥走不了路了。”

书玉一愣。蓦地想起似乎玳瑁曾说过，信的主人曾是这艘船的水手，经历了一场海难后再也无法出海。

“其实，哥哥没想把信交给洛神花小姐。”阿吉布忽然说，“他每年都会写，但写完就烧掉。今年，我把这封信抢救了下来，我要替哥哥把信交给洛神花小姐。”黝黑的小少年从怀里拿出捂得热乎乎的信，脏兮兮的小脸上满是坚定。

书玉忽然就有些动容。她笑看着阿吉布，道：“如果整个六月份，你都找不到洛神花小姐呢？”

阿吉布一愣，似乎没有想过这个问题：“那就明年六月继续找。”明年找不到，后年再找，年年复年年，他却没有想过，过去了那么多岁月，那位洛神花小姐还会每年六月登上这艘游轮吗？

厨房的门突然从外拉开，门边探进了一个脑袋。

是一个年轻的女子，着服务生的服饰。她的目光落在了阿吉布身上，皱了皱眉：“阿吉布，你一天都跑到哪里去了？”

她一边说着，一边走过来，从身后拿出了一个包裹：“一天没吃饭了吧，喏，给你留的。”

阿吉布立刻正襟危坐：“我不要你的食物。”

女子一愣："为什么？"

阿吉布耷拉着脑袋："我把你上半月的份额都吃掉了。"

女子笑了："没有关系呀，我下半月的小费挣得多，够你吃。"

书玉打量着这个女子。她很年轻，容貌亦延续了游轮服务生一贯的清丽，然而遗憾的是，她的左脸颊上蜿蜒着一块巴掌大的红色胎记，生生破坏了脸的美感。她胸前的铭牌上写着"花琥珀"。

书玉暗叹。这个名字倒与女子的面容相称。琥珀有纯极透明与纯极不透明之分，介于透明与不透明之间的是混沌的杂色琥珀，又称"花珀"。女子脸上有胎记，倒像是那花琥珀上混沌的暗纹。

花琥珀皱眉："阿吉布，你怎么可以偷吃厨房的东西？"

阿吉布缩了缩脖子："我太饿了。"

"太饿了为什么还躲着我？"花琥珀更是生气。

书玉有些不好意思，她和辜龙大剌剌地进厨房偷吃东西，实在连这阿吉布也比不上。

花琥珀这才意识到了在场的还有书玉和辜龙，不由得微微脸红："让先生、小姐看笑话了。我马上带着他离开。"

书玉还没来得及开口，花琥珀便牵着阿吉布匆匆走出了厨房。

不过半刻钟，厨房的门再度被推开。这次进来的是碧玺。碧玺的目光略有些焦急，在看到书玉和辜龙二人后才稍稍缓和了下来。

"请问是辜先生吗？"她看向辜龙，"韩先生要我来找你，说是去包厢一叙。"

书玉有些纳闷，这前脚刚和韩擎分手，后脚他便派人来寻辜龙。莫不是有什么要紧事？

辜龙皱了皱眉："这是韩擎的原话？"

碧玺垂眸："是的。是韩先生的原话。"

书玉扯扯辜龙的袖子："你去吧，我也吃饱了，正好去甲板上吹吹风。"

辜龙温柔地道："正午太阳烈，别忘了戴帽子。"

"知道啦。"书玉摆摆手。

辜龙走后，书玉一个人来到了甲板上，趴在栏杆上百无聊赖地看向海面。不多时，身后有人靠近，停在了书玉身旁的栏杆前。

书玉转头，便对上了一张笑脸。书玉认得这个女子，昨夜阿吉布闹出了大动静后，只有她从人群里走出来安抚闹脾气的小少年。

"你好，我叫何婉汀。"女子笑意盈盈地看着书玉，"是人民教师，每年六月乘船从支教的地方回乡探亲。"

书玉也笑了："谭书玉。字画鉴定师，今年和我先生一起乘船度假。"

何婉汀微微一笑："你先生很爱你。"

书玉有些惊讶。

何婉汀眨了眨眼："我亲眼见他剥了虾喂你。在厨房。"

书玉有些窘，原来她和辜龙在厨房里偷吃食物，竟不止被一个人撞见。

游轮豪华包厢。

辜龙走到了216的房间前，推门而入。房间内点着馥郁的夜来香，浓烈得有些暧昧。这装潢，这格调，分明是韩擎最鄙夷的无病呻吟式的小资情调。辜龙皱眉，只在原地停顿了一秒便转身要离开。

"辜先生这么急着走做什么？"有人声从深紫色的幔帐后传来。下一秒，一只手按住了辜龙欲拧开门把的手。

午后三点，海面上的阳光渐渐褪去了正午时难耐的热度。

书玉跟随何婉汀来到了游轮后舷的小露台。这里几乎云集了这艘船上所有的年轻人。虽说是近乎所有的年轻人，但总数亦不过八九人。

三个大学生模样的男青年，一个衣着洋派的年轻绅士，一对带着孩子的年轻夫妇，以及玫琳和凯铭。

那几个大学生看到书玉，友好地冲她打招呼。书玉微笑着点点头，便听何婉汀笑道：“上船不过一天，我们就都熟了。只有你和你先生，成日里两人如胶似漆，半点靠近的机会也不给我们。”说得书玉有些不好意思。

“不过，你先生怎么肯让你一个人出来？”何婉汀笑得促狭。

书玉赧然：“他有事情要忙。”

一旁坐着的年轻绅士笑了：“不必不好意思，你们感情好，羡煞旁人。”

书玉转头，看向带笑的绅士。那是一个容貌精致的男人，似乎带着几分关外的血统，高额挺鼻，眼窝深邃，一双眼是浓郁的琥珀色，在阳光下泛着微醺的光泽。他冲书玉礼貌地点了点头：“穆雅博。幸会。”

书玉弯了弯唇角：“谭书玉。”

原本在栏杆处吹风的玫琳和凯铭也走过来，坐在了圆桌旁。玫琳惊讶地看着书玉，脱口而出：“咦，这是第一次你出现的时候身边没有那个男人。”那个男人自然指的是辜尨。

书玉越发窘迫，这些人关注的重点真是出奇的一致。

凯铭哈哈大笑：“难得金屋藏娇的主人不在，我们要抓紧时间认识一下这位美丽的小姐。”接着又道，“我叫李凯铭，软件工程师。这位是我的女友，戴玫琳。”

玫琳长眉一挑：“谁是你女友？”

凯铭笑容更大：“正在努力，请大家给我加油。”

玫琳大方地冲书玉伸出一只手：“玫琳，记者。”

书玉握住她的手，从善如流地回应：“谭书玉，字画鉴定师。”

凯铭低呼了一声：“字画鉴定师？你的职业和穆先生很搭调呢。”

书玉不解，只听何婉汀解释：“穆先生是一位画家。很有名气。”

画家？书玉来了兴致：“不知有什么高作？也许我经手过。”

穆雅博笑得有几分无奈："画画是我的兴趣，没有多大成就，我的主业在家族事业。"

凯铭却来拆台："过分谦虚可就是虚伪了。"

穆雅博只笑了笑，并不接话。

"服务生！"玫琳扬了扬手，"来两瓶波本，一壶七月菊。"

船舷另一端，碧玺很快端着托盘走了过来。托盘里除了玫琳要的酒和茶，还有两碟糕点。何婉汀拿起一块糕点送进嘴里，忽然神秘兮兮地看向书玉："来，和我们说一说那位先生吧。"

只见同座的玫琳亦兴趣满满地坐直了身子看向书玉。连一旁立着的碧玺也顿住了脚步，掩饰着好奇等书玉开口。

何婉汀道："当然是你的那位先生咯。"

原来是问辜龙。书玉恍然大悟："你们要问什么？"

何婉汀迅速道："姓名、职业、身高、体重、三围……"

玫琳神色认真地补充："爱好、星座、生辰八字……"

穆雅博失笑："那位先生可是有主的人了。"

凯铭大呼："玫琳，你这是对其他男人有兴趣吗？"

书玉愣住了，辜龙的吸引力这么大吗？她想了想，说："他啊……"

"嗯？"圆桌旁的女人都竖起了耳朵。

"他叫斯文败类，职业是……自由创业者，身高体重三围你们自己目测，爱好……欺负弱小。至于星座和生辰八字，具体无可奉告，总之与我最相配。"

何婉汀和玫琳齐齐垮了脸："不带这么赖皮的。"

碧玺呆呆地嘟囔了一句："咦，居然有人复姓'斯文'？"

忽听身后传来轻轻的咳嗽声，书玉条件反射地回头，就见到辜龙不知何时已站在了她身后。完蛋了，他都听见了。

书玉有些心虚，却见辜龙淡淡瞥了她一眼，便转头和其余几人打了个招呼："敝姓辜，单名龙。"

桌边的几人不敢怠慢，一一再次做了自我介绍。

辜龙坐在书玉身边，转头对碧玺道："也给我一杯花茶，谢谢。"

碧玺如梦初醒，好半天才答："和他们一样是七月菊吗？"

"随意。"他淡淡地道。

辜龙轻轻一笑，闲话家常般聊起了近来航海旅途见闻。席间气氛复又和缓，几个男人聊着聊着便转向了时政。几个女人对时政没有兴趣，便自己凑成一桌，聊起了八卦。

不多时，碧玺端着几杯花茶来了。她抱歉地对辜龙道："先生，七月菊没有了，您看看这杯洛神花合不合口味，如果不行我再去换。"

洛神花？书玉微微一滞。另外两个女人也转过了头。玫琳皱眉道："最近真是，到处都是洛神花，也不知道那个小子找到他的洛神花小姐没有。"

何婉汀微叹："那个孩子心眼不坏，希望他能早日找到要找的人。"

玫琳不以为然："你的职业病又作祟了，只要是孩子都是天使。你怎么不看看那个小天使把凯铭的腿踢成什么样子了？"

何婉汀辩解："孩子的每一个行为都是有诱因的，他怎么可能无缘无故踢人？"

玫琳生气了："这么说来是我和凯铭不对了？"

何婉汀无奈："我不是这个意思……"

书玉却没在听玫琳与何婉汀争论，她的视线不由自主地落在了那杯殷红的洛神花茶上。她忽然抬头问碧玺："请问，那位水手先生是个什么样的人？"

碧玺愣了愣，好半天才反应过来她问的是谁。碧玺思索了半晌，答："他……是一个很安静的人。他很少来后勤部，因此我和他不是很熟。但船员和水手部的人对他的评价都很高，说他是一个踏实肯干的人。"

"他的文化程度如何？"书玉又问。

"他从小被塄家码头的渔人六收养，并没有上过学。"

“这么说，他应该不认字，也不会写字了？”

碧玺愣住了。如果那个人不认字，那么这封信又是怎么来的？而一个没有上过学的人，如何晓得洛神花的典故？

玫琳和何婉汀也被书玉和碧玺的对话吸引了过来。玫琳下了结论：“那个阿吉布撒谎了。”

书玉摇摇头：“不会，他不会撒谎。”

何婉汀一口喝下了一杯洛神花茶，惊叹：“好喝！”

碧玺笑得有些得意：“那当然，我们船上有一位泡花茶的高手，犹擅调制洛神花茶呢。”

何婉汀却没听碧玺在说什么，一拳捶在桌子上。她双眼放光地看看书玉又看看玫琳：“这样吧，我们帮那个孩子找出洛神花，如何？”

玫琳扯了扯嘴角：“大海捞针，哪里找去？”

书玉忽然笑了：“算我一个。”

玫琳瞪眼：“你也跟着乱来？”

书玉勾了勾唇角：“不是乱来，我们要找的是一个近几年六月都会搭乘这班游轮的年轻女人。这个女人长得很美，而且单身。游轮上的女性本就不多，单身且每年这个时节都会乘船的更少。只要那个洛神花小姐确实在这艘船上，我们不难把她找出来。”

玫琳和何婉汀听得一愣一愣的，碧玺却很是激动：“我也可以帮忙，我可以拿到每年六月份的乘客记录。”

碧玺很快便把记录拿了过来。按书玉设下的条件，范围三两下便被划了出来。只见名单上勾出的符合条件的女子有：何婉汀、玫琳、邱萍萍、褚库尔。

书玉一愣：“邱萍萍？”副市长的女儿也在这艘游轮上？

玫琳答：“我对邱萍萍有些印象，匪气、爽直，她不大像洛神花，倒像一朵霸王花。”

何婉汀却道：“咦？这个褚库尔是谁，为什么我从来没有见过？”

书玉看向那个名字。褚库尔，这倒像是个姓氏。碧玺忽然道："还有一位小姐符合条件，但是她的信息不在记录上。"

"谁？"书玉好奇。

碧玺答："住216房的韩小姐。"

"反正不是我。"何婉汀率先把自己撇了个干净，"你看我这副模样，再看看玫琳，就知道我绝对不可能是洛神花。况且，我每年六月乘船并没有与水手有过接触，因此断断不可能是我。"何婉汀五官清秀，但因常年在乡下支教，肤色暗沉、眼生细纹，整个人显得比同龄人要老些。与保养得当的玫琳相比，确实要逊色许多。

"也不是我。"玫琳懒懒道，"就算是，我也不要接受他的信。"

书玉抚额："罢了，我去找邱萍萍和褚库尔。兴许她们中有一人就是洛神花。"

玫琳道："先去找褚库尔吧，个人认为邱萍萍的可能性实在比较小。"

三人齐齐来到了褚库尔的房间外。书玉敲了敲门，里头并没有回应。

"不在吗？"何婉汀道。

碧玺微微皱眉："这位小姐从来没有在公开场合露过面。唯一一次出房间也戴着网兜女士帽，看不清容貌。"

玫琳微讶："这样看来，不是她吧。她把自己捂得严严实实，那位水手先生根本没机会见到她，怎么可能一见钟情？"

书玉皱眉。若果真如此，那便确实不可能是这位褚库尔小姐了。

难道真是邱萍萍？书玉心里一紧。

邱萍萍的房间里依然没人。

玫琳耸耸肩："算了，我看她是洛神花的可能性不大。"说罢拉着何婉汀就要离开。

书玉忽然一顿，道："你们先走吧，我回房间拿样东西。"

"好。"何婉汀点头，"那我们先走了。"

待二人离去后，书玉并没有挪动脚步，只静静地站在邱萍萍的房门前。她在心里默念着数字，果不其然，数到第十三的时候，门内传来了响动。门板后响起窸窸窣窣的声音，继而门把被拧开了。

书玉顺着门的缝隙，如泥鳅般闪身进门，迅速反手落了锁。门内人吃了一惊，条件反射就往卧室内的大床方向跑，一骨碌滚进了被子里，没动静了。

书玉泰然自若地看着那人一气呵成地把自己裹成了一颗球，悠悠道："哟，出息了，躲在女人的房间里做什么？"

床上的那颗球微微一颤，终于露出了一个脑袋。书玉皮笑肉不笑地站在那人面前："贺子池，你知不知道你还欠我一株西府海棠？"

贺子池嘿嘿笑了几声："哦，最近事情太多，忘记了。"

书玉笑得温婉："这样啊，那你还记得什么事？"

贺子池讪笑。

"你怎么会在邱萍萍的房间里？"书玉皱眉，"难不成你俩郎情妾意，生米煮成……"

书玉不过随口一调侃，谁料贺子池突然大吼了一声，满眼充血地瞪着书玉。

书玉心里一咯噔，迟疑道："难道我……无意中戳中了事实？"

贺子池马上否认："没有！"

书玉无语地看着暴走的贺子池："那你急什么？"

贺子池的气焰瞬间小了下去："就是……就是……"

书玉不耐烦："你一个大男人扭扭捏捏干什么呢？"

贺子池头一次对这个问题露出了迷茫的神色："我很扭捏吗？"

书玉只觉古怪，自张宅流光夜宴一别，贺子池处处不对劲，神经大条如他居然也开始反思自己是不是太扭捏？

"贺二，"书玉走近了一步，俯身正视贺子池，"我觉得吧，你开始长大了。"

贺子池不解。

“我很忙，先走了。”书玉直起身，“以后你如果再有成长的烦恼，可以找组长倾诉。回见。”

贺子池一愣，房间的门已再度关上。

从寝室舱走出来，书玉百无聊赖地沿着走道往前走，走着走着便走到了后勤舱。她正要走过后勤舱，却忽然听见舱内有人在说话。其中一个声音正是阿吉布。

她心念一动，推开了后勤舱的门。舱内只有阿吉布和花琥珀。两人都坐在垫子上，阿吉布捧着个西瓜吃得正欢，花琥珀则捧着一块布不知在绣些什么。

“小姐，你怎么来了？”花琥珀看到了书玉，连忙要站起来。

书玉按下她的肩膀：“坐着就好，我闲着无事，想来看看后勤舱是什么样子的。”

花琥珀浅浅地笑了：“这里太简陋，小姐待不惯的吧。”

书玉却看向她手中的刺绣：“绣的什么？”只见一方锦缎上绣着几朵栩栩如生的玫瑰。

“随便绣些杂花杂草。”花琥珀腼腆地答。

书玉赞道：“绣得真好，预备绣完挂在家里吗？”

花琥珀还未来得及回答，就听上头一道脆脆的嗓音抢先答道：“当然是绣来送给心上人咯。”

书玉这才发现，隔床的上铺还躺着玳瑁。花琥珀红了脸，显得左颊的胎记愈发红艳：“别胡说。”

玳瑁咯咯地笑：“哪里是胡说，你把你的名字都绣在了缎子上，岂不是要让他睹物思人？”

花琥珀却嗫嚅：“我才不会……”

“才不会送出去，是吧？”玳瑁一边摇着头一边坐了起来，“榆木脑瓜，你不和他说你的心事，他哪里懂？”

书玉却好奇：“你说你把你的名字绣在了缎子上？”她怎么看不出来？

花琥珀解释：“我的小名，叫玫瑰。”说完了又有些不好意思，“可惜我长得不好看，配不上这个名字。”

阿吉布突然出声：“姐姐，你长得很好看。”

童言无忌，最是真诚。花琥珀有些动容，红着脸轻轻敲了敲阿吉布的小脑袋：“人小鬼大。”

“你的心上人现在在哪里？”书玉问。

花琥珀却低下了头：“我不知道。他喜欢着其他的女孩子，我和他没有说过几句话。”

书玉了然。又是一场单相思。于是，她赶紧转移话题：“阿吉布，我来帮你找洛神花小姐好不好？”

小少年猛地一抬头：“真的吗？”

“嗯。”书玉点头，“所以你告诉我，你的哥哥是什么样子的，还有，他口中的洛神花小姐又是什么样子的。”

阿吉布来了劲，答：“哥哥是一个大英雄，他可以徒手扛动这么一大艘船。去年游轮遭遇了暴风，哥哥一个人救了几个旅客，但是他的腿被铁栏砸断了。哥哥说，洛神花小姐是他见过最善良的女孩子。她笑起来的时候很好看，就像……就像一种甜甜的花泡出来的茶。”

玳瑁噗哧笑了出来：“哎哟，看不出来那个闷葫芦竟能说出这样的情话。我真好奇，到底哪一个小姐打动了他的心。”

花琥珀垂着头静静地绣着玫瑰，眼里也闪过一抹淡淡的笑意。

“哥哥为了洛神花小姐专门学了认字。他每天都写信，可是不敢拿给洛神花小姐，于是就把信烧掉。我阿爹说，哥哥是个窝囊废，讨不着老婆。”

书玉也忍不住笑了：“还有呢？”

“本来哥哥准备鼓起勇气把信给洛神花小姐，但是，他的腿伤了，好不了了。他觉得自己配不上洛神花小姐，所以再也不提送信的事了。但是，我觉得哥哥应该把信给洛神花小姐。所以我就来了。”

书玉又问：“洛神花小姐的真名是什么？”

阿吉布不解：“就叫洛神花小姐呀。”

书玉莞尔：“那你能不能告诉我，为什么你哥哥叫她洛神花小姐？”

阿吉布答：“因为哥哥说，她就是他的洛神花。”

## —— ◦ Chapter 3　浪漫情书

是夜，沐浴过后的书玉蜷进了辜龙怀里。

两人坐在靠窗的软沙发上，她把今日的见闻说给他听。末了，她喟叹：“是不是很美？水手先生和洛神花小姐的爱情。”

辜龙拿着大浴巾擦着书玉的发，轻笑：“你这么容易被打动，为何当年对我那么铁石心肠？”

“当年我在考验你。”

“那考察的结果如何？”

“马马虎虎吧。”

“评价这么低，我很伤心。”

书玉哼了一声，突然问：“今天韩擎找你什么事？”

“不是韩擎，有人冒了韩擎的名字。”

“谁？”

“一个女人，对我心怀不轨。”

书玉猛地坐起来，上上下下检查辜龙有无不妥。辜龙张开双臂，任她折腾，还不忘提醒：“还是脱衣检查吧。”

壁灯关了，只闻海浪的轻响与六月海风的低吟。

第二天依旧是大晴天。

韩擎慵懒地躺在长椅中，冲辜龙打了个招呼：“难得见你孤家寡人一个。你的那位哪儿去了？”

辜龙走过来，拉开椅子坐了下来：“她和新认识的朋友在一起。”

韩擎挑眉：“哦，原来是喜新厌旧了。”

辜龙不为所动，拿过茶壶就往自己面前斟了一盏。

“我才发现，你倒是不常喝酒了。”韩擎有些惊讶。

辜龙勾了勾唇：“她不让。”

韩擎登时语塞。能把惧内表现得如此坦然，天下该独属辜龙一人了。

忽然，辜龙开了口：“有一件事我必须和你说一说。”

“什么？”韩擎正色。辜龙很少以这样严肃的口吻和他说话。

辜龙抿了一口茶：“告诉你的那位韩小姐，若再整出那些莫名其妙的花样，恕我不客气了。”

韩擎一愣，随即忍不住笑了起来：“哦？她做了什么？”

辜龙没说话。

韩擎满眼调侃：“最难消受美人恩，你这么不解风情做什么？”

辜龙瞥他一眼：“不好意思，我有洁癖。”

韩擎正要再调侃几句，却听辜龙道：“她要拿东北三个区的半壁势力作为筹码，希望我能在韩家家主之争中保持中立。”

韩擎却笑了：“韩菁姝要给你的不止这些吧？”

确实，韩菁姝的原话并不止此。她给出的筹码，是东北三个区外加华南一个港，最后还有韩菁姝自己。纵横风月场的大小姐，原以为只消稍稍表露几丝情意，什么样的男人不能手到擒来？却不想难得她看得上眼的男人，偏偏毫不留情地给了她打脸般的尴尬。

辜龙淡淡地道：“她承诺给的东西，我并不放在眼里。只要你一句话，我就站在你身后。”

纵见惯风雨的韩擎亦不禁微微一怔。辜龙这三两句话的分量，他再清楚不过。韩擎勾唇笑了笑：“你都这么说了，我若再不把韩家收入囊中，倒真说不过去了。”

辜龙举盏轻笑：“拭目以待。”

正说话间，一阵嘈杂声由远及近传来。几个年轻人从甲板上走进了露台的遮阳篷，围坐在桌旁。正是玫琳、凯铭、穆雅博和三个大学生。几人刚坐定，又有两人从篷外走了进来。

为首的年轻女子穿着一身利落的连身裤装，小麦色的脸庞上一双眼顾盼神飞。她的身后跟着一个年轻的男人，五官温雅，奈何神色怏怏。

韩擎挑了挑眉：“哟，这不是贺家那位小公子吗？许久不见，原来和邱副市长的千金在一起呀。”

辜龙抬头，目光淡淡地扫过贺子池和邱萍萍，答：“嗯，我看他们二人挺般配。”

话音刚落，只听啪的一声，杯盏落了地，砸在了厚厚的地毯上。

“拿个杯子也拿不稳，你的手水做的？”邱萍萍瞥了贺子池一眼。

贺子池嘴角抽搐，没说话。

邱萍萍皱眉：“你怎么回事，度假呢，别扫兴。”

贺子池：“没有，我高兴着呢。”

“邱小姐，好久不见。”清脆的嗓音从篷外传来，未待邱萍萍有反应，那抹窈窕的身影已拉开她身侧的椅子，坐了下来。

邱萍萍看向不请自来的韩菁姝，笑了笑：“哦，原来是韩小姐。”

韩菁姝今日难得地穿了一身浅青色的仿旗袍连身裙，生生在浑然天成的媚态里添了几分静婉。她看向邱萍萍身旁的贺子池，笑道：“邱小姐的朋友真是一表人才。”

邱萍萍啜了一口茶：“嗯，谢谢。”

韩擎望着隔了几桌的韩菁姝，笑了：“麻烦出现了。”

辜龙不以为意，就着茶翻阅起航海杂志。

“欸，你唯一感兴趣的人来了。”韩擎忽然道，语调中满是戏谑。

辜龙微微皱眉：“你可不可以不要这么吵……”话未说完，便见书玉和何婉汀并肩走了进来。他的眉头瞬间舒展开来。

书玉视线在一群人中扫了一圈，很快便发现了辜龙。她侧头和何婉汀说了几句话，继而在后者了然的促狭笑意中走向了辜龙和韩擎。

“今天真热。”书玉甫一坐下便拿了辜龙面前的茶杯，一口饮尽杯中茶。

辜龙抬手摸了摸她因太阳直晒而微红的面颊，叹道：“怎么不戴帽子，说了多少遍了也不听。”

书玉一愣：“啊，帽子落在阿吉布那里了。”

韩擎拿过酒瓶喝了一口，道：“你们俩够了啊，当我死的吗？”

书玉状似惊讶地转头：“呀，韩擎你在这里啊。”

辜龙莞尔。韩擎险些岔气：“得，你们继续，继续。”

隔着几桌的玫琳等人忽然爆发出一阵笑声。书玉下意识转头，便见邱萍萍、贺子池和韩菁姝也并入了玫琳那桌。几人不知聊到了什么，都是满面兴奋。

玫琳大声道：“谁说婚姻是爱情的坟墓，我看我们身边就有模范夫妇。”

何婉汀附和：“对呀，此时此地，就有一对。”

韩菁姝忽然笑得高深莫测：“哦？你们说的是哪对夫妻？”

玫琳纤手一指：“那里不就是。”她的指尖正对着书玉那一桌。

韩菁姝哼笑了一声：“那桌有一位女士和两位先生，那位女士到底配对的是哪位先生？还是其实她和两位先生的关系都不一般？”

一番话说得在座的众人都是一愣。这话真是失礼到了极点。韩菁姝的声音不大不小，却刚好能让书玉一桌听清。

韩擎皱了皱眉头，手指一用力，杯盏已“当”的一声扣在了桌上。

玫琳面色有些僵硬："韩小姐，你这话什么意思？"

何婉汀的脸色也不好看："是不是有人嫉妒了，开始血口喷人？"

韩菁姝轻轻一笑，单手支着下巴无辜道："开个玩笑而已。你们这么严肃做什么？"

何婉汀道："这玩笑过分了吧。"

韩菁姝眨了眨眼："你们也不过几面之缘，真就觉得了解对方，这么急着为对方辩护吗？"顿了顿，她又继续，"那位女士和那桌的哪位先生关系亲密我不知道，但我知道，她和咱们这一桌的一位先生关系绝对不一般。"

众人又是一愣。书玉目瞪口呆。辜尨收了手上的杂志，目光冷冷地扫过韩菁姝。

韩菁姝继续道："今天凌晨，我饿了，正要去厨房，打开门的瞬间偏巧就看到了那位女士。她穿着睡袍从包厢里走出来，穿过走道敲响了一位先生的房门。不过须臾，房门便开了，开门的是一位英俊的绅士。我经过那房门时，留了个心眼，插了一根虚花草茎在门缝里。直到我后半夜从厨房回来，那根草茎依然别在门缝处。一位已婚的女士在除了她丈夫以外的男人的房里过了大半宿还没有出来，实在很难叫人评说她的品行呢。"

何婉汀嗤笑："当时走道里灯光昏暗，你怎么就确定是书玉？"

韩菁姝答："我亲眼见到她的脸，怎么会有错？何况长得那样美的女士，很难有人会认错吧。你们不好奇和那位女士有着暧昧关系的先生是谁吗？"

一句话掀起了不小的波澜。

凯铭连忙摆手："不是我不是我，玫琳，我对你的心日月可鉴。"

在座的三位大学生亦满面通红，忙不迭地摇头。唯有穆雅博从头至尾安静地听韩菁姝爆料。众人的视线不由得飘向了依旧淡然的穆雅博。

韩菁姝妩媚一笑："不错，那位女士夜间幽会的便是穆先生。"

书玉的眉头越皱越紧，正要开口，却被辜尨握住了手。

辜龙看向韩菁姝，淡淡开口：“请问韩小姐还记得昨夜看到内子的时间吗？”

韩菁姝答：“凌晨一点一刻。辜先生怕是睡着了，并不知道枕边人的去向吧。”

凌晨一点？书玉一愣，随即耳根一红。那个时候，她和他还未睡。不过这样的佐证却怎么好意思说出口？

辜龙又道：“韩小姐昨夜在自己的房间里亲眼看到了内子离开房间，敲响了穆先生的门？”

韩菁姝点头：“是的，亲眼所见。”

辜龙问：“请问韩小姐的房间号是多少？”

韩菁姝忽然微妙地一顿，答：“216。”

辜龙点点头：“我和内子的房间是247。247与216所在的走道隔着一个拐角，请问韩小姐如何能在216的房间门口看到有人从247里走出来？莫非韩小姐的目光能穿墙？”

众人恍然大悟，看向韩菁姝的眼里瞬间带了几丝不屑。

韩菁姝涨红了脸：“胡说。我亲眼见她从斜对门的房间里走出来，进了穆先生的房间。”

穆雅博忽然开了口：“很抱歉，韩小姐，我昨夜并没有接待过谭小姐。”

“你撒谎！”韩菁姝尖声叫道，“你明明给她开了门，还把她让进了你的房间。”

穆雅博的语气无辜中带了几分无奈：“我确实没有撒谎。”

一直沉默的韩擎突然出声：“韩菁姝，你马上离开这艘船。”

话音刚落，便有两个着黑衣的男人无声无息地站在了韩菁姝身后。其中一个男人点了点头：“大小姐，得罪了。”

韩菁姝尖叫：“韩擎，你凭什么？！我真的看到了，难不成有人长得一模一样？”

书玉思绪一顿。为了帮阿吉布找到洛神花小姐，她把客房几乎走了个遍。216的斜对面，住着一对老迈的华侨夫妇，一个中年男背包客，一对带着孩子的年轻夫妇，以及，一直未露面的褚库尔小姐。

那边韩菁姝忽地一个闪身，躲过了两个黑衣男人的钳制。书玉讶然，看不出来韩菁姝的身手竟这样漂亮。不过短短几秒，三人已过了十招。

韩菁姝寻到一个空隙，竟往韩擎处袭去。韩擎并不把她放在眼里，单手一挡，就要把她撂倒。谁知韩菁姝的目的却不是袭击他的要害，纤手一转抓向韩擎的脖颈。

金属断裂声响起，韩菁姝嘴角一勾，人已跃到了篷外最近的甲板处。韩菁姝扬了扬手："韩擎，你是要你的链子，还是要把我赶下船？"她的指尖，赫然悬挂着原本该在韩擎脖子上的古铜色十字架。

韩擎脸色一沉："把它还给我。"

韩菁姝道："还要赶我下船吗？若你执意要赶我走，我一不小心把你的宝贝链子甩到了海里，这可怎么好？"

书玉愣了愣，韩擎竟真因为区区一条链子扬手止住了手下的动作。

"韩菁姝，很久没有人敢这么威胁我了。"韩擎语气平淡，却莫名叫人不寒而栗。

韩菁姝微不可察地顿了顿，继而笑得妩媚："也从来没有人这么不给我韩菁姝面子。"

"是吗？"韩擎讥诮地扬了扬唇，"你的自我感觉未免太好，我记得不久前还有人狠狠驳了你的面子。"

韩菁姝咬了咬牙："你！"

说话间，韩菁姝突然噤声，一个手肘往后送，将身后偷袭的人撞了个趔趄。转眼间两人又过了几招。韩菁姝抬手要拆招，谁知那人虚晃一招，脚尖就要勾上她指间的项链。韩菁姝眉心一蹙，正要收拢五指，奈何项链一头已落了空。只见金属制的十字架在空中划了一个圈，铮的一声飞出了栏杆，掉到了海水中。

韩菁姝心里一凉，这回玩过火了。

只听几声惊呼，她转头，就见韩擎从躺椅上一跃而起，足尖点过栏杆，纵身跳入了海里。书玉惊得不能自已。游轮正在往前行驶，韩擎这一跳，要是一个不当卷进了旋转叶，这可是要没命的事。

她惊愕地看向辜尨："看不出来韩擎对宗教信仰这样虔诚。"

辜尨却道："他不信教。"

书玉更是不解，那这又是为何？韩擎纵身入海的刹那，韩菁姝已被送走。玫琳和何婉汀则惊愕得从座位上蹦起来，扒着栏杆往下看。甲板上的游客们也发现了有人跳海，都围着船栏好奇地寻找海中的人影。

书玉依旧惊诧："那么一条小小的链子，掉到海里，怎么可能找得回来？"

辜尨道："韩擎想找的东西，从来没有落空过。"

这么笃定？书玉将信将疑："我们需要去帮忙吗？"

辜尨笑了："怎么帮？你连游泳都不会。别去添乱，这是韩擎自己的事。我们自去做自己的事，他应是不想因这事落下话柄。顺其自然就好。"

书玉了然。韩擎这样好面子的人，的确不会愿意在人前示弱。这样想着，她便打消了往栏杆处挤的心思。

"我去一趟厨房，把帽子拿回来。"书玉道，"很快的，你别乱跑。"

不同于甲板上的热闹，厨房里冷冷清清的。

书玉推门而入时只看到了花琥珀的背影。纤瘦的女子在料理台前忙碌，听到响动只回眸冲书玉腼腆一笑。

"你在做什么？"书玉兴趣满满地凑过脑袋。

花琥珀答："泡茶。"

纤纤素手翻飞，将简简单单的一味茶泡出了别样的风韵。不同于正经茶道，亦不似坊间野方，看起来赏心悦目，叫人心脾都静。

书玉忽然想起了碧玺的话：“原来碧玺说的泡花茶的高手是你呀。”

花琥珀有些不好意思：“你听她胡说。”

书玉凑近即将完成的花茶，嗅了嗅，惊叹：“好香的洛神花。”

花琥珀微微一笑：“再过一会儿，等花香完全晕开就可以喝了。”

“你的功夫，是在哪里学的？”书玉问。

花琥珀答：“有人想喝，我便找着机会四处学。可惜没有正经师父授艺，只学得杂七杂八的泡法。”

书玉促狭地挑眉：“有人想喝你就去学，那个人一定是你的心上人。”

花琥珀却有些怅然：“虽然我学会了泡茶，但他却一口也没有喝过我泡的茶。”

书玉愣住了。

花琥珀却笑了：“他不是讲究风月的人，我也不好意思巴巴地把茶送上。阴差阳错耗了许多时日，却是无果。如今我与他天各一方，他也有了喜欢的人。大抵这就是你们先生小姐说的，没有缘分吧。”

平凡的小女子，藏着爱意却不被知晓，此刻浅浅地漾开笑意，腼腆中带着少许无奈。红色的胎记映着清浅的笑，无意间生出了一种素雅的美来，惹人生怜。竟像极了透明的杯盏里那折射着微光的殷红的花茶。

书玉蓦地心弦一跳，下意识地问：“你和你的心上人是在这艘船上相识的吗？”

花琥珀点点头：“是的。”

“你们是怎么认识的呢？”书玉又问。

花琥珀微红了脸：“那一天我在甲板上晒花叶，风很大，花叶被吹走了不少。他正好经过，帮我把花叶都拾了回来。”

“那天你晒的是什么花？”书玉道。

“洛神花。”花琥珀答，“那天我晒了满满半个后舷的洛神花。”

书玉忽然笑了："哦，也许你们并非没有缘分呢。"

花琥珀不解。书玉笑着拍了拍她的肩："我去确认一件事，然后再来告诉你。"说罢急急地往门边走，独留一头雾水的花琥珀。

书玉有个大胆的念头，她逮着玳瑁便问："见到阿吉布了吗？"

玳瑁指了指露台边的栏杆："那小子爬到瞭望台上去了。"

书玉点点头，提起裙子就往瞭望台的阶梯上走。走了几步又顿住脚步，冲玳瑁喊："你知不知道花琥珀的心上人叫什么名字？"

玳瑁满眼疑惑，不过仍答道："津浥。没有姓。"

短短的阶梯很快便走完了。书玉环视了一圈距离瞭望台最近的露台，没有阿吉布的影子，却见到了一个意料之外的人。

那人着卡其色的休闲西装，支着画架，端着颜料盘正在画布上涂涂抹抹。是穆雅博。

"嗨，你好。"书玉走上前打了个招呼。

穆雅博侧身冲她点了点头。

"没想到有幸能看到你的大作。"书玉看着画布上未完的人像。

薄布上画的是一位年轻女子，着宽袖旗袍，端正地坐在一方楠木雕纹小椅上。画未完，女子的五官和衣服上的纹路尚未勾勒。但已不难看出画作者的笔功之深厚。

书玉赞道："好画。不知这画的是谁？"

穆雅博轻轻笑了："大作不敢当，随意涂鸦罢了。画的是儿时的邻家小妹。经年未见，已不知她容貌如何，故迟迟下不了笔描绘她的五官。"

书玉勾了勾唇："画中女子的发式和头饰极其讲究，且坐姿端正，下颌微敛，应是自小受过严格训练。她应该是个旧式老贵族家的女儿。一幅画便将诸般细节和气质展露无遗，除了因画作者的画功过人，还因为这个女子是画作者心尖上的人吧。"

穆雅博笑道："不愧是字画鉴定师。我斗胆猜测，谭小姐不止是区区字画鉴定师吧？"

书玉摊了摊手，笑得无辜：“我胡乱猜的，所以都蒙对了？”

穆雅博一愣，随即哈哈大笑起来。

忽然，耳边传来声音。书玉抬头，便见阿吉布戴着书玉的宽檐女士帽从瞭望台旁的绳索上滑了下来。他兴奋地冲书玉喊：“书玉姐姐，我找到洛神花小姐了！”

小圆桌旁，围坐着三个女人和一个小少年。

何婉汀略有些紧张地把手搭在膝盖上方：“我没说我是洛神花小姐啊，你们这么看着我干吗？”

书玉和玫琳对视一眼，最后看向了阿吉布。小少年双眼发亮地盯着何婉汀，手里捏着水手先生的信。

“婉汀，”书玉缓缓道，“你确定你的那位同伴是洛神花小姐？”

何婉汀苦着一张脸：“我哪里能确定。只是看阿吉布找人找得辛苦，我才把我所能想到的可能告诉他。我那位支教的同伴确实在那场海难中获救，而救人的水手应该就是阿吉布的哥哥不会错，没准那位水手先生因此把我的同伴记在了心里呢？”

玫琳翻了个白眼：“可是你的同伴今年六月并没有登船。”

何婉汀道：“教区事务繁忙，她今年没有办法脱身回家探亲，这才没有搭上今年六月的游轮。况且，阿吉布看了她的照片后，不是认定她就是洛神花小姐吗？”

桌上躺着一张相片。相片中的女人面色苍白，眼角微微上挑，五官虽平淡，但因了那双天然带媚的眼而显得别样生动。女人着最普通的棉布衫和宽腿裤，脚踩千层底纳的平板布鞋。明明是最朴实无华的打扮，偏生又在左眼的眼角下方文了一朵妖娆的花。就是这朵花令阿吉布一口咬定照片上的女子就是他要找的洛神花小姐。

“哥哥说洛神花小姐脸上开着一朵很美的花，”阿吉布说，“就是像这样的。”他指了指照片上女子文在脸颊上的花。

玫琳摆了摆手："好好好，你说什么就是什么。洛神花小姐既然已经找到了，那么也就没我们什么事了。不过她今年没有在这艘游轮上，你等明年再把信给她吧。"说罢就要站起身。

书玉蓦地按住了玫琳的手。在玫琳询问的目光中，她看向了阿吉布："你哥哥不仅说洛神花小姐的脸颊上开着一朵很美的花，还说这花比起洛神花来毫不逊色。他说，她笑起来，就像花香刚晕开的洛神花茶。我说得对不对？"阿吉布惊讶得瞪大了眼睛。

书玉继续道："你哥哥的名字，可是叫津泩？"

阿吉布一脸难以置信："你认识我哥哥？"

书玉微微一笑："你哥哥和洛神花小姐第一次相见就是在这艘船上，他帮洛神花小姐拾起了被海风吹散的所有的洛神花叶。从那以后，你那原本连茶为何物都不关心的水手哥哥开始喜欢上了洛神花茶。他开始学写字，开始了解有关洛神花的一切，但独独不敢在洛神花小姐面前表露。他现在会写的字不多，但他为数不多会写的字里一定有这两个字。你看是不是这两个字。"说话间，书玉指尖蘸了茶水，一笔一划地在桌子上写下了两个字：玫瑰。

阿吉布大叫起来："是的是的！哥哥经常写这两个字，我不认得字但是我记得这个形状！就是这两个字。"

玫琳和何婉汀惊疑不定地看向书玉。书玉轻轻一笑，对阿吉布道："这两个字才是洛神花小姐真正的名字。"她缓缓地吐出了"玫瑰"的发音，毫不意外地看到阿吉布的眸子瞬间一亮。

"是玫瑰姐姐！"阿吉布激动地说，"洛神花小姐是玫瑰姐姐？我要去厨房找她！"

何婉汀不解："哪位客人的名字叫玫瑰？我怎么没有印象？"

书玉笑："洛神花小姐不在客人里，而在这艘游轮的服务生里。每年六月定期登船的除了游客，还有就是这些服务生。每年六月，会有固定的服务生上这艘游轮。"

何婉汀恍然大悟，随即又不解：“你怎么知道服务生的真名，她们铭牌上的名字可不是真名哟。”

书玉想了想，答：“机缘巧合。”一艘游轮十数位服务生，唯独叫她撞见了花琥珀的心事，也独独让她晓得了花琥珀的真名。大概连老天也觉得，让善良的洛神花小姐和朴实的水手先生就这么错过，实在太可惜。

厨房里，花琥珀正在分门别类地安放刚晒好的花叶。阿吉布绞着手指在她身后站了好半天，嗫嚅道：“姐姐，你的信。”

花琥珀狐疑地转头，看看阿吉布，又看看书玉、玫琳和何婉汀：“这是？”

书玉笑答：“哦，这是先前我允诺要给你的答复。”顿了顿，又补充，“你和你心上人的缘分并没有你所想的那么浅。”

花琥珀一愣。她接过阿吉布手中的信，展开来。薄薄的信纸上写着几行歪歪扭扭的字，笨拙而难看：

玫瑰：

我偷偷喝掉了你泡给客人的花茶，害你被管事骂了，对不起。

下一次我一定鼓起勇气告诉你，你泡的茶很好喝，你长得很好看。

还有，你是我的洛神花。

津泩

玫琳捂住嘴：“天呐，这是我见过最浪漫的情书。”

花琥珀捏着薄薄的信纸，抬头看向书玉，眼里是满满的欣喜。倏而，她脸红了，轻轻地笑了，脸颊上不规则的绯红色胎记像一朵洛神花，一点一点在茶水中漾开。

“等船返航，我就去找他。”她把信按在胸口，“我以为……”她忽然顿住了话语，摇头轻笑，“罢了罢了，这样真好，真好。谢谢你小姐，谢谢，谢谢……可是，他喜欢的女孩子叫洛神花啊。那么美的名字，怎么可能会是我？”

书玉笑弯了眉眼：“哪里不般配？我看洛神花这名字与你般配得很。

你知道洛神花还有一个名字吗？”

花琥珀愣住了，摇摇头。

“玫瑰茄。”书玉说，“洛神花还有一个名字，叫玫瑰茄。你看，津浛一早就认定了你是他的洛神花。”

待书玉回到甲板上的露台，已晚霞漫天。

她手里揪着帽子，心里打着鼓。忙着寻找洛神花小姐，她居然把她的辜先生忘在甲板上了。不知道他还在不在。

刚踏上最后一级台阶，书玉便看到了沐浴在晚霞中的辜龙。他低头看着报纸，双腿伸长，闲适而安宁，一点也没有被遗忘了的恼怒和不耐烦。书玉越发觉得愧疚。他就在这里等了她一下午。

辜龙若有所觉地抬起了头，看向了她：“帽子找到了？”

书玉走到他身边：“嗯。早就找到了。”

“饿了吗？去吃晚饭？”辜龙收起了手中的报刊。

书玉俯下身，环住了他的脖子：“对不起哦，帽子早就找到了，我这么晚来，是去找洛神花小姐了。”

辜龙被她困在椅子里，笑了：“找到了？”

书玉得意地说：“找到了。你老婆是不是很厉害？”

辜龙点点头：“是很厉害。”

“可是厉害也没有用，居然让你等了一下午，太坏了。”书玉蹭了蹭辜龙的脸颊，“原谅我好不好？”

辜龙把书玉拥到了怀里：“我没有生气。等你，我是情愿的。在伦敦，我们第一次约会，我没能按时出现，当时我想啊，我那么喜欢的女孩子，很可能就要这么错过了。我赶到约定地点的时候已不抱任何希望，谁知道，你依然还在。你等了我一个晚上。”

书玉轻笑出声：“你当时是不是觉得，这个姑娘怎么这么傻，被放鸽子了还依依不舍地在那里等？”

辜龙摇摇头：“不，当时我想，老天太眷顾我了，我喜欢的女孩子愿意在原地等我。”

“如果当时我没有等你呢？”

“我会继续等，等你再一次愿意把目光投向我。”

“哪儿有那么容易，女孩子被爽约一次，不会被骗第二次了。”

“我会等到你松口。”

“如果一直不松口呢？”

“那我就等一辈子。”

“哪儿有人像你这么傻的？”书玉吸了吸鼻子，“傻瓜。”

辜龙吻了吻她的鬓角：“嗯，所以这个傻瓜要谢谢你，谢谢你没有让他一辈子打光棍。”

书玉噗哧笑了，忽然想到今天看到的津浛写给玫瑰的信：“你知道吗，今天我看了一封很浪漫的情书。水手先生给洛神花小姐的情书。为什么你当年就没想过要给我写情书呢？”

辜龙好半天才答：“我写了。”

“我怎么不知道？”

“你那么迟钝，当然不知道。”

“写了什么？”书玉兴致勃勃地问，“快告诉我写了什么？”

“忘了。”

“怎么就忘了呢？快想想。”

“真的不记得了。”

“胡说！”

“那我现场编一个？”

“……”

游轮马上就要进港。

玫琳与何婉汀在甲板上与书玉告别。短短几日旅程，大家临别时已生出不舍。

书玉笑道："有缘分还会再见的。"

何婉汀点头："有机会可以来我支教的教区看一看，我相信你们会喜欢上那里。"

玫琳扬了扬眉："兴许下次见面，是在我的婚宴。"

书玉和何婉汀都是一脸惊讶。

"就是你们想的，"玫琳难得地红了脸，"我和凯铭。"

"恭喜。"书玉眉眼弯弯。

何婉汀哀叹："就只有我孤家寡人。"

"那么，再见了。"

一辈子经历的旅程那样多，短暂的相聚过后便是离别。一句"再见"，却是在茫茫人海中再也找不见了。人流很快吞没了玫琳和何婉汀的身影。书玉依然站在甲板高地，久久没有回神。

"辜太太在这里做什么呢？"身后传来慵懒的声音。

不用回头书玉也知道来人是谁。她转过身，道："我在等人。"

"等谁？"韩擎双手插兜，"总不会是在等我吧？"

书玉的视线却落在了韩擎的脖颈处。他的颈项间，挂着一条古铜色的十字架吊坠。正是先前掉入海里的那一条。她低声惊叹："你居然真的把它找回来了？！"

韩擎轻轻哼了一声："我是谁，我要的东西怎么可能得不到？"

书玉莞尔："话不要说太满啊，小心哪一天真就有那么一件东西你怎么也得不到。"

韩擎忽然就没了声音。半晌后，他开口："你等的人来了。"

书玉已看到辜尨提着行李箱从船舱内走出。她迎了上去，从他手中接过轻巧的物件。她腾出一只手冲韩擎挥了挥："我们走了，谢谢你的款待。后会有期。"

辜尨也转过头来，冲韩擎点点头。韩擎依旧双手插兜，吊儿郎当地站在唯一一处没有人流的净地，冲辜龙点了点头。

书玉跟着辜龙走下游轮。码头上人来人往，书玉抹了抹额头上的薄汗：“来接我们的人在哪里啊？爷爷让郑伯来接我们吗？”

辜龙答：“来接我们的不是郑伯。”

“那会是谁？”书玉一时想不到还有其他人选。

然而下一秒，她就知道了答案。纵人流如潮，她还是一眼看到了人群中那个挺拔的身影。

“组长怎么也来了？”书玉讶然，“爷爷居然使唤组长来接我们？”

辜龙弯了弯唇角：“应该是谢公的手笔。”

书玉更惊讶了：“外公也来了？”

辜龙点点头。

“天呐，天呐。”书玉忽然有些紧张，“他肯定要训我的。好久没被外公训了，好怀念外公训人的样子啊。”

阎尉看到了书玉和辜龙，穿过人流走了过来。身后，很快有几个青年接过了辜龙手中的行李。

“走吧，车在那里。”

人潮中，有一抹小小的身影在飞快地穿梭。

小少年一边跑，一边喊：“书玉姐姐，等一等。我有东西要给你。”然而他追着的女子一点也没有放慢脚步的意思。

阿吉布费了九牛二虎之力，终于抓住了女子的裙角：“书玉……姐姐……终于逮到你了。”

女子停住了脚步，低头向他看来，目光中有几分惊讶。阿吉布抬头，看向面前的女子，忽然觉得哪里不对劲，可又说不清这古怪的感觉是怎么回事。

女子戴着一顶带纱斜檐女士帽，穿着一件绣着吉祥团云纹样的洋装。此刻，她撩起帽子上垂下的网兜看向阿吉布。

“书玉姐姐，你换新帽子了啊？”阿吉布呆呆地开口。

女子轻轻地笑了，没有说话。阿吉布如梦初醒，从兜里掏出一个色彩斑斓的海螺：“谢谢你帮我找到了洛神花小姐，这是我给你的礼物——塄家码头一带海域最漂亮的信螺，现在送给你。”

少年举着海螺，眨巴眨巴眼仰头看着女子。女子蹲下身，视线与阿吉布齐平。她轻轻开了口：“你认错人了。我不是你的书玉姐姐。”

阿吉布一愣，似乎没想到会得到这样的答复。

“我叫嘉穗。”女子说，“褚库尔嘉穗。”

忽地吹过一阵微凉的海风，少年手中的信螺发出了呜呜的响声。螺声低回，似少年心底疑惑的询问，又似海洋深处传来的迷惘叹息。

## 第四个故事·绣花针

### Chapter 1　小楼听雨

天刚蒙蒙亮，窗外便飘起了小雨。初晨的空气携着一股凉意，顺着半开着的窗子潜进内室。

“阿嚏——”书玉趴在窗框上，冷不丁打了个小小的喷嚏。

下一秒，一件外套罩上了她的肩。随着外套一同覆上肩头的还有一个宽阔温暖的胸膛。

“怎么醒得这么早？”辜龙的声音带着刚睡醒的沙哑。

他搂着书玉，顺着满是爬山虎的窗子向外看去：“外面有什么好看的？”蒙蒙细雨中，远处湖光山色镀上了一层灰，实在算不得美景。

书玉侧过身，笑道：“蓬霁园雨天不多，这样的景色很少见。”语罢下意识往他暖炉似的怀里靠了靠。

“在伦敦还没见够雨雾天？”

书玉摇摇头：“爷爷第一次带我来这里的时候也是这样的天气。那个时候，一起来的还有我的父母。”

彼时她年纪尚幼，双亲健在，跟着家人欢欢喜喜地来这座园子避暑。谁知就在同一年，父母皆死于一场事故，而她被奶妈连夜带回了青河镇。到如今，却是连父母的轮廓也记不清了。

他沉默了几秒，刚要说话，却被书玉阻止了。

“不要说抱歉，也不要安慰我。那时候我年纪小，并没有感到多痛苦，而且阿姆待我很好，我在青河镇过得很开心。”

书玉一口气说完，像是怕辜龙不相信，挑眉回望他。

辜龙怔住了。怀中的女人还未洗漱，乌发蓬乱，眼神倔强，衬着略微苍白的素颜，多了几分孤勇。他的心忽然就漏跳了几拍。

“你觉得我想说什么？我不过是想……”辜龙笑着凑近书玉，“想亲一亲你。”余音未落，两人的唇齿已纠缠在了一起。

书玉轻轻地笑了，环着辜龙的颈回应他的吻。

窗外，雨依旧淅淅沥沥下个不停，似乎有愈下愈大的趋势。

辜龙一手抱着书玉，一手去关窗户：“唔，天色还早，我们还可以再睡一会儿……”

就在辜龙即将关上窗户时，砰的一声巨响自窗框上响起。书玉一激灵，便看到一块湿漉漉的石头从窗框上掉了下来。哪个吃饱了撑的，大清早往别人家窗子上丢石头？

辜龙脸色阴沉得可怕。他打开窗子，想看看到底是哪个胆大包天的人敢在谭家的私人避暑庄园里撒野。

蒙蒙的雨中，不知何时站了一对青年男女。男的穿着一身西装，长身玉立，女的穿着衬衫灯笼裤，英气逼人。两人都没打伞，浑身湿透。

那对男女似乎在争吵，男的暴跳如雷，奈何就连书玉这个旁观者也能看出，他的气场被他的女伴压得死死的。

辜龙轻哼了一声，意味不明地笑了：“真是到哪儿都会碰到那个二傻子。”

书玉看了看身侧的男人，试探地问：“如果我没看错的话，那个人是贺子池吧？”

辜尨冷冷地道：“他最好祈祷自己不是贺子池。”

书玉又道：“他对面的是邱萍萍？”贺子池口口声声避邱萍萍如蛇蝎，但就书玉一路观察来看，这二人关系匪浅啊。雨中打情骂俏，分明就是闹别扭的小情侣才做的事。

贺子池突然蹲下身，猎犬一样在地上搜寻起来。很快，他捡起了什么，耀武扬威地冲邱萍萍挥了挥。接着，不等邱萍萍有所反应，他反手用力一掷，手中的物什在雨帘中划出了一道优美的抛物线。

书玉心里暗叫不好。从窗外飞入的物什掉到了地板上。那是一个巴掌大小的方形小盒子。盒子外面包了一层红色的锦缎，上面绣着金盏花的花纹。

书玉捡起盒子，打开一看。这是老式的针线盒，里面嵌着个圆形的转盘，转盘上分布着数个缺口。每个缺口大小不一，插着与其尺寸匹配的绣花针。

贺子池一个大老爷们对着盒绣花针出气？书玉顿觉匪夷所思。

再抬眼，雨帘中已不见了邱萍萍的身影，独留贺子池一人直挺挺地站在雨中，一动也不动。莫名地，书玉发现自己竟从这个公子哥身上读出了几分寂寥的味道。什么时候贺子池有了这种气质？

书玉问：“邱萍萍走了？”

辜尨点了点头。

“她往哪个方向走的？”书玉忽然有些好奇。

辜尨忽然勾了勾唇角：“快了。”

“什么？”书玉没听明白。

就在这时，小楼玄关处的风铃响了起来。

有客到了。

辜尨懒懒地走到玄关处，打开了门。

门口站着个女子，眉目英气，通身湿透。正是邱萍萍。

书玉怔住了。在她的印象中，邱萍萍该是个恣意飞扬的女子，不拘礼法，不问世故。如今这般有点狼狈的邱萍萍，她倒是第一次见。

邱萍萍似乎与贺子池争吵后便一路小跑到了小楼的门廊处。此时，她胸口起伏，连说话的声音也带了几分喘。

“先生。”她问，“请问您有没有在三楼西侧捡到一个方形的红色小盒子？”

辜龙忽然笑了：“你也知道你们砸了我的窗？”

邱萍萍下意识地低了脑袋，咬了咬嘴唇：“对不起，先生。真的很对不起。”

辜龙不说话。邱萍萍满脸通红，大抵是长这么大第一次被人这样无视，可偏偏她又找不出对方有何不妥。这栋小楼的主人，用最彬彬有礼的姿态给了她最大的难堪。

站在玄关背阴处的书玉有些无奈。看这两人的样子，不知情的人还以为辜龙在欺负小孩子。

书玉轻咳一声，走了过来，揽了辜龙的胳膊，转头对邱萍萍道：“没关系。不过下一次你们小情人吵架，可不要再殃及无辜啦。”

邱萍萍看到书玉的刹那明显愣了愣：“美人姐姐，你怎么会在这里？”

这下轮到书玉茫然了。她笑了笑：“那么我应该在哪里？”谭家的私人避暑山庄，她不该在这里又该在哪里？

邱萍萍道：“至少不该和这位先生在一起。”

耳边，辜龙轻轻地笑出了声：“邱副市长家的女儿，果然有趣。我的夫人不该和我在一起？”最后一句话透着冷意。

邱萍萍早已意识到说错了话，此刻冷汗涔涔：“不……我不是这个意思。游轮进港后，我看到美人姐姐和一位先生离开了。大概我看错了，不不不，肯定是我看错了。”

眼看邱萍萍就要哭出来了，书玉万分无奈。她叹了口气：“雨大了，邱小姐要是不嫌弃，进屋坐坐吧。”

辜尨淡淡地瞥了她一眼。她装作没看见，依旧浅笑着看向邱萍萍。

邱萍萍的神色瞬间纠结了起来：“我……这多不好意思，我的朋友还在等我……我……”

书玉仿佛没有听见：“想喝什么？热牛奶、柠檬水、花茶，还是来一碗银耳汤？在天机阁时我没能让你和夜猫赌上一局，今天给我个机会让我补偿一下吧？”书玉眨了眨眼。

邱萍萍有些动摇了：“可我的朋友……”

“男朋友吗？叫他一起过来吧。”

邱萍萍愣住了。

“女孩子脸皮薄不好意思开口？”书玉善解人意地拉住邱萍萍的手，“要不我让人请他过来吧。”

话音刚落，辜尨的手下已抓着一脸疑惑的贺子池出现在了小楼门廊下。贺子池还以为自己在做梦。

梦里，书玉开口了：“这就是邱小姐的男朋友吧。”

贺子池如梦初醒：“邱萍萍你这个——”

接下来的话全部咽了回去。他扯了扯嘴角，哭丧着一张脸笑道：“辜先生……好久不见。”

辜尨掀了掀眼皮，笑了：“不算久，我们不久前不还在游轮上见过吗？”

小厅内。

贺子池和邱萍萍并排坐在一张长沙发上，两人间的距离足以再塞下两个人。

书玉轻轻啜了一口银耳汤，道：“二位感情这么好，我能问问你们是怎么相识的吗？”

邱萍萍和贺子池闻言转头鄙夷地互相看了对方一眼，继而同时扭开脑袋，从鼻腔里重重地哼了一声。

书玉：“……二位真有默契。”

辜龙热了一杯小酒，一点一点喝着：“也很般配。”

贺子池爹毛：“谁和她般……”

邱萍萍笑了：“你们都弄错了，他可不是我男朋友。他是我买来的。”

贺子池忍无可忍：“胡说八道！分明是你叫人把我药倒了拖到你房间去的……”

“啧，说得好像我很稀罕你似的。”

“第一天晚上你可不是这么说的！”

“我说什么了？”

“你说了什么你自己不知道？！”

“我怎么知道你指的是哪一句？”

辜龙轻咳一声，缓缓道：“邱小姐来找我们，是为了拿回掉落在我们房间里的东西？”

邱萍萍终于不再和贺子池抬杠。她坐直了身子，答：“是的，先生能把它还给我吗？”

“当然，”辜龙挑眉，“我拿着它也没用。”一边说着，一边把一件物什放在了小案上。

邱萍萍低头一看，却呆了：“这是……”

小案上，放着一块水渍未干的黑色石块。

邱萍萍艰难地开口：“不是这个，是一个红色的方形小盒子，上面绣着一株花的图案。”

辜龙显得有些惊讶：“可是砸中我们窗框的确实是这块石头。”

邱萍萍咬咬唇：“先生，能再找一找吗？我记得是往这个方向丢了……”

辜龙挑眉："怎么，难道你们不仅拿石头砸了我们的窗，还蓄意拿别的东西砸？"他的眼神若有若无地从贺子池身上扫过。

贺子池结结实实地打了个哆嗦。邱萍萍难堪极了："对不起先生，其实……"

"其实什么？"辜龙似笑非笑，"我也很好奇，邱小姐和你的这位……朋友，是如何进到我们的私人避暑庄园的。"私闯民宅，砸人窗户。这帽子越扣越大。邱萍萍不禁抹了抹额角冒出的冷汗。

书玉刚想开口，却听辜龙又道："雨停了。"

邱萍萍和贺子池皆不明所以。辜龙皱了皱眉："所以，二位想留下来用午饭吗？"

"好呀，啊——"贺子池想也没想，愉快地答道。话还没说完，就被邱萍萍狠狠踩了一脚。

邱萍萍满脸通红，拽着贺子池一同从沙发上站了起来："打扰先生了真不好意思，我们马上就走……马上……"她走了几步又忍不住回头，"先生真的没有看见一个方形的……"

"邱小姐要找的东西很重要？"辜龙打断她的话。

邱萍萍似乎看到了一丝希望，拼命点头："是的是的……"

辜龙满目歉然："很遗憾，但既然是重要的东西，邱小姐怎么好随便乱丢呢？"

送走了两只落汤鸡，甫一回房间，书玉就忍不住笑了起来。

"笑什么？"辜龙瞥了她一眼，脱掉外套坐到了床上。

"笑你欺负小姑娘。"书玉趴在床上把玩着红色的老式针线盒，"这莫不是邱家的祖传之物？"邱萍萍实在不像是会鼓捣针线的姑娘。若真是祖上传下来的，改日还是该还给邱萍萍。

辜龙漫不经心地答："或者是贺子池送的定情信物？"

书玉一愣："所以贺子池真和邱家姑娘好上了？"

“你不信？”

“还真不信。”

“那我们且看着吧。”辜龙随手一抛，红色的针线盒便被扔到了梳妆台上。

窗外，雨停云散，蓬霁园的晴天回来了。

蓬霁园南面的筒楼前，绿草葱茏。带着水珠的草坪上放了个打磨得圆润的石桌，桌上摆着一局棋，对弈的双方厮杀正酣。

书玉来到南楼的时候便看到两个老头子抓耳挠腮对着一盘棋干瞪眼。她心中警铃大作，迅速拉着辜龙转身就走，奈何还是晚了一步。

其中一个老头子头也未抬便道：“丫头来啦。”

书玉定住脚步，缓缓地转身扯了扯嘴角：“爷爷，外公。”

另一个老人冲她招手：“过来，帮我参看参看这局棋。”

书玉瞬间苦了一张脸：“您二老慢慢下，我去拿些茶点来……”开玩笑，这要一答应下来，整个白天都要耗在这里了。

她还未来得及挪动步子，就听身后老人道：“你走可以，把你男人留下来。”

“外公——”书玉嚷道。

“怎么？”谢知远眉一挑，眼一瞪，书玉瞬间就没有了声音。

谢知远继续道：“年轻人天天黏在一起像什么话？美色多误事，这个道理懂不懂？”最后一句话分明是说给辜龙听的。

辜龙轻咳一声，别开了脑袋。书玉还不放弃，三步并作两步跳到谭复身边，扯着老人的袖子撒娇：“爷爷爷爷，您二老好好下棋，我和辜龙就不打搅你们了好不好？”

谭复看了书玉一眼，默默地把她手中的袖子扯了回来。半晌，他接着谢知远的话慢悠悠地道：“成日里腻在一起也就罢了，也不见什么动静。”

书玉一愣，瞬间窘了：“急什么……”

谭复瞪眼：“急啥？你说我急啥？你个小祖宗把两个孤苦伶仃的老人撂在家里一声不吭跑到青河镇去，还有理了？赶紧的生个小娃娃陪我们，省得我们天天担惊受怕你个小没良心的什么时候又跑了。”

书玉被训得一句话也说不出来。好半天才找到言语狡辩一下：“这不是怕你们年纪大了，被小孩子吵得不安生嘛……”

这下谢知远瞪眼了：“不劳你费心，你生一窝我们照样给你养一窝。”

书玉抚额。越说越离谱了……

谢知远瞥了辜龙一眼，语重心长：“年轻人，要努力啊。”

辜龙：“……”

“杵在这里干什么？不是说要去拿茶点吗？”谢知远喝道。

书玉赶紧站起来，下意识拉住辜龙就要跑，被谢知远拍掉了手：“自己去拿。”

甩给辜龙一个爱莫能助的眼神后，书玉一溜烟跑远了。立在原地的辜龙无奈极了，就这么被老婆抛下了。

“愣着干什么，坐过来。”谭复道。

辜龙淡定地走过去，坐在了石桌旁。棋局并没有因刚才的插曲而中断。木质的棋子落在石桌上，嗒嗒地响。好的棋手，每落一子便是一个乾坤。

“听说你们在南京碰到了麻烦。”谭复一边落子，一边道。

辜龙答：“是。”

“哪一派做的？”谭复问。

“前朝的遗留贵族，和南北两阵营的人都有勾结。”

谭复指了指棋局：“你看南北统一的可能有多大？”

辜龙看向磨得老旧的棋盘。楚河汉界两端兵戎厮杀，但无论南派还是北派，在思忖是否跨越边界时无一不是小心翼翼。一嗅风向不对，立刻退回原本的阵营。

“南北统一是大势所趋。”辜龙眼观鼻鼻观心地来了一句。

谢知远哈哈笑了起来：“小子，他们说你是狐狸，果然所言非虚。”

谭复指了指楚河汉界：“你在这里，行制衡之术。我在这里。”手指从南北阵营的分界移到了北方的阵地，“你谢公身在北境，但盘根错节的势力却遍布南境。”言罢以南京为圆心画了一个圆。

此刻看去，棋局虽纷乱，但达到了一个诡异的统一。然而这个平衡必然无法恒久持续，每一个棋子位置的改变，将影响整个棋局。牵一发而动全身。隐形的势力无处不在，企图破坏这个平衡的暗子虎视眈眈。

“小子，你说的没错。南北统一是大势所趋，必须是大势所趋。但统一南北的既不会是我和你谢公，也不会是你。旧的势力已经腐烂，新的势利终会破土而生。”

南楼厨房，书玉从烤箱里取出刚烘焙好的小糕点，嘴里却抱怨：“爷爷和外公真是太坏了，天天拿我寻开心。”

老管家笑呵呵道：“丫头，两位老先生可疼你了。你一声不吭跑去青河镇，可把他们急坏了。那时候北方政局不稳，你要是被有心之人劫走了可怎么办？”

书玉垂头：“是我欠考虑了。”

“也幸亏辜家的小子，一手稳住政局，还把你带了回来。”老管家感叹，“辜家一直在政治上毫无建树，谁知这一代出了一个辜龙。不过，可惜啊可惜。”可惜辜家的老当家非是慧眼识珠的主。

书玉把糕点分盘，忽然瞅到桌子里侧放着一个红色的方形小盒子。

红色的盒子，上头绣着一株金盏花。这不就是邱萍萍要找的针线盒？书玉愣住了，下意识就去开盒子。

谁知盒子里并没有她所预料的针线。盒子里垫着一块软软的天鹅绒布，布上镶着一朵玻璃塑的金盏花。玻璃花下压着一张小纸片。

书玉眯起眼凑上去，便听老管家道：“邱家的长子一周后举行婚礼，你爷爷答应把蓬霁园北部的园子借给他们做婚场。”

邱萍萍来这里原来是为了兄长的婚礼。书玉恍然大悟。

“新娘子漂亮吗？”书玉忽然来了兴致。

老管家沉默了几秒，半晌答道：“新娘长得很美，只是……”

厨房的门由外拉开，阎崶探进了半个身子：“茶点好了吗？谢公在催。”他淡淡地扫了一眼厨房，目光最后落在了书玉身上。

书玉一激灵：“好了好了，这就送去……”说罢端起盛着茶水的托盘往阎崶手里一塞，自己拿着装有糕点的托盘走了出去。

阎崶皱着眉头盯着手中莫名其妙多出来的托盘。书玉在前头催：“走啊。”阎崶默默地跟上了她的步伐。

“组长，你来蓬霁园是为了参加邱家的婚礼吗？”书玉一边走，一边问。

“我来是为了别的事情，顺道替老师参加邱家长子的婚礼。”

书玉心里疑惑：“外公不参加婚礼？”

阎崶看了她一眼：“老师一向对这些事情不感兴趣。”谢公深居简出，已很久不参与小辈的活动。非要事，请不动谭谢二公，更遑论区区一场邱家的婚礼。

书玉忍不住又问：“那为何把蓬霁园借给邱家做婚场？”

阎崶眼里有一丝惊讶：“你不知道吗？”

“知道什么？”书玉一脸茫然。

“这场婚礼的新娘子是你奶奶那一族的人。”阎崶答。

奶奶？书玉愣住了。她的奶奶早在她出生前便已过世。家中的长辈从来不跟她谈奶奶的事情，她对奶奶的了解只来自家中的老仆。她只知道奶奶是一个旧时的美人，脱离了身后的大家族，孤身嫁给戎马一生的爷爷，那位美人在短暂的一生中也只为丈夫添了一个男丁。

爷爷从不谈奶奶，家中也无处可寻奶奶的画像。但自奶奶逝去后，爷爷未再娶，孑然一身，直到如今。奶奶那一族的人，是什么样的人？书玉无从而知。

说话间，两人已走到了一个小潭旁。书玉轻声对阎野道：“那里有人。”

小潭四周垂柳依依，柳条拂动处有绰约的人影。阎野停下脚步，向小潭望去。蓬霁园南楼一带是谭谢二公居住处，外人不得入内。南楼仆从皆进退有度，不会私自离宅。此刻在小潭边的又会是谁？

阎野一把拂开柳条，忽听柳条后传来一声惊呼。他眉头一皱，反手一抓，从柳树后捞出一个人来。书玉看清那人样貌，呆住了。

那是一个生得极美的女孩子。雪肤乌发，高额深眸。她的左眼下方文着一朵花，小巧精致，看形状似乎是一朵茉莉。女孩显然吓坏了，像一只被擒的幼鹿，瑟瑟发抖地看向阎野和书玉。

“你是谁？”书玉有些不忍。

女孩张着嘴发出了“啊”的声音，却说不出一句完整的话。

书玉和阎野面面相觑。这女孩，是个哑巴。

阎野皱了皱眉，把女孩放开了。

女孩瑟瑟地后退了一步，眼里满是惊惧。书玉把阎野拦在身后，走上前对着女孩温声道：“别害怕。我问你问题，你只要点头或摇头就可以了，能听懂我的话吗？”

女孩迟疑地点了点头。

“你知道这里是私人的避暑庄园吗？”书玉温和地看着女孩。

女孩点点头。

“你一个人来的？”

女孩摇摇头。

“有人带你来到了这里？”

女孩点点头。

“那个人现在还在这里吗？”

女孩愣住了，摇了摇头。

“你不知道那个人还在不在？”

女孩点点头。

“你是邱家的人？”

女孩还没来得及做出反应，就见前方灌木丛晃动，从里头蹦出了一个人来。那人手里拽着一串野山梅，兴奋地嚷嚷道：“小栾，你看这……”

来人话还未说完便被眼前的阵仗吓住了：“书玉，组长？你们怎么在这里？”贺子池挠了挠脸颊，满眼疑惑。

书玉面无表情地转头和阎蔚对视了一眼，对贺子池道：“你怎么回事？大清早砸人窗户扰人安宁也就罢了，随随便便带人私进别人的庄园又是要闹哪样？你当这里是公园？”

贺子池讪讪：“书玉……我就想带小栾来这里静一静。”

书玉抚额：“不好意思，先容我静一静。她和你什么关系？”

贺子池咽了咽口水：“就是年轻的世家公子和小女孩的关系。小栾快过来，这是你小姑姑。”

书玉愕然：“你说什么？”

“小栾的父亲是你奶奶的妹妹的长孙，按族里的规矩，她该喊你一声姑姑。”

书玉很是茫然，这是哪里来的亲戚，关系已经疏远到了她都理不清的地步。小栾似乎很高兴，先前的恐惧一扫而空，“啊啊”地叫着看向书玉，眼神里充满依赖。

书玉不由得一愣。这孩子一定被家人保护得很好。

阎蔚忽然出声提醒：“老师要的茶点。”

书玉这才想起，还有两个老头子在等着她送吃的。她轻咳一声：“我还有事，先走了。你若想带她到安静的地方玩耍，可以去我的小楼附近。”

贺子池咧开嘴，笑得欢快：“小栾，你姑姑说可以去她的小楼玩，我们快走，那里比这里还漂亮……”

书玉一面往前走，一面忍不住问阎尌：“咸丰书局近来可好？”

阎尌淡淡地道：“还是老样子。”

“又接了不好对付的单子？”

阎尌瞥了她一眼：“为什么这么问？”

书玉想了想，终是把心中所思说出了口：“贺子池最近很不对劲。”

阎尌道：“咸丰书局不只有贺子池一个人。”

书玉轻轻一笑：“我当然知道组长手下有多少人才，不过贺子池恰巧有个习惯。他若接到麻烦的单子，必然要来我这里寻找依靠。”

阎尌皱眉：“他要真有这个毛病，我是该好好训训他。”

书玉忽地停下了脚步：“你说你来办一件事，顺带参加邱家的婚礼。你要办的事，是不是和新接的单子有关？”

阎尌也停住步伐，抬头看她：“你既然已退出咸丰书局，我们接了什么单子与你无关。”

书玉继续道：“你人在此处，那么想必新接的单子和这里脱不了干系。我只希望，不要牵涉到我的家人。”

阎尌道：“你不必操心，这次的单子与咸丰书局无关，是我的私事。”

书玉看着阎尌的背影，忽地叹了一口气。阎尌的私事，谁能说是小事？

南楼小院很快出现在视野里。小院外不知何时站了一个女人。那女人显然已不年轻，层层皱纹爬上了她的脸庞。然而，她的身姿依旧轻盈，腰杆笔直，脖颈纤细，像一个倨傲的老贵族，立在一方天地里。

女人察觉到了书玉的脚步声，回头看了她一眼。堪堪一眼便把书玉从头到脚扫了个遍。好厉害的女人，书玉暗道。

书玉正要跨进小院，忽听身后传来低哑的嗓音：“你爷爷，近来可好？”

她是老头子的旧识？书玉心里疑惑，脚步却已顿住。她回头看向那个女人，答：“他很好，请问您是？”

女人扯了扯嘴角：“我是你奶奶的旧识。”

奶奶？书玉又是一愣。二十年来一直被隐去的存在，就在这短短几天内，不断被提起。

“需要我进去告诉我爷爷一声吗？”书玉试探性地开口询问。

女人摇摇头：“不必了，我就想来看看你们生活的地方。”

书玉忽然道：“方便告诉我您的名字吗？”

女人沉默了一会儿，继而笑了：“我叫恒汐。”

书玉端着托盘走到棋桌旁时，两个老人都等得不耐烦了。

“拿个茶点也慢成这个样子。”谭复吹胡子瞪眼，“跟谁学的？”

书玉连忙转移话题：“门口站着个老奶奶，说是奶奶的旧识。”

一句话，成功地叫两个老人噤了声。谢知远抬头看了谭复一眼，没有说话。这是怎么了？书玉一头雾水，下意识抬头看辜龙。辜龙却比她还要无辜。

“她有说她是谁吗？”谭复开了口。

书玉答：“她说她叫恒汐。”

又是一阵诡异的沉默。书玉小心翼翼地开口：“需要……叫她进来吗？”

“叫什么叫，还需要八抬大轿请进来吗？”谭复瞪眼，“下棋下棋。”

书玉：“……”她默默地站了起来，往小院外走去。但愿恒汐还在那里。走了几步她发现辜龙跟了上来。

“爷爷不拉着你了？”书玉打趣。

辜龙无奈地道："老婆，落井下石也不是这样的。"

小院外，空无一人。恒汐早已离开。

书玉索性拉了辜龙往外走："找不到奶奶的旧识，回去也得挨训，走走走。"

"去哪里？"

"去看看蓬霁园马上要举办的婚礼。"

往蓬霁园北面走去，沿途人声渐渐多起来。

北楼，各路仆从进进出出，皆在安排婚礼的事宜。北楼的院内的杂物已被清走，换上了木质的桌凳。檐角处亦擦拭一新，挂上了红色的彩绸。

人人都这样忙，倒显得书玉和辜龙清闲得不搭调。若再往前，还得劳驾他人招待，徒增麻烦，于是二人转出了大道，往僻静处散步去。

"你听说过我奶奶吗？"书玉拂开枝桠，转头问辜龙，"我出世前她就已过世，如今邱家的新娘子据说是奶奶的族人。"

辜龙轻轻弹了弹她的脑袋："我也长不了你几岁，你奶奶在世时，我也不过是个不记事的孩童。倒是听说你爷爷与你奶奶感情甚笃。你爷爷当年金屋藏娇，不知艳羡了多少人。"

"还有这回事？"

辜龙点点头，揽住书玉叹息道："我倒也想金屋藏娇，可惜我要藏的那位性子太跳脱，满世界地跑，我逮都逮不住。"

书玉忍不住笑出了声："那你要怎么办？"

"我要怎么办？"辜龙看上去很伤脑筋，"还能怎么办，她去哪里，我就追去哪里。"

书玉笑得更欢了，踮起脚吻了吻他的脸颊："辛苦你了。"

辜龙还要有所动作，忽听不远处的灌木丛沙沙作响。

灌木丛后有人。

辜龙的神色变得有点诡异。他将书玉按在怀中，轻声道："嘘，不要说话，也别动。"

突然，静谧的小林子里传来了女人的喘息。这下，饶是书玉也明白了灌木丛后正在发生着什么事。她很尴尬，奈何被辜尨揽在怀里，走也走不得。

不知过了多久，灌木丛后的响动终于消停了。一个上身赤裸的男人拨开了灌木丛走了出来，还揽着个衣裳凌乱的女人。

男人个子很高，身板精壮，五官生得极为俊朗。书玉的目光却被那面带倦容的女人吸引。那女人面色苍白、五官平淡，然而一双眼生得极为勾人。眼角微微上挑，天然带媚，左眼下方文了一朵妖娆的花。

书玉见过她。

来时的游轮上，何婉汀拿出了一张照片。照片上的女子是何婉汀的支教同伴，因教区事务繁忙而没能登上那一趟游轮。阿吉布因照片中女子眼角的花而将她误认作洛神花小姐。

眼前这个女人，恰与那照片中的女子有着一般无二的容颜。

那对野鸳鸯很快走远，书玉却再也没有了闲逛的心思。

虽然蓬霁园是谭家的私人产业，但毕竟允了邱家将北园作婚场，于是这片园子暂时脱离了谭家的管理。因而北园里的隐私，书玉亦是能避则避。

书玉揽着辜尨的胳膊，从另一条近道退出北园。很快，他们的小楼便出现在了视野中。小楼依旧带着几分晨间雨留下的清冷，楼周围很安静，没有人声。

楼前站着个小麦肤色的年轻女子，不知在那里待了多久。

书玉有些惊讶，邱萍萍怎么来了？她下意识转头用询问的目光看向辜尨，辜尨挑了挑眉，没有说话。

邱萍萍听到响动，转过头来。她在看到书玉的刹那亮了眸子，语气里有几分惊喜："美人姐姐，你可回来了。"

书玉微讶："你找我？"

邱萍萍点点头："想请你帮个忙。我大哥一周后就要结婚，奈何我大哥很忙，没有时间陪他的新娘。美人姐姐，你能和我一起去北园陪新娘子说说话吗？你也知道，我根本不是个心细会体察人情绪的主，让我单独陪着新娘子，估计新娘子得怄死。"

辜龙冷冷地开口："你们邱家就没有人了？就算邱家没人，新娘那一方也没有人来陪？"

邱萍萍咽了咽口水："邱家女眷本就少，腾得出空来的就我一个。新娘子的娘家人……都古怪得很……"

辜龙本就没有多作理会的打算，揽着书玉就要进楼。

邱萍萍赶紧叫道："美人姐姐，说起来新娘子和你也有亲戚关系，你也算是新娘子的半个娘家人。"

书玉一愣。这话倒也没错。她转头，便看见邱萍萍可怜兮兮地站在原地。看来这丫头实在想不出法子了，才来这里找她帮忙吧。

书玉心软了："好吧，我陪你去。"横竖她也没有别的事情要做。

身边的辜龙皱了皱眉头，但还是顺从地松开了箍着她的手。

书玉亲了亲他的脸颊："我很快回来。"说罢向邱萍萍走去。

## —— ◦ Chapter 2　美人凤颜

邱萍萍一路叽叽喳喳，兴致好得不得了："新娘子长得可好看了，标准的南方美人的长相，要是我也有那样的脸，该多好！"

书玉忍不住笑了："你很漂亮，没有必要羡慕别人。"

邱萍萍不好意思了："别取笑我了，有多少人说我是母夜叉，我又不是不知道。"

书玉认真道："是那些人没有眼光。"

邱萍萍哈哈大笑："美人姐姐，我喜欢你。"

书玉也笑了，邱萍萍率性坦荡，倒是难得的真性情。

"据说新娘子的家族是个古老的贵族，"邱萍萍蓦地低了声音八卦起来，"他们以刺绣生意起家，现在他们的绣坊遍布大江南北。谁要娶了他们的女儿，身价立马会到这个数！"说罢用手指比划了个数字。

书玉不好说些什么，邱萍萍这番说辞难免让人觉得她的兄长是为了钱才娶的新娘。有这么说自己哥哥的吗?

"不过那个家族有个古怪的习俗，不与外族通婚。所以婚礼后，新娘子就和娘家没有半点关系了。"邱萍萍道，"但新娘的嫁妆很丰厚，光是那嫁妆我大哥看着也要合不拢嘴了。"

书玉心道丫头你真真是口无遮拦。

邱萍萍却不以为意："那个家族的古怪之处还不止这些。你知道吗，他们家族是女人当家，生了女儿便作继承人来培养，从小培养绣功、经商之道；生了儿子则被教着如何成为一个好夫婿，然后长大了配给族里的女人。"说到这里，她的语气已是怎么也掩不住的羡慕，"要是我能生在这样的家族里，该多好！"

书玉忍俊不禁。

两人说话间，已到了北园。书玉跟着邱萍萍左拐右拐，来到了一间小屋前。邱萍萍大大咧咧地推开门走了进去："美人，我来看你了，看看我带了谁来……"

话音未落，邱萍萍皱起了眉头："你又来干什么？"

只见床沿坐着两个女人。年纪小一些的长得俊俏极了，像一只幼鹿，怯生生地看着门边。年纪大一些的女人坐在她身侧，五官平淡，唯一双眼媚色生姿。两人左眼下方都文了一朵花。只不过，一个眼角文的是一朵茉莉，另一个文的是一朵海棠。

书玉愣愣地看向坐在床沿的女子。这两个人她都有过一面之缘。一个是贺子池带在身边的叫小栾的小姑娘，另一个则是刚才她和辜龙误打误撞见到的那个在灌木丛中偷欢的女人。她们俩哪一个才是新娘？

一个年纪那样小，一个性子那样浪。

“我怎么就不能来了？”眼角文着海棠的女人懒懒地道，“我来看我的妹子出嫁，碍着你什么了，邱小姐？”

邱萍萍瞪圆了眼：“褚凤颜，你安的什么心别以为我不知道，你根本就是来拆散我大哥和我小嫂子的！”

褚凤颜轻嗤一声：“若他俩情投意合，郎情妾意，哪里有人能拆散得了？只有貌合神离、心怀鬼胎的情侣才会被人离间。”

邱萍萍喉头哽了一口气，奈何张了张嘴却不知道怎么反驳。

褚凤颜拉着小栾的手，道：“我再和你说一遍，那个男人不是好东西，你为了嫁给他抛弃整个家族，根本不值得。”

小栾惊惶地看向褚凤颜，褐色的眸子湿漉漉的。

邱萍萍一把将小栾从褚凤颜身边拉起，藏到了自己身后：“小栾，你别听她胡说八道，我大哥一表人才，不知有多少女子想嫁给他。”

小栾“咦”了一声，不知是附和还是不信。

这时，小屋的木门嘎吱一声被推开了。门外站着一个高大的男人。他看到门内的情形时明显一愣：“你们在做什么？”

邱萍萍像找到了救兵，连忙道：“大哥，你快把那个女人赶走，她在挑拨你和小栾。”

这个男人是邱萍萍的大哥？书玉的目光一时玩味了起来。自男人进门起，她就认出了他是刚才在灌木丛里与褚凤颜颠鸾倒凤的那个男人。

褚凤颜依然悠闲地坐在床沿，斜着眼看向门边的男人：“邱正倾，你要赶我走？”

邱正倾皱了皱眉，脸色阴沉地看向邱萍萍：“萍萍，太失礼了！凤颜是小栾的娘家人，你怎么可以这么和她说话？”

邱萍萍涨红了一张脸。

邱正倾转过身，对着褚凤颜欠了欠身：“小妹顽劣，见笑了。”

褚凤颜笑了笑，并不搭话。邱正倾继续道：“不如，我请褚小姐移步莲亭喝上一杯，权当赔罪。”

书玉听到这里，心中冷笑。这两人倒是好胆色，竟当着小栾和邱萍萍的面打情骂俏。小栾懵懂，邱萍萍神经大条不知状况，这也就罢了，这一男一女当她书玉是死的？她正要出言相讥，理智很快提醒她切莫妄动，又突然想起这是别人家的家事，与她无关。

只是书玉看向小栾的眼里多了几分同情。

褚凤颜站了起来，走到门边，似这才看到了书玉。

“这位是？”她倨傲地看向书玉，只当书玉是邱萍萍请来壮胆的救兵。

书玉淡淡笑了笑：“我是邱萍萍的朋友。”

褚凤颜恍然大悟地“哦”了一声，随后对书玉道：“你也该教教你朋友，省得以后有人说她没教养。”

这话当真不客气，连着邱正倾都骂了进去。反观邱正倾，英俊的脸上面无表情，半点也没有反驳的意思。这邱家长兄，古怪得很。

书玉笑了：“我朋友性子率真，耍不了小心机，自然是有一说一，有二说二。”

褚凤颜脸色一变。书玉继续道：“她平日待人接物极注重礼数，唯见了褚小姐才说了这几句不好听的话，我也好奇为什么会这样。”

邱正倾忽然抬头看了书玉一眼。书玉没理，牵过小栾的手：“这里很闷是不是？上次说好了去我的小楼玩，要不要现在去？”

小栾“啊”地叫了一声，眼睛瞬间亮了。

“萍萍，不介绍一下你的这位朋友？”邱正倾忽然开了口。

邱萍萍愣住了，好半天才道：“哦哦，这是书玉，谭书玉，我们在……茶馆里认识的。”她万万不敢说是在赌场天机阁结识的书玉。

“书玉？”褚凤颜突然神色变了。她看向书玉的眼里多了几分意味不明的情绪。

“书玉吗？久仰。我是褚库尔凤颜，这是我的表妹，褚库尔栾。”褚凤颜笑着向书玉伸出了右手，“褚是汉人的姓，叫起来别扭，还是本姓好听。人不能忘本，你说是不是？”

书玉皱了皱眉。褚库尔这个姓氏好像在哪里听过，到底是在哪里听过的呢?

褚凤颜见书玉一脸困惑，于是嗤笑一声：“也难怪你这样护着小栾，恒宜大当家当年不也是这样一意孤行嫁给了外族人？”

书玉一愣。恒宜是她奶奶的名字。

“你身上好歹淌着褚库尔一族的血，只是不知你把褚库尔家的本事学到了多少。”褚凤颜勾了勾唇，“不过看这样子，你是什么也不懂了。可惜了恒宜大当家，一身本事无人可继。”

邱萍萍皱眉：“你们神神叨叨说些什么东西？褚凤颜，你家有什么本事？”

褚凤颜瞥了邱萍萍一眼，微勾的嘴角带着抹讥诮：“这本事说给你听你也一窍不通。”

邱萍萍爹毛：“我还不爱听！”

两人正剑拔弩张，忽听门外又一道人声慢悠悠传来：“这里怎么这样热闹，倒是难得。”

书玉听到这熟悉的声音，先是一愣，继而看到一个老人从邱正倾身后走来。是恒汐。

褚凤颜一见恒汐，立刻敛眉垂首：“大当家。”

书玉心道，看来这恒汐在族中的地位不低，连嚣张如褚凤颜也不敢在她面前造次。

恒汐淡淡地扫视了一圈，继而温温婉婉地笑了：“聊什么呢，这么开心？”

褚凤颜不敢出声。邱萍萍觉得终于来了个靠山：“大当家，我大哥马上就要和小栾成婚了，褚凤颜跑到这撺掇小栾别嫁，这安的什么心啊？挤对我也就罢了，连着书玉也一起编派，这也太不像话了吧！”

书玉只想做个透明人，奈何又被邱萍萍点了名。

恒汐看向褚凤颜：“阿凤，当真如此？”寥寥几句话，却似有千斤重，压得褚凤颜一句话也说不出口。

恒汐只看了褚凤颜几眼，便已了然。她摸了摸小栾的脑袋：“小栾，结婚是大事，你已经想好了？”

小栾看着恒汐，重重地点了点头。

恒汐看也不看褚凤颜，只淡淡地道：“阿凤，小栾已经做了决定，旁人没有干预的道理。你若不是诚心来送嫁，今晚便乘船回去吧。”

“大当家，我错了！”褚凤颜脸色大变，“我……我要留下来送小栾出嫁。”

恒汐神色淡淡：“既然如此，不要再让我看见你逾矩。”

褚凤颜点点头。

“邱小姐，适才你说我族人编派你的朋友？”恒汐看向邱萍萍。

邱萍萍点头，把褚凤颜的话一字不落地复述了一遍。

恒汐听罢，笑了。她转头看书玉：“谁说我姐姐的本事无人继承？书玉，若你想学，我来教你。”

“大当家！”褚凤颜惊愕得不能自已，“她是外族人……”

恒汐答：“她是我姐姐的孙女。就这样定了。”

书玉心中惊诧。恒汐是族中的老长辈，身份地位极高，想来不少小辈渴望得她提点，而她却要来教自己一个外人族中的本事。

书玉难免好奇：“请问，我奶奶会的到底是什么样的本事？”

恒汐温和地看着书玉：“是一样可以把眼前江山尽数收进布帛的本事。”

书玉一愣，心中一动，一个念头在脑海中成形。

“不错，”恒汐赞许地看着书玉的神色变化，“我们一族会的本事，就是刺绣。不过我们的绣法和坊间技法有些许不同，你若要学，我再细细说与你听。今日不早了，我们便先走了。书玉，看得出来小栾很喜欢你，今夜你留下来陪一陪她好不好？”

恒汐的请求让书玉有些犹豫。不过转头一看小栾幼鹿般充满期待的眸子，她便感到心中酸涩。这孩子年纪这样小，马上就要离开族人的荫庇嫁入陌生的世家。她这几日本该和家人好好在一处，奈何来送嫁的族人心思叵测，连要嫁的夫婿也心怀鬼胎。

书玉笑了笑：“好吧，你们都忙，我来陪小栾。”

这番话说得褚凤颜面色变了几变，连邱正倾都微不可察地别开了眼。恒汐依旧是那副温和的模样，带着褚凤颜离开了。

邱正倾却没有走的意思。他看向书玉，似笑非笑：“原来是谭家的小姐，刚才真是让你看笑话了，代我向谭谢二公问好。”

书玉看了他一眼，没有说话。

邱正倾也不恼，继续道：“谭小姐，你祖母家族的本事可不仅仅是刺绣那么简单。前朝，褚库尔家就是掌管皇家贵胄衣着服饰的大族，谁人都以能穿上褚库尔家的绣服为荣。如今，王朝虽灭，褚库尔家族却依然欣欣向荣，你可知是为何？”

书玉随口道：“他们的绣法精湛，就算朝代更迭，他们也有活下去的路子。”

邱正倾点点头：“对，但只对了一半。褚库尔家族每一代都有个掌家的女人，掌握着全族最精妙的绣法。相传褚库尔家族最厉害的绣法能将万里城池绣进这一方小小的布帛里。不过，要想将万里城池缩成寸许大的绢帕，必须有一样工具。”

“那工具是什么？”书玉下意识开口问。

“绣花针。一盒褚库尔家族传承了百世的绣花针。”

书玉茫然，她倒是第一次听说刺绣的功力还与所用的针有关。

“褚库尔家族的两大宝贝，一个是祖传的唯大当家可习得的顶级绣法，另一个则是老辈一直沿用至今的那盒绣花针。话说，你奶奶当年是族里的大当家。”

“怎么？”

邱正倾勾了勾唇：“她嫁给你爷爷后，没有教给你半点她的本事？”

书玉这算是明白了。邱正倾拐着弯想套褚库尔家的绣法。她索性道：“我哪里知道。我奶奶在我出世前就已去世，教不了我。我父亲更不可能学刺绣，所以很可惜，我不会。”

她说的确实是实话。她不会女红，每次想给辜龙缝一缝坏了的衣服，总也缝不好，且不说针脚歪歪扭扭，缝过以后，整件衣服都不能穿了。

邱正倾皱了皱眉：“你奶奶就没有留下什么绣法的孤本？”

书玉觉得好笑：“我怎么知道。”

“除此之外呢？”邱正倾穷追不舍，“她有没有留给你什么特别的遗物？”

“什么意思？”

邱正倾沉默了几秒，道：“褚库尔家族已经很久没有绣出当年那样让人拍案叫绝的绣品了，有传言……褚库尔家族的大当家把那盒独门绣花针弄丢了。传言中绣花针遗失的年份与你奶奶脱离家族嫁给你爷爷的年份正是同一年，你奶奶当时是褚库尔家的大当家。”言下之意是，你奶奶离族时，是否连着绣花针也一起带走了？

书玉忽然就笑了：“你这么关心褚库尔家族的秘闻做什么？”

邱正倾一愣，继而道：“这……总归是我未过门妻子的娘家。”

“她嫁给你，便与家族脱离了关系，你也该和那个家族没半点关系才对。”书玉慢悠悠地道，“你如今想着绣法，念着那盒老掉牙的绣花针又是为何？别告诉我你也要开绣坊。你也别多想了，那绣花针好好地在褚库尔家族里摆着呢。你若疑惑，刚才恒汐大当家在的时候，你为何不问？或者，你和褚凤颜小姐私交不错，她也没有告诉你？”

邱正倾勉强扯出一丝笑：“谭小姐伶牙俐齿，我竟不知该怎么答了。”邱正倾客套了几句，拉着一头雾水的邱萍萍走了。

“美人姐姐，明早我来找你！”邱萍萍边走边转头冲书玉喊话。

很快，屋子里静了下来。书玉和小栾简单地用了晚饭，便倚着小榻消食。她随手拿了一本书翻看，小栾则拿出针线不知在绣些什么。两人没有说话，气氛却融洽得很。

其间，她差人去南园小楼和辜尨说一声，今夜不回了。吩咐下人传话的时候，她有些心虚。辜先生肯定要不高兴了。

正想着，只见小栾献宝似的将她绣的罗帕给书玉看。书玉的目光却落在了小栾眼角的那朵茉莉上：“你们家族的人脸上都会文一朵花吗？我看你和褚凤颜文的花并不一样。”一朵是茉莉，一朵是海棠。

小栾比划起来。

过了半天，书玉明白了：“你是说，每一个褚库尔氏的女儿在出生时会被文上一朵花，每一个人的花色是不同的，但如果有女儿要嫁给外族人，脸上的花就会消失？”

小栾点点头。

书玉蓦地想起了一个细节。第一次在爷爷院外见到恒汐时，她的眼角并没有文花。然而今日见到恒汐，她的左眼眼角却有一朵花。

一朵纤细窈窕的金盏花。

书玉看着小栾，忽地起了好奇心：“你喜欢邱家的大公子？”

小栾听罢，脸颊立刻起了一抹红晕，继而轻轻地点了点头。

书玉有些惊讶。听邱萍萍提起过，小栾和邱正倾此前并无交集，但此刻看小栾的神态，她是真心喜欢邱正倾的。这喜欢打哪儿来的？

不过邱正倾一表人才，小栾涉世未深，一见钟情也未可知。

夜渐深，小栾趴在榻上睡着了，绣了一半的帕子丢在一旁。书玉帮小栾掖好被子，吹熄了蜡烛便走到了外屋。外屋有一张小榻，她今晚就睡在这里。

书玉在榻上坐了一会儿，了无睡意，于是燃了盏小灯预备去园子里走走。她轻手轻脚推开门又掩上，顺着石阶往前走。还未走出几步，她便觉得身后有异样。

有人，跟在她的身后。

书玉下意识放慢脚步，侧耳去听身后的响动。可是待她聚精会神去捕捉动静时，耳边又只剩下了风声和断断续续的虫鸣。

她已走到了小院的尽头，再往外走一步，就看不到小栾的厢房了。继续往前走还是现在就返回？

书玉还在犹豫，身后人已伸出手将她抱住。下一秒，她闻到了熟悉的味道。

身后那人显然感觉到怀中人在一瞬的紧绷后很快放松了下来。

他瓮声瓮气地附在她耳边道：“小娘子大晚上的在外乱跑，不怕被歹人捉住？”

书玉索性倒进那人怀里，煞有介事道：“我是不怕的，我先生很厉害，他会护我周全。”

身后人不说话了。书玉转头，一眼对上辜龙，下意识就有些心虚：“我遣人跟你说了，今晚就歇在北园。小栾很可怜，我不忍心拒绝。”

辜龙挑了挑眉：“我没有人陪，就不可怜吗？”

“你这不是来了吗？”

辜龙哼了一声，没说话。

于是书玉开始数落：“你也真是，大晚上来这里被人说闲话怎么办？这里可是新娘子的厢房。要是我睡了怎么办？你在这里等上一宿？”

辜龙笑了：“我什么时候怕过闲话？当年在伦敦，我不也爬进了女生公寓楼？若当年我怕闲话，大抵现在连个枕边人都没有了。”

书玉觉得好笑，这还成得意的事了？就听辜龙又道：“你什么时候入睡我如何不知道？平日里咱俩睡得那么晚，你在这个点肯定是睡不着的。”

书玉忽觉辜龙得意的样子很是碍眼，于是板着脸道：“我困了，我要回去睡觉。”说罢就去掰他箍在她身上的手。

掰了半天，掰不动。书玉抬头瞪他。

辜龙懒洋洋地看着她，看了一会儿觉得不过瘾，低下头吻上她的唇："我大老远的从南园跑到北园来，你就陪一陪我，好不好？"

书玉很没出息地心软了。

两人漫无目的地在园子里走着。园子里静悄悄的。书玉放轻了声音，和辜龙说起傍晚的那场闹剧："小栾一直被蒙在鼓里，邱正倾和那褚凤颜倒明目张胆得很。"

辜龙安静地听着，顺带抬手帮书玉整理了一下外套。

书玉问："你不觉得惊讶吗？今日在灌木丛里的就是他们俩。"

辜龙淡淡地道："当时我已经认出了灌木丛里的是邱家长子。我知道你喜抱不平，但一周后小栾还是要嫁给邱正倾，这是改变不了的，日后她会是邱家长媳，她和邱正倾间的恩怨，是他们自己的事。"

这个道理她何尝不懂，只是难免扼腕叹息。每个人都有自己的命数，是福还是祸，冷暖自知。

辜龙忽然笑了："你说你奶奶绣功是一绝，你怎么连个扣子也缝不好？"

"你别笑，恒汐大当家允诺了，若我想学她可以教我。"书玉有了底气，"到时候你把衣服上的扣子通通扯下来，我给你缝成一朵花！"

辜龙笑得越发厉害："行啊，我多备几件衣服给你发挥。"

两人正低声谈笑，忽见一道黑影迅速从旁边的屋脊上掠过，隐进天井里不见了。

书玉一愣，疑是看花了眼。转头去看辜龙，只见他也盯着不远处的院墙，若有所思。

院内，一间泛着微黄灯光的厢房的门忽然开了，门内走出了一个人。是恒汐。她从屋内走出，沿着长廊一直往前走，直到走到一间漆黑的厢房前停住了脚步。

她推开了厢房的门，径直走了进去。那厢房里一片漆黑，仿佛里头不曾有过人烟。下一秒，恒汐离开的房间旁，有一间屋子开了条门缝。门缝里钻出了个纤细的人影，迅速走进了恒汐原本的房间。

院子依旧静谧，月光融融，虫声低鸣。

恒汐的房间里依然泛着微黄的灯光。

书玉愕然地看着院中发生的一切，顿觉有些微妙。褚凤颜大半夜潜进恒汐的卧房做什么？恒汐好端端的去那黑屋子里做什么？

书玉转头看辜尨，道："我奶奶的族人……是有些古怪。"

辜尨揽住了书玉的肩头，低声道："我们走吧。"

书玉点点头，这里确实是不宜久留。他们今晚不过偶然经过了这里，谁知明日会被牵扯进什么样的事情？就在两人准备离开之际，黑暗中传来细微的声音。

书玉下意识转头，便见院子内一棵大树的树冠晃了晃。有什么东西自枝桠间缓缓移动。那东西像是某种丝线，在月光下泛着微弱的银光。

书玉有些震惊："阎崶也在这里？"

辜尨眉头紧锁，沉声道："走。"

书玉不敢多停留，抓着辜尨的手，两人迅速离开了这片院落。

辜尨将书玉送到了新娘的厢房，书玉却下意识反手一抓，搂住了他的手臂。他回头，心中了然。书玉对他的依赖很少说出口，总体现在一些小动作上。他覆上她微凉的手，静静地等她平复。

很快，书玉松开了辜尨的手："你快走。"他深夜不请自来，若明日真有什么变故，怕是百口莫辩。

辜尨却笑了："我以为你要叫我留下来陪你。"

这种时候了还贫嘴。书玉皱眉，推着他往厢房外的方向去，却怎么都推不动。

辜尨转身，一把将书玉抱进怀里："我不走，走了会落人话柄。"这里看来不安全，他怎么肯留她一人在这里？

书玉一愣，觉得这话有道理，他若在这个时间点自北园赶回南园，路上叫人看见了，才是跳进黄河都洗不清。

辜龙轻轻地笑了："辜龙惧内的名声想来早已路人皆知，今夜他孤枕难眠偷偷潜来北园寻他妻子也在常理之中。要怪只能怪这家主人不好，谁让他们非要把我妻子留下？"

书玉忍不住，噗哧笑了出来。辜龙揽着她，推门而入。

门轻轻阖上，小院恢复了原本的安静。

翌日，书玉是被院外的嘈杂声吵醒的。

她躺在辜龙怀里，撑起身子披衣坐了起来。

小栾还在里间睡得正熟。书玉轻轻走到门边，开了一条缝，逮着个仆从便问："怎么外头那么吵？"

仆从满脸惊慌："回主子，北园……北园死人了！"

书玉心里一咯噔。竟是一条人命，比她预想的要糟糕得多。她一转头便看到披衣而立的辜龙。他显然已听到了仆从的话，脸色阴沉。

两人穿戴齐整后，书玉向里间走去。外头的吵闹声这么大，小栾却依旧睡得很熟，半点也没有要醒的迹象。书玉放弃了叫醒小栾的念头，轻轻掩上隔着里间和外间的木门。

出事的地方果然是恒汐的院子。书玉和辜龙到的时候，院子外已围了一圈人。书玉从人缝中挤进了院子，只见院内站着恒汐、邱正倾、邱萍萍以及其他几位长辈。几人都面色凝重。

没有人在意辜龙的不请自来。只是邱正倾在看到辜龙的刹那有些惊讶："辜先生。"

辜龙微微颔首，没有说话。

"这是……怎么回事？"书玉轻声问。

恒汐抬起头，看着书玉道："昨夜有人潜进我的屋子，大概不小心触动了机关，当场丧命。"

邱正倾慢悠悠地道："只怕是遭了小偷。"

小偷？书玉皱眉。昨夜那番光景，竟是遭了小偷，那么那个丧命的小偷是？

她心中已隐隐有了答案。

“只是我没想到，潜入我屋子的会是阿凤。”恒汐的声音带了丝悲恸。

不大的屋子内陈设考究。棕红色的四张木椅整齐地摆在圆桌小案前。楠木单人床边，放着一个非常高的木柜。

屋内的地板上躺着一个人。那人面色僵冷，横躺在柜子边。整根袖珍羽箭扎进了她的胸口，在前襟处晕开一片红色。她的眼睛瞪得滚圆，似是死前见到了什么可怖的东西。

她的左手死死攥着一个巴掌大的方形小盒子。红色的缎面盒子，盒子上绣着一朵金盏花。只是，盒子里空无一物。

邱正倾忽然开口问：“大当家，褚小姐手里的这个……莫非就是您祖上传下来的绣花针？”

书玉心里一紧。若真如邱正倾所说，那么褚库尔家的祖传之宝已被盗。但褚凤颜已死，盒里的绣花针又去了哪里？

下意识地，书玉的脑海里浮现了月光下泛着幽幽冷光的阎王丝。

“不是。阿凤拿的并不是我们祖传的绣花针。”恒汐道，“她拿到手的只是其中一个赝品，盒子里本来就什么也没有。”

此言一出，邱正倾一愣，随即笑道：“大当家果然聪明，这虚虚实实，任哪个小偷也想不到千辛万苦偷来的只是一个赝品。”

辜龙冷不丁开口了：“请问，这间房里的机关是自动触发的吗？”

恒汐点头：“是的，若有不轨之人要拿走绣花针，就会触动机关。”

“能让我看一看机关吗？”辜龙问。

褚库尔家族的几位长辈面露难色，其中一位白发老妪道：“辜先生，这些机关是为了护住祖传之物而设的，有些机关设置连我们本族人都不得窥探。”

书玉下意识地看向辜龙。褚库尔家族的人都已把话说得这样直白了，辜龙若坚持也讨不到什么好处。

谁知，恒汐却道：“辜先生这样问，是不是觉得阿凤的死有蹊跷？”

那白发老妪皱眉道：“大当家，你的意思是……”

恒汐道：“慈萍，我不觉得阿凤会偷绣花针。辜先生，机关就在柜子顶层左数第二格的夹层内，只要打开柜门，伸手去拿针盒，羽箭就会射出。你检查吧。”

慈萍急得瞪眼：“大当家！”

恒汐神色淡淡。辜龙却一动也不动。半晌，他微微笑了：“我在这些事情上是一窍不通的，还是等警署来人再查看吧。”

慈萍神色不豫：“没有必要劳烦警署的人吧……巡捕一旦介入，邱先生的婚礼难保不会推迟。”

邱正倾道：“我先前已派人去了警署，巡捕很快就会过来了。我的婚礼延迟不要紧，只凭大当家的意思就好。”

恒汐点了点头：“多谢。”

巡捕很快就到了。现场被封锁了起来，但尸体依旧没有迁移。只因慈萍疾言厉色：“褚库尔家族的人就是死了也要死在族内的地盘，不准你们将她带走！”

书玉和辜龙不作久留，预备告辞回南园。

谁知两人刚走出没几步，恒汐便叫住了书玉：“书玉，你能不能留下来？就当陪一陪我，好吗？”

书玉一时不知道说什么。这是她第一次在恒汐的眼里看到倦意。这一刻，她才恍然意识到，恒汐也是年过花甲的老人了。

她说不清此刻心里莫名涌动的情绪是为哪般，只觉得眼眶发酸。她还来不及说话，就感到辜龙握紧了她的手。接着，她听到辜龙说：“我妻子留下来陪大当家，那我也就厚颜赖着不走陪着我妻子了。”

恒汐听罢，原本满是倦意的眸子忽地灵动了起来，有喜悦自眼底升起："那自然好，最好不过。"她笑着看向眼前相携相偎的年轻夫妇，眼里有波光微微闪动。

恒汐的厢房短期内是不能再住人了，于是她搬到了小栾的院子。

新娘的院子正好还有两个厢房，一个给辜氏夫妇，一个给恒汐。

书玉坐在厢房的小榻上，一边啜着茶水，一边狐疑地看向辜尨："你今日看出什么来了？"

辜尨枕着小榻的玉枕，慢悠悠地道："人一伸手去拿绣花针的盒子，羽箭就会射出。你说，若有人被羽箭射中，倒地的方向该是哪里？"

书玉略一思索："若被羽箭射中，按常理，怎么也该仰面倒在柜子的正前方，可是褚凤颜倒在柜子边缘。"总不可能是褚凤颜倒地后忍着伤痛爬到了柜子边。况且地上也没有爬行的拖痕。

辜尨赞许地点点头："还有一点，机关设在柜子最顶层。"

书玉迅速接道："可褚凤颜的伤口却在前胸。"

若在开柜取盒的刹那触动了机关，羽箭射入的该是褚凤颜的额头。

书玉趴了下来，凑近辜尨道："这么看来，褚凤颜不是因触动机关而死？"

辜尨习惯性地揽上她的腰，道："在那个时刻，恒汐的房间里除了褚凤颜，应该还有第二个人。"

书玉顿了顿，继而犹豫地开口："会不会……是组长？"

辜尨摇了摇头："就目前的线索来看，并不能确定。阎崶当时确实在恒汐的院子里，不过褚凤颜死时他是否在恒汐屋内，这就不好下定论了。"

"组长为什么要潜入恒汐的院子？"书玉百思不得其解。

辜尨淡淡地道："这就要去问他本人了。"

南园，小院。

两个老人对着石桌上的棋局抓耳挠腮。一个瘦高的年轻人站在其中一位老人身后，静默不语。

“阎尉，你来看看，这该怎么下？”谢知远抓住了年轻人的胳膊。

谭复瞪眼：“观棋不语，这个道理懂不懂？”

突然，院外有老仆急匆匆地走了进来：“老爷，北园出了点状况。”

谭复的眼睛不离棋局，不耐烦地道：“又怎么了？”

“送嫁来的褚库尔家族死了一个人。”

“哦？”谭复捻着手中的棋子，皱眉，“这样看来邱家的婚礼要延迟了，他们霸着我园子的时间也要拖长。真是烦人。”

谢知远落下一子，漫不经心地问：“死的是哪一个？没牵扯到我们的人吧？”

“与我们的人没有干系，是褚库尔家的家事。死的是褚库尔家的一个小辈，据说深夜潜入恒汐大当家卧房图谋不轨，当场被机关射死。”

啪嗒一声。

谭复手中的棋子掉落在地。

## —— ◦ Chapter 3　为谁情牵

清晨，书玉早早地醒了，一想到北园此刻气氛凝重，自己又回不了南园，登时不想起来了。

旁边的辜尨还没醒来。书玉索性侧卧着，撑着脑袋看他的侧脸。

他平素很忙，最忙的时候连着几个月见不到人影。但自从她闹脾气一个人回了青河镇，他再也不出长差了。就算万不得已，也总提前将事情办妥当，早早归家。书玉晓得，一个月的公务缩减到半个月，他该多辛苦。

她不是不愧疚。有一回，她咬牙道：“你去吧，我在家等你。”

辜龙却笑了，揽着她不放手：“怎么，赶我走？”后来，依旧于傍晚时分回到家里。

辜龙雷厉风行的名声愈发叫人胆寒，其中有她的一份功劳。为了这一次能来蓬霁园，他不知又提前完成了多少工作。

想着，书玉有些感慨。这时，原本躺着的辜龙翻了个身，正对着书玉。书玉一惊，下意识屏住呼吸，不想把他吵醒。

谁知，却听辜龙闭着眼道：“好好的，屏住呼吸做什么？”

辜龙依旧闭着眼，伸手帮书玉盖好滑落的薄被，声音里带了几分无奈：“睡不好好睡，醒了也赖床。赖也罢了，还踢被子。”

书玉蹭到辜龙怀里：“你继续睡，我不动，不吵你。”

辜龙刚要说话，突然一阵敲门声传来。两人都噤了声。

书玉磨磨蹭蹭地穿衣服，辜龙索性用被子把她裹好，自己披了件外套去开门。

门外是恒汐。恒汐看了看辜龙，又往里间看了看，继而笑了：“还没起？”

辜龙没有直接回答：“大当家有事吗？”

恒汐摇摇头：“我想来看看书玉，顺带把早餐也端了过来。不过看样子，我来得不是时候。”

辜龙接过恒汐手中的餐盘，只听恒汐轻声道：“你好好待她。她是我姐姐留下来的唯一骨血。”

辜龙点点头：“放心。”

辜龙再回到内室，书玉已穿着妥当坐在了床边。

“谁来了？”书玉问。

辜龙将餐盘放在小案上：“恒汐大当家。”

书玉的兴致全被食物吸引：“全是我最喜欢的小菜。”

辜龙在她身侧坐下：“她对你倒真的上心。”

“不知若我奶奶在世，又会是怎样的光景。”书玉忽然叹了口气。从蛛丝马迹中，她晓得奶奶是个极温柔的人，若老人尚在，该比恒汐还要疼她吧。

辜龙淡淡地道：“你奶奶在世，多一个人疼你。如今她不在了，我连着她的份好好待你。”

用过早餐，书玉想去看一看小栾。婚礼延迟，小姑娘会伤心吧。

刚出门，书玉便看到邱萍萍垂着头坐在厢房前的花圃边。她走过去，笑道：“婚礼延期，怎么你看着比新郎新娘还难过？”

邱萍萍抬头，复又垂下了脑袋。书玉讶然。伤春悲秋可不是邱萍萍的风格。她问：“怎么了？愁成这副模样？你瞎操心也没用，警署效率高，你大哥的婚礼很快能照常举行。”

邱萍萍欲言又止，最后低声道：“我大哥大概挺乐见婚礼延迟吧。”

书玉一愣。

邱萍萍继续道：“其实我知道，大哥娶小栾是长辈的意思。大哥和褚凤颜那些破事，我早就晓得了。”

书玉一时不知该说些什么。

“大哥平时逢场作戏成了习惯，我只想着也许结婚了，他也就收心了。”邱萍萍叹了口气，“大哥这样，我挺愧对小栾的，所以想尽量对她好一些。”

书玉温和道：“也不能这么说，我看你哥哥并没有哪里抵触这场婚事。婚礼后，他会收心的。”

邱萍萍沉默了几秒，继而道：“他的心大概是收不回来了。他心底一直有个人。”

书玉有些惊讶。

“有一次他醉了酒，我听他喊过那个女人的名字。”邱萍萍压低嗓子道，“她叫依依，似乎是青楼里的戏子。她不知缘何下落不明，我大哥一直暗地里差人找她。有时候我想啊，就像褚凤颜所说，这场婚礼要么取消算了，小栾嫁给我大哥，真的不值。家里的长辈看中的是褚库尔家族的背景，可谁知小栾要是嫁过来，就意味着和族里断了关系。有几个长辈已经不高兴了，小栾嫁过来，日子也不好过。”

书玉在心里叹了一口气，这些她早就想到了。她问：“小栾是怎么和你大哥认识的？”

邱萍萍想了想：“好像大哥巡视布坊的时候偶遇小栾的吧。家里长辈看小栾似乎对大哥有些意思，于是撺掇我大哥下了聘。”

书玉拍拍邱萍萍的肩：“你也别多想了，小栾这么好的姑娘，你大哥会珍惜的。”说罢拉着邱萍萍起身，走上石阶敲了敲小栾的厢房门。

只敲了一下，门就被书玉推开了。书玉皱眉道：“怎么连门也不锁？”

门一推开，书玉就看到了站在门边的小栾。小栾也是一惊，怯怯地看着书玉和邱萍萍，褐色的眸子里漾着水光。

邱萍萍登时红了脸。不知刚才在门外说的话，小栾听进去了多少。书玉看了眼邱萍萍，转头对小栾道：“昨天北园发生了一些事情，婚期要延迟了。”

小栾眼神一暗，乖巧地点了点头。书玉心中又是一声叹息。小栾喜欢邱正倾，先动心的人总是落了下风。她摸了摸小栾的头，柔声道：“只是暂时延迟，不会等很久的。”她不知该不该告诉小栾，褚凤颜已死。想了想又作罢，这样不过徒增烦恼。

“小栾，你的手怎么了？”邱萍萍忽然问。

书玉低头，正好见小栾将手藏到了身后。

见书玉询问的目光看来，小栾低着头把手伸了出来，比划着示意是绣花样时一不留神被剪刀扎到了手。书玉看向小栾裹着纱布的手。手背的纱布处晕开红色的圆点，光看着就觉得疼。

“这么不小心。”书玉皱了皱眉，“叫医生过来看一看吧，别发炎了。”

到底该怎样的心不在焉，才会让剪刀扎了手背？书玉心里叹气，看来小栾未必懵懂不知，只是甘愿糊涂吧。

小栾一听要叫医生，连连摇头。书玉轻声道：“不要怕麻烦，我让我的私人医生给你看一看，好不好？你看看，你连手心也伤到了。”手心的纱布也隐隐透着红色的血。

小栾还是摇头。书玉无法，只好道：“那你要每天换药，我会监督你。”

小栾用力地点点头。

南园，内室。

贺子池急吼吼地推门而入，一见着坐在圆桌后喝茶的男人便吼：“都什么时候了，组长你还有闲情喝茶？”

阎尌抬头看他：“北园的情况怎么样？”

贺子池皱眉：“褚库尔家的内鬼盗的是赝品。褚凤颜身死的现场疑点很多，她非死于机关，应是被人刺中心脏而亡。你当时在大当家的院子里，看到了什么？”

阎尌淡淡地道：“我被人绊住了，没有机会进入大当家的房间。”

贺子池一愣：“谁能把你绊住？”

“一个会缩骨功的戏子。”

“他也要褚库尔家族的绣花针？”贺子池惊道。

阎尌摇了摇头：“他只是不想我拿到那盒绣花针。”

贺子池顿了顿，道：“组长，这事就这么罢了吧。单凭我们俩，完不成这单的。”

阎尌冷冷地看了他一眼，不说话。

贺子池叹了口气：“为什么一涉及嘉穗的事情你就这样不理智？咸丰书局里都是能信任的人，为什么不让他们参与？口口声声说不想牵扯书局里的人，那把我打包送到邱萍萍身边探听消息又是怎么回事？”

说到最后，他也怒了：“那个什么嘉穗，她想要那破绣花针为什么自己不去要？明明就是她族里的东西，她去要肯定比我们这些外人要好拿得多，白白麻烦你干吗？”

阎箬沉默了许久，最后平静地开口了：“我不想让太多人知道嘉穗。叫你来，是因为书局里就只有你知道我和嘉穗的事情。如果你想退出，我没意见。”

贺子池立刻心软了：“我没有要退出的意思。只是……不想看到你被嘉穗耍得团团转。她一走就是这么多年，吭都不吭一声，一回来就要你为她做事。这不明不白的单子，不知道藏了多少杀机。你说你值得不值得？”

阎箬低头啜了一口茶。

贺子池道：“龙牙他们接受不了书玉离开咸丰书局的事实，觉得她弃你而选辜龙是背叛。但在我看来，书玉比谁都聪明，她就算不知道嘉穗的存在，她也晓得谁对她是真心。辜龙是她的良人，你不是。”

阎箬眯起了眼睛：“不要在我面前提书玉。”

贺子池勾了勾唇，似乎乐见阎箬万年不变的表情终于有了变化：“为什么不能提，是因为你不晓得自己喜欢的是嘉穗还是书玉？或者，因为无论嘉穗还是书玉，都没有喜欢过你？”

下一秒，阎箬手中的茶盏对着贺子池的脑门飞去。贺子池早有准备，闪身躲开。茶盏砸在门上，登时四分五裂。

门外，传来贺子池唯恐天下不乱的揶揄之声：“组长，你恼羞成怒了。不知是为了嘉穗，还是为了书玉？”

警方例行叫了北园的住客一一做了笔录。

书玉和辜龙早已对好了词，只说辜龙来北园找妻子，二人夜间在园中散步。两人说的句句都是实话，警方一圈问话下来，实际上什么要紧的信息都没有透露。

先前书玉和辜龙商量口供的时候，曾犹豫要不要把那夜两人所看到的说出来。辜龙说："不必，不要揽这些事上身。"

书玉心里也明白，有邱家和褚库尔家族压着，这个案子早已盖棺定论。她没有必要去蹚浑水。

等安安稳稳地过了这几天，书玉和辜龙即刻回南园，说什么也不再和这两个家族有牵扯。谁知，书玉满心想着回南园，南园却有人来了北园。

书玉一看来人，心里一咯噔。这几人她认得，都是老爷子的贴身护卫。老爷子竟然舍得把身边的人派过来了，这闹的是哪出？

"老先生担心北园的状况，让我们来帮忙。"为首的人道。

邱正倾受宠若惊："谢谢谭公，谢谢谢谢……"

恒汐淡淡地瞥了那几人一眼："园子里厢房都满了，安排他们住哪里？"

书玉忍不住看了眼恒汐。难得见恒汐这样不客气。

邱正倾也有些惊讶："这个……我去看看有没有空的厢房。"

"不劳邱公子费心，我们不需要厢房。"谭家训练出来的老护卫，睁眼便能眠，一有风吹草动便机警如鹰，确实不需要住厢房里。

邱正倾虽觉不好意思，却也不再强求。

书玉私下里偷偷拉住护卫问道："爷爷派你们来保护我吗？"

护卫沉默了几秒，答："老先生说，有辜先生照顾你就够了。"

书玉仍不死心："那你们来做什么？"

"帮忙。"

问了半天，竟问不出半点有用的信息。

书玉跟辜龙咬耳朵："有猫腻，老爷子心里在想什么呢？"

辜龙拍拍她的脑袋："别瞎想。"

一同来的还有阎尉和贺子池。书玉看着阎尉，一时不知该说些什么。她很想问一问那夜他为什么会在恒汐的院子里，但还是忍住了。知道得太多，难免要被拉入伙。她已不止一次亲身体会过这个道理。

揣着明白当糊涂，这才是明智之举。

贺子池却蹭了过来：“书玉，许久不见，有没有想我？”

书玉白他一眼：“邱萍萍很是想你。”

一句话，成功地叫贺二公子闭了嘴。

书玉正要转身走开，却忽然听贺子池道：“她还好吗？”

她一愣，这才反应过来贺子池说的是邱萍萍。

“你为什么不亲自去问她？”书玉问。

贺子池不说话了。

用过午饭，书玉在院子里闷得慌，于是趁辜龙午睡偷偷溜了出来。

走着走着，她走到了一处院落。警署的人刚从院落里走出，显然刚对院里的人问完话。书玉站在院门口往里看。院内立着几杆长枪，枪架子后是几个大箱子，箱内装着五颜六色的杂耍行当。这大概是为了庆祝婚宴请来的戏班子。

院内很安静，书玉来了兴致，提着裙裾跨进院来。

谁料，还未等她站稳，耳边便传来一阵破空声。一杆红缨长枪直直指向她，枪头贴着她的脖子，她能清晰地感受到一股冷意。

惊吓过后，书玉很快平静了下来。她抬头望向提枪而立的人。那是一个少年，浓眉大眼，俊俏得像一个姑娘。此刻，他双目圆睁，气势汹汹地瞪着书玉。

书玉不恼也不惧，眸光淡淡地看着院落中的少年：“每一个进院子的客人，你都这样拿长枪指着？”

少年皱着眉头，不说话，手里的长枪却没有挪开的意思。就在二人对峙的当口，一条长鞭劈来，柔软的鞭身卷走了长枪。

少年被这巨大的力道震得倒退了几步，惊愕地抬头。

书玉转头，只见一个黑衣女人站在厢房前的檐廊下。她脸色煞白，就算在正午的大太阳下也显出阴冷的煞气。最令书玉惊愕的是，这个女人只有一只手。空荡荡的袖子垂在身侧，就像另一条蓄势待发的软鞭。

女人面无表情地看着少年："你在做什么？"

少年低下了头："夜姑娘。"

"班主在里头歇息，你是要把他吵醒吗？"女人的声音又冷又硬。

书玉看着女人往前走了几步，发现这女人的脚有古怪。她走路时速度略慢，有点跛。书玉定睛一看，她裸露在外的左脚腕部竟泛着金属光泽。

这女人的一条腿是铁腿。

女人走到书玉身前，道："小孩子不懂事，多有得罪，见谅。"

书玉也不好说些什么，只点了点头。这个戏班子处处透着古怪，书玉不愿久待，正要离去，却见原本紧闭的厢房嘎吱一声开了门。门内走出个披着赭红色外袍的男人。他戴着一张铁面具，只露出了下颌和嘴。

书玉一愣。

这身红袍，这半张面具，以及下颌和唇角的轮廓竟似曾相识。

"裘老七？"

只是现在这个裘老七和之前见到的有些不同。哪里不同，她却一时分辨不出。似乎印象里，裘老七要再瘦小一些。

书玉下意识去看他的手。赭红色的外袍下，一双手骨节分明、五指修长。确实是裘老七无疑。

夜姑娘看了书玉一眼，皱眉："我们班主不姓裘。"

书玉微窘，也不好在人家的地盘上分辩，只好说："不好意思，认错人了。"她最后看了一眼戴着半张面具的男人，转身离开。

"姑娘。"书玉脚步一顿，回头便见那班主从台阶上走了下来。

"你的东西掉了。"他在她身侧站定，弯下腰捡起了一方帕子。

书玉一愣："这不是我的，应该是戏班子里的其他人丢下的吧。"那是一方素色的帕子，上面绣了两朵艳色的桃花。

班主静静地看着她："我们戏班里不会有这样的东西。请你带走。"

一旁静默的少年忽然嗤笑出声。书玉一愣，这才反应过来。他们这是以为，她故意丢下帕子来勾引他们的班主？这下，她接也不是，不接也不是了。这到底是哪里冒出来的帕子？！

班主站在她身侧，高大的身材给了书玉无形的压力。她咬了咬牙，拿走就拿走，横竖日后也不会再见面了，丢一次脸也无所谓。

她一把抓过帕子，面无表情道："那我可拿走了，以后帕子的主人来找，可别怪到我头上。"

班主没有说话。书玉头也不回地出了院子。走得急了，冷不丁撞到一个人。

"火气怎么这么大？"

书玉一愣，抬头便见阎尌正站在身前。

"抱歉。"她干巴巴地挤出一句。

阎尌忽然开口道："这一次接的单子是直接到我手里来的，与咸丰书局无关。有人托我拿到褚库尔家族的那盒绣花针。只拿走一个月，一个月后，完璧归赵。"

书玉身子一僵："你不必告诉我这些。"

"那天晚上我在院子里，但是没有进厢房。"阎尌缓缓道，"人不是我杀的。"

"你没有必要告诉我。"书玉道，"既然没有人注意到，你大可以埋在心底谁也不说。这才是上策。"

阎尌沉默了几秒，继而道："那么，告辞。"说罢朝着书玉相反的方向而去。

书玉定了定神，心下好奇，为何一个两个都想要那盒绣花针？就算拿了它又如何？只有绣花针而没有绣功，也不可能绣出上等的绣品。难不成，这老祖宗传下来的绣花针还有别的用途？

她下意识地往阎尌离开的方向看了一眼。这一看才想起，这条小路通向的只有一座院落。正是她刚刚离开的，那个戏班子所在的院落。

女人扶着披褚红色外袍的男人回了厢房。

“为什么把贴身用了多年的帕子给她？”她忽然问，“你与她也是旧识？”

男人皱眉：“你的问题太多了。”

女人笑了：“你这个人很奇怪，熟悉你的人都被你打发得远远的，却招了我这个什么也不懂的残废在你身侧服侍。”

门外传来有节奏的敲门声。有小生通报：“班主，有人找。”

女人的眼睛里带了几分调侃：“阎尌来了。”

经历过戏班子的这番遭遇，书玉没了再继续散步的兴致。

她忽然想起，若是无聊，可以回厢房逗一逗午睡初醒的辜先生。

打定主意后，书玉不禁脚步生风。这一走，竟走到了恒汐原来的院子。院子大门敞开，厢房也被封锁线围了起来。

书玉下意识停下了脚步，眯起了眼。她左右看看，四下无人，于是越过封锁线走了进去。

房间没有开窗，屋内的光线有些暗，室内弥漫着一股霉味。

褚凤颜的尸体还是被警方移走了，地上只留下了白笔画的现场痕迹固定线。书玉却注意到，房间里的椅子被动过了。同样被移动的还有床头的梳妆台。

物件被挪动的距离很细微，要不是她因经常比对文物字画对此十分敏感，此刻断然是看不出来的。

有人在警方勘察现场后又回到了这里。

回到这里做什么？死过人的屋子，恒汐的东西早已被移走。若真有人去而复返，又是为了什么？

书玉走向梳妆台。梳妆台往左移动了几分，于是她把梳妆台归位，梳妆台上空荡荡的，抽屉里也什么都没有。她抬眼看了看挪动的位置。从墙根一点点往上看，终于在梳妆台顶端的墙上看到了一个圆形小孔。

孔是利器凿出来的，凿口很新。她盯着凿口看了半天，忽然转头看向身后。凿口正对着靠墙的一排柜子，恰恰与绣花针赝品上设的机关在同一条水平线上。

书玉心里一咯噔。果然，褚凤颜不是被机关射死的。机关破柜而出，最先射中的是梳妆台边的墙壁。那个人回到房间来，移动梳妆台就是为了遮住羽箭凿出的小孔？

这做法实在有些拙劣。且不说此地无银三百两，侦查人员也许早已注意到了这个小孔。最重要的是，案子已基本盖棺定论，实在没有必要多此一举。实在叫人费解。

挪动椅子又是为何？书玉的视线顺着椅子转到了桌下。难道是桌下藏着什么东西？

她俯下身去看桌下。搜索了一番，连地毯都掀起来细细查看。

一无所获。

难道东西已经被移走了？

书玉皱了皱眉，活动了一下垂了许久的脖子。这一转动，视线正好转到了床底。黝黑的床底，一双瞪大的黄褐色眸子直直对上书玉的眼。

书玉大骇，一个趔趄坐到了地上。床底的眼睛，透着股死气。书玉平复了呼吸，这才发现，床底伏着的是一只死猫。屋子里有这么只死猫，警署的侦查人员不可能没发现，那么这猫一定是在警方勘察完现场后溜进屋子的。

进来时是一只活猫，怎么就死在了床底？书玉咬咬牙，矮身钻进了床底。床底一片漆黑，书玉粗略地检查了一下猫的周身。没有受伤的痕迹。这样看来，这只猫受的是内伤？

突然，她觉得脚被什么东西硌到。眯着眼看去，才发现死猫的头部压着个东西。她眯着眼看去，隐约看出是个方形的小盒子，她立刻分辨了出来，盒上文的是一朵金盏花。

书玉下意识去翻盒盖，指尖即将要触及盒盖时生生顿住。突然，她心念一动：这猫，只怕是中毒死的。

思至此，书玉掏出怀中意外得来的帕子，盖住盒子，隔着帕子要将盒子拿起。就在这时，房间的后窗处有了动静。似乎有什么人正从窗外往里爬，细细的摩擦声伴随着窗棂轻微的嘎吱声，挠得书玉绷紧了每一根神经。

她在脑海中迅速回忆此院的构造。后窗对着一片小竹林，平素没有人经过，爬窗之人从此处进屋该是隐蔽的。厢房的正门虽大开，但后窗正好是正门的死角，那人若足够敏捷谨慎，可以悄无声息地潜入里间而不被外头的人看见。

书玉的心提到了嗓子眼，在床底蜷着身子一动也不敢动。

果然，那人轻而易举地进了里间。那人的步子很轻，也很稳，一直走到了床前。书玉放轻了呼吸，死死地盯着那人的脚。看尺寸，那是一双男人的脚。

男人走到柜子前，开始敲敲打打。房内的柜子被金属制品一一撬开，书玉的心越来越沉。潜进内室的是一个男人，还是一个带着武器的男人。她该如何离开？

男人似乎在柜子里没有找到想要的东西，绕过柜子来到了圆桌前。

书玉眼睁睁地看着男人蹲下了身，在桌下的地板上搜寻起来，连地毯也不放过。她就是在翻找地毯时瞅见了床底的死猫。只要这个男人身体再放低一点，稍稍一转头，就会发现躲在床底的她。

书玉心跳得飞快，绷紧了神经注意着男人的一举一动。从她的角度，可以看到男人灰色的直筒裤，带着条纹的衬衫，以及在地毯上翻找的那双手——其中一只手上布满青紫色的纹路，甚是可怖。

男人搜寻了地毯，同样一无所获，于是起身走向了梳妆台。书玉微微松了一口气，然而神经依旧紧绷。

柜子、桌子、梳妆台，都没有他要的东西，那么下一刻他的目标必然是这张床了。这一刻，书玉从来没有这么后悔。

辜尨时常数落她，没事好奇心那么重做什么？这下好了，好奇心害死猫，她就是那只猫，旁边还有一只死猫给她作伴。

最后，男人爬到了床上。书玉咬紧牙关，脑中飞速运转。

忽然，床上的重量一轻。随即后窗处嘎吱一响，书玉还未反应过来，那男人已跳窗离开了厢房。

书玉一愣。他跑得这么快做什么？

忽地门外响起了声音：“大当家，为什么要约在这种地方谈事情？多晦气。”是褚库尔家族的长辈慈萍的声音。

“我就不进去了，有话我在这儿说了啊。”慈萍在门外不肯进。

只听慈萍道：“凤颜这孩子没福气，但是褚库尔家下一任的当家还是要选的。你看，要找哪一家的女儿来替凤颜的位置？我这里倒是有一个好人选。还记得当年被送到褚库尔家的那个孩子吗？嘉穗小小年纪就对刺绣很有天赋。如今她也长成大姑娘了，前不久我还收到她寄过来的绣品，有你姐姐当年的风范。大当家，你看怎么样？”

书玉在床底消化着慈萍话里的信息。

褚库尔家族的内事还真是复杂，这一次竟牵扯到了已故的奶奶。

又等了半天，屋内屋外彻底恢复了安静。书玉这才敢一点一点从床底挪出来。呼吸到床底外的新鲜空气后，她才后知后觉地发现，后背早已濡湿一片。

书玉不敢再做久留，跺了跺酸麻的脚，走出厢房急急往回走。一路上相安无事，连一个仆从也没有碰到。刚一跨进暂住的院子，书玉便松了一口气。只因再走几步就是她的厢房，房内有她的辜先生。

只要一想到辜尨，她的心就莫名的安定。

小栾和邱萍萍在院子里晒太阳，书玉草草地和她俩打过招呼就推开厢房的门。辜尨已经醒了，倚在榻上握着卷书。

书玉彻底放松下来，瘫倒在榻上。

“怎么了？”辜龙皱眉，“脸色这么难看。”

书玉也顾不得会不会挨训了，哆哆嗦嗦地把下午的经历说了一遍。

辜龙静静地听，听着听着眉头皱成一团。听到最后，他长叹了一口气：“我该拿你怎么办？以后不准离开我身侧半步，听到了没有！”

书玉把头点得如同小鸡啄米，接着，她把帕子包着的绣花针盒摆在了辜龙面前。

辜龙皱眉：“这不知是不是赝品，且上头可能还有毒，你就这么把它带了回来？”说罢细细地检查了一遍书玉，确认她无恙。

忽然，辜龙又道：“你今日趁我午睡，不止去了一趟大当家的厢房吧？这方帕子倒别致，上头绣着的绛桃花看着挺不错。”

褚库尔家族的祖传绣花针失窃了。

彼时，书玉正靠在辜龙怀里看画本。听到这个消息，她的第一反应是跳起来看了看搁在桌上的帕子包着的绣花针盒。

“总不会是这一个吧？”书玉面色有些僵硬。

辜龙面无表情地点点头：“没错，就是这一个。”

书玉愣了半晌，立刻抬手去掀绣花针盒的盒盖。

辜龙眼疾手快地截住了她的手，皱眉：“你要干什么？”

“验证一下是不是赝品。”

“不要验证了，就是赝品。你想一想，如果是真品，恒汐大当家会往上头抹毒吗？”

书玉自觉理亏，于是蹭蹭辜龙的下巴，问：“那这个怎么处理？”

“还给恒汐。”

“还回去？我怎么解释？”

“实话实说。”

书玉敲开恒汐的房门时，恒汐正靠在屋内的摇椅上闭目小憩。

听到书玉的声音，恒汐睁开眼，笑了："书玉，你来了。"温和熟稔，仿佛书玉是个常客。

书玉坐下来，掏出绣花针盒："大当家，一只猫把它叼走了。猫被毒死了，针盒被我捡到了。"

恒汐忽然神色一变，握住书玉的手细细查看："你有没有事？"

书玉没想到恒汐竟是这样一个反应，愣愣地答："没事。"

恒汐松了一口气。

"您不怀疑是我偷了针盒？"书玉问。

恒汐笑了："你连扣子也缝不好，偷来做什么？"

书玉没话说了，这个理由实在没什么说服力。她晓得褚库尔家族的祖传绣花针有多大的价值，无论会不会针线活，都有人想要据为己有。

恒汐看着她，温和道："我知道，你不会。"书玉不明白，恒汐的笃定从何而来。

恒汐拍了拍身边的矮榻："坐过来，我教你针线活。"

书玉愣住了。

"别愣着，女孩子学一学总是好的。以后你给辜先生缝缝补补，也不至于拿不出手。"恒汐道。

于是书玉坐在了恒汐身侧，看恒汐的示范，完全忘了自己的来意。

恒汐手很巧，书玉看得认真，可一轮到书玉拿过针线，绣出的花样就变得乱七八糟了。

"我实在没有天赋。"书玉叹气。

恒汐拍拍她的脑袋："别沮丧，你不是没有天赋，是还没有开窍。你奶奶当年也开窍得晚，但绣功却是最好的。"

书玉好奇："我奶奶，是个怎样的人？"

恒汐一时语塞。半晌，她缓缓道："恒宜，是个很倔强的人。可是心又太软，最后把每个人的心都伤了个透，自己也不好过。"

书玉一愣。自己还是头一次听到这样的评价。

恒汐忽然转头看向书玉："你爷爷是怎么评价你奶奶的？"

书玉想了想，答："爷爷从来不说和奶奶有关的事，我也从未见过奶奶的照片。我对奶奶的了解不多。"

恒汐有些愣神，继而轻轻地笑了："这样啊。"

"我奶奶……是怎么和我爷爷认识的？"书玉忽地起了八卦的心思。

恒汐笑了笑："很巧，我们褚库尔家族招亲不抛绣球，抛的是绣花针盒。每一个褚库尔家的姑娘脸上都会文上代表自己的花，"她指了指自己的左眼眼角的金盏花，"还拥有一个刻着代表自己的花样的绣花针盒。招亲的时候，针盒砸中哪一个褚库尔家的儿郎，就嫁给谁。"

书玉瞠目结舌，这也太草率了吧。

恒汐瞥了她一眼，笑了："也有早就互生情愫的，姑娘只往心仪的小伙子那里砸。其余的姑娘围成圈，不让其他的小伙子靠近。"

还有这种习俗？书玉听得入神。

"轮到你奶奶抛的时候，出了意外。"恒汐垂下了头，"她当时已是褚库尔家最年轻的大当家，谁也不想嫁，于是逆着人群把绣花针扔到了墙外头。这一砸，就砸到了你爷爷。你爷爷不是褚库尔家族的人，这一砸按理是不算数的。可是，你爷爷硬让它算数了。"

书玉忍俊不禁，这倒的确符合老头子的个性。

"后来，你奶奶就舍了大当家的位子，脱离家族，嫁给了你爷爷。我就接了你奶奶的位子，成了这一任的大当家。"恒汐说。

书玉笑道："这样看来，是我爷爷强娶了我奶奶。"

恒汐抿嘴笑："也不能这么说，你爷爷待你奶奶，真真是好到了极点。再也没有人能像你爷爷待你奶奶那样好。"

书玉听得一愣，她第一次看到恒汐这样开心。以往，恒汐总是语气淡淡，很温和，又有点疏离。不像现在，眉眼弯弯，满目温柔。

门边响起了轻轻的敲门声。书玉抬头，便见辜龙立在门边。

恒汐莞尔："辜先生这是来接人啦。"

辜龙笑了笑，转头看书玉。书玉却看恒汐。

恒汐道："看我做什么，又不是正儿八经的私塾还留堂。明天你再过来，我教你绣一些花样。"

书玉有些犹豫："听说褚库尔家的绣功是不外传的，我担心族里的长辈不高兴。"

恒汐淡淡地道："每一个褚库尔家的人都能把自己的技艺传给自己的后代。不能外传的是每一代大当家的绣法，我教你的，是你奶奶的绣法，和族规没有冲突。"

书玉松了一口气。

"很晚了，快回去吧，不耽搁你们小夫妻的时间。"恒汐笑眯眯道。

吃过午饭，书玉坐在小凳上认真地鼓捣手中的针线，面前的小案上零零散散地摆了一桌针盒、线团、花样和布帛。

辜龙看了一会儿书，视线却总落在榻边的小女人身上："你这是要认真学了？"

书玉不满地瞪了他一眼："我看起来很不认真吗？"

辜龙沉默了几秒，道："你如果拿出几分对待古玩字画的劲头来学这个，缝个扣子应该是没问题的。"

书玉有些不满："你要有点追求，缝扣子算什么，我学的是那种很厉害的'万里河山缩成寸'。"

辜龙笑了："万里成寸我不稀罕，我只稀罕老婆给缝的扣子。"

"一边去，不要影响我绣东西的情绪。"

辜龙也不看书了，索性坐到书玉身边："来，我给你把把关。没准听你说一说绣法，我学得比你还快。"

书玉彻底怒了："今晚没你的饭！"

辜龙晚上到底还是吃上了饭。而且晚饭后，辜龙出门了。

书玉不解："你还有什么公务要处理？咱不是来度假的吗？"

“不是公务，我找故人叙叙旧。”

“男的女的？”

“男的。”

书玉低下头继续鼓捣针线：“去吧。”

辜龙前脚刚走，房门边又有了动静。书玉放下针线去开门，却见门边站着邱萍萍。平日里张扬跋扈的邱小姐此刻有些萎顿，看到书玉的刹那仿佛看到了一根救命稻草。

“怎么了？”书玉愣了愣。

邱萍萍苦着脸道：“书玉，我好像做错了事。”

暖暖的烛灯下，邱萍萍的脸恢复了些血色：“我越来越觉得，小栾嫁给我大哥不是件好事。”

书玉递给她一杯热茶，邱萍萍继续道：“所以今天我找到了小栾，和小栾说了些话，劝小栾放弃我大哥算了。”

“你跟她说了什么？”书玉问。

“我告诉她，我大哥心里有人了。那年我大哥惹了一些人，被毒瞎了眼。他逃到妓院，被一个叫依依的妓女收留。获救后，他总念着那妓女，一直到现在他都在暗地里差人找那个依依。我还说，我大哥平素拈花惹草惯了，和……褚库尔族里的女人也有不大正常的关系。我说，既然婚事被推迟，没准就是个契机，让她好好琢磨琢磨自己该不该嫁。”

书玉沉吟了半晌，问：“小栾什么反应？”

邱萍萍苦着一张脸：“小栾哭了。她一直哭，怎么哄也哄不好。她本来就不会说话，什么事都闷在心里，你说我这样是不是做错了？可我不能眼睁睁看着她往火坑里跳，虽然那个人是我大哥，可是……”

书玉看向邱萍萍的眼：“是什么让你觉得，小栾嫁给你大哥不是件好事？”

邱萍萍虽然对邱正倾颇有微词，但在人前还是护着他的。是什么让邱萍萍顶着压力也要和小栾说这一番话?

邱萍萍一愣，似是没想到书玉会问这个问题。她沉默了半晌，继而开口道：“我知道大哥娶小栾的心思不单纯，我也猜着他是也想要那盒绣花针。但这都不是重点，我大哥他最近有些不对劲。”

“哪里不对劲？”

“他说他昨夜见到了褚凤颜。”

## ——○ Chapter 4　双生姊妹

小院内，搭了个简易戏台子。

台上唱着一出《风雪山神庙》，空旷的台下，只摆着一张小案，两张靠椅。

邱正倾坐在一张靠椅里，神色疲倦，手里握着个酒盏，盏内早已空空如也。过了许久，邱正倾才想起身边还有个客人，遂敛了敛心神，转头道：“阎公子，这戏合不合你的胃口？”

阎崶神色淡淡：“还好。”

邱正倾侧身给阎崶斟了一杯酒：“听说托给咸丰书局的单子，从未有失手过的？”

阎崶接过酒杯，道：“有话直说。”

邱正倾敛眉：“我想托给咸丰书局一个单子。”

阎崶眼也不抬：“要褚库尔家的绣花针？”

邱正倾一愣，继而笑道：“不愧是阎崶。听你这么说，难道其他人也向咸丰书局托了这么个单子？”

阎崶答：“咸丰书局接的单子，从不对外人透露。”

邱正倾一副恍然大悟的样子：“看来已经有人下了这个单子。”

阎崶没说话。

“不过，这次我要下的单子和绣花针无关。”邱正倾缓缓道，“我要咸丰书局帮我找一个女人。”

“模样？”

邱正倾想了许久，说：“不知道。遇见她的时候，我瞎了。只知道她的名字叫依依，风翠楼里的姑娘。”

阎尌道：“就这些信息？”

邱正倾点头：“有困难吗？只要能找到，酬金不是问题。”

阎尌勾了勾唇角：“比这更难的，我们也找到过。”忽然，阎尌又道，“如果要你在绣花针和依依中选一个，你选哪一个。”

邱正倾拿手抹了把脸：“依依。”

阎尌饶有趣味地看着他：“看不出来邱大公子倒是个专情的人。”

邱正倾点了根烟，缓缓吐出烟圈：“依依不一样。如果说邱正倾这辈子要不管不顾地任性一次，就是找到她，娶她。”

阎尌不以为意：“隔着两个院子的厢房里，住着你未过门的妻子。”

邱正倾叼着烟，眯眼道：“我从来就没打算娶褚库尔家的女人。婚礼会取消，再过几天就见分晓了。那个女娃娃，进不了邱家的门。”

阎尌出院子的时候，已过三更天。

他走了两步，停下脚步不动了。

“等很久了？”他对着周围说话了。

暗处里走出个人影，缓缓道：“不算久，先前见了个人，耽搁了些时间。”

“你不在房里陪老婆，大半夜找我做什么？”阎尌冷冷道。

辜龙走到他身侧，漫不经心道：“顺道过来提醒你一件事。你和那个嘉穗的事情，我一点兴趣也没有。但是如果牵扯到书玉，那么我只能提前说抱歉了。”

阎尌皱了皱眉：“你什么意思？”

辜龙淡淡地道："字面意思。"

"这次我要做的事情，和书玉没有半点关系。"阎崶冷冷道，"你瞎操心也管得太宽了。"

辜龙点了点头："你能这么想我很高兴，但是我希望，你的嘉穗也能这么想。看好你的姑娘。你等了这么多年才等回来的姑娘，总不希望折在我手里吧？"

辜龙云淡风轻地说完了，似是又想起了什么："哦，对了。当初你让贺子峘写信把我从青河镇叫回来去拿回第五封信。那第五封信的眉目我大概也清楚了。那个命令是你下的。你明知道那是一封带饵杀令，却兜了个圈子叫我去取。你这么急着要把我卷进来，借我的力量对付那些个前朝贵族，为的是那个叫嘉穗的姑娘吧？"

阎崶下意识地握紧了拳，倏而，他松开拳头："没错，我知道你的能耐，所以让你作饵。嘉穗……是个好姑娘，我不想她再为那个家族做事。我也没想过能瞒你多久，你加入，我的胜算才大。你也该知道，除掉了那个家族，对书玉也是好的。"

辜龙静静地看着阎崶，良久才道："阎崶，劝你一句，别傻了。"

阎崶一愣。

"我的姑娘，我自己守。你的嘉穗，你自己看着办吧。"

邱萍萍这一番话说得煞有介事，语气和用词把握得极好，任谁听了都会觉得要么北园闹鬼了，要么邱正倾的脑袋坏掉了。

书玉斟酌了半天字句，终于吐出一句话："我还是去看看小栾吧。"

邱萍萍张着嘴，好半天也说不出话，最后终是垂下脑袋："我也去。"

已经很晚了，小栾厢房的灯依然亮着。书玉和邱萍萍穿过黑魆魆的院子，朝着灯光的方向走去。突然，邱萍萍抓紧了书玉的袖子，压低嗓子道："那里好像有个人。"

书玉顺着她的视线看去，只有一丛丛草，哪儿有人影？她安抚道："别自己吓自己，什么都没有。"

又走了几步，刚踏上厢房的石阶，耳边突然传来呼啦的声音。邱萍萍"哇"的一声抱住了书玉。

书玉本来没觉着有事，生生被邱萍萍的怪叫给吓了一跳："风把葡萄架子吹倒了，你叫什么叫啊。"

厢房的门被打开，门内小栾脸色煞白地举着剪刀对着门口，一副视死如归的模样。

邱萍萍吓得一屁股坐到了地上。书玉抚额："小栾，快把剪刀收起来。邱萍萍，你站好。"

三人在屋子里坐定。小栾急切地比划着，"啊啊"叫个不停。

邱萍萍来劲了："你说每天晚上都有人影在你厢房附近晃悠？"说罢一拍桌子，"我说嘛，最近园子里不太平。"

书玉被这俩姑娘折腾得一点脾气也没有了："要不，你俩晚上做个伴？"

"不行。"邱萍萍严肃地摇摇头，"书玉你也来，你胆子大。"

"不要。"书玉一口回绝。开玩笑，她晚上有辜先生暖被窝，干吗来这里受罪？

小栾急了，趴在桌上对着描花样的宣纸就往上画。邱萍萍凑过来一看，更了不得了："看，小栾画的不是海棠吗？褚凤颜眼角画的就是一朵海棠花！"

小栾脸涨得通红，看看邱萍萍又看看书玉，又埋头画了一朵花。

"又画了一朵海棠，什么意思？你想说褚凤颜来势汹汹吗？"邱萍萍转头看书玉，"书玉——"

书玉只觉得头疼："褚凤颜已经死了。"

突然，邱萍萍脸色唰地白了，颤颤巍巍地指着窗户："你看，人影！"

窗户上，摇曳着一个人影。书玉也是一愣。那人影越靠越近，最后停在了门边。邱萍萍和小栾已经抱在了一起，书玉下意识地咽了咽口水。

门外，人影说话了："我说，你们大半夜在这里叫什么？书玉在不在？回家睡觉。"

是辜龙。

书玉无语地瞪了一眼邱萍萍，走过去开门。门外，辜龙身上带着夜间的水汽，皱着眉低头看她。

书玉转头对着屋里道："邱萍萍今晚你就睡这吧，估摸着你也没胆子回你的院子了。"

说罢书玉跟辜龙一起离开了。徒留邱萍萍在身后哀号。

熄灯时，书玉下意识又钻到了辜龙怀里。

辜龙还没躺好，瞬间便温香软玉满怀，于是笑道："这么急着投怀送抱？"

书玉哼了一声不说话。

"你也怕了？"辜龙道，"大晚上不要聚在一起说鬼故事。"

书玉嘴硬："谁怕了？"

辜龙失笑，伸手把她揽进怀里锁紧，一本正经道："我怕了，你凑过来点陪我。"

快要进入梦乡前，书玉突然想起，小栾刚刚画的花样，似乎不是海棠。那花瓣和形状，看着更像牡丹。

邱萍萍在被窝里一动不动，眼睛却下意识去瞄窗户。

这一看，竟又看到窗户上出现了个人影。

那人影窈窕纤长，怎么也不可能是辜先生。她战战兢兢地捅了捅身边的小栾，哪知小栾已睡熟，半点反应也无。

人影从第一扇窗子飘到了第二扇窗子，最后停在门前不动了。

嘎吱一声轻响，原本拴上的门，开了。

邱萍萍在被窝里不敢动。她闭上了眼睛，想着如果是劫财的小偷，应该不会跟屋里呼呼大睡的人较劲才是。果然，那人影进了屋子后在橱柜处流连了一会儿，又对着小栾放针线的大箱子摆弄了起来。

邱萍萍刚刚侥幸地松了一口气，眼睛睁开一条缝却见人影离开了那大箱子，竟往床的方向来了。

那人站在了床畔。

邱萍萍闭着眼，大气也不敢出。感觉有一只手隔着被子在她身上摸索，她登时头皮发麻，只求那不知是人是鬼的东西不要掀开被子。

那只手摸索了一会儿，转而去摸小栾。那人的身体微微向下倾。邱萍萍的心险些跳到了嗓子眼，她生怕那人听到了她剧烈的心跳声。

她努力让呼吸显得平缓，鼻翼间却飘进了一缕幽香。淡淡的，像山间的松栀，夹杂着几分青草的甘洌。不知是不是错觉，邱萍萍感到那人凑近了，在仔细端详自己的脸。

就在邱萍萍觉得呼吸不畅，心跳紊乱的当口，那人离开了。

窗外起了风，吹得树枝乱响。

邱萍萍就这么浑浑噩噩战战兢兢地在被窝里缩了一夜，半醒半睡，直到天亮。

这一夜，书玉睡得香甜。

睁眼时，她才发现，昨夜竟不知何时降了一场雨。辜龙早就醒了，躺在榻上把玩着她的长发："反正今日无事，多睡一会儿。"

书玉打了个呵欠，复又闭上眼钻进他怀里。谁知闭上眼没多久，门口处便传来骤雨般的擂门声和邱萍萍的叫喊声："书玉书玉书玉……快开门——"

哗啦一声，门开了。书玉皱着眉头看门边立着的邱萍萍和小栾，两人可怜兮兮地望着书玉。

听完邱萍萍抑扬顿挫的描述，书玉有些茫然，但看着邱萍萍脸上那两个硕大的黑眼圈，质疑的话便怎么也说不出口了。

“褚凤颜回来了！”邱萍萍瞪眼，“要么她就根本没死，借此拖延婚期，搅黄小栾和我大哥的婚事。阴谋！简直阴谋啊！”

书玉抚额：“那死的那个人是谁？”

邱萍萍语塞。小栾从头至尾安静地坐在一边，看看邱萍萍，又看看书玉，乖得不得了。

辜尨倚在小榻上看着三个女人，忽然笑了：“你们俩吵吵嚷嚷，这小新娘手上的伤还换不换药了？”

邱萍萍这才想起，一大早的她就拉着小栾出厢房，的确还没来得及换药，登时觉得愧疚极了：“哎呀看我这糊涂得，小栾我帮你换药！”

书玉从内室找出了备用的医药箱，自己给小栾换起了药。

起初小栾还有些不好意思，摇头示意自己换，只是摇头的当口书玉早已将纱布拆了下来。

“哎呀，小栾你这伤怎么更严重了啊？”邱萍萍一见伤口便叫嚷起来。

纱布下的伤口有些狰狞，显然处理得不够妥当，竟有了化脓的趋势。书玉抬头瞥了眼小栾。小栾下意识地缩了缩脖子。

“怎么伤的？”辜尨忽然开口问。

邱萍萍答：“被剪刀戳伤的。”

辜尨却笑了：“小姑娘哪里来这么大的力气，用剪刀把自己的手戳了个对穿？”

书玉心里一咯噔，下意识去看小栾的手。伤口很深，而且掌心的创面要比手背严重得多。

邱萍萍不好意思起来：“该是怪我大哥，不然小栾也不会心不在焉。”

小栾有些紧张，垂着头像做错了事的孩子。

辜龙笑了笑，没再说话。

送邱萍萍出门的时候，书玉翻着白眼道："平时你和贺子池没事就该多看些书，再正常的事情一到你俩这，就变得神神叨叨了。就冲这一点，你和贺子池真是天造地设的一对。"

最后一句话成功地转移了邱萍萍的注意力："谁跟那家伙一对？我呸。"

书玉掩上门，坐回榻上，哀愁地看辜龙："我想回南园。"

辜龙摸摸她的脑袋："好，现在就回。"

他答应得太干脆，她倒犹豫了："答应了恒汐大当家留下来呢。"况且她还没学会绣几个花样，今日午饭后约好了去恒汐屋里继续学。

"你说小栾对邱正倾一往情深？"辜龙忽然问。

"是啊，怎么了？"

辜龙淡淡地道："她手上那伤不是剪刀戳的，是箭伤。短箭，带翎，尖头圆槽，射程短，穿透力强。跟恒汐大当家设的机关羽箭倒像得很。以小栾的身高，举起手来，手掌正好能挨到放着赝品绣花针盒的柜子。"

午饭后，书玉来到了恒汐的屋子。

恒汐早已等在那里，冲书玉招招手，笑眯眯道："今天教你一些简单的花样。"

书玉对着一桌针线，却有些心不在焉："大当家，褚库尔家遗失的那盒绣花针可有眉目了？"

恒汐有些惊讶，继而笑了笑："没有眉目。哪儿有那么容易找回来。"

"您不着急吗？"书玉不解。

"急有什么用？"恒汐淡淡地道，"着急它就能回来了吗？太多人觊觎这绣花针了。无论是族外人还是族内人，总想着拿到了这祖传的绣花针，就得到了一身绝技。绣花针只是死物，真正宝贵的是绣法，奈何这些年族内的年轻一辈本末倒置，没几个愿意静下心参透绣法，心思全放在如何弄到那绣花针上。”恒汐笑了，“褚库尔家族太依赖那盒绣花针，迟早要没落的。如今绣花针失窃了，未尝不是一件好事。”

“可是，如果被族外人偷走了，会不会影响褚库尔家族的生意？”没了镇族之宝，褚库尔家族还怎么绣那“万里成寸”？

恒汐道：“他们没有绣法，拿到绣花针又有何用？我们就算没了绣花针，绣功还是在的。外人总道，没了祖传的绣花针，万里成寸的绝技就施展不出，褚库尔家的绣品也就没了竞争力。其实，早在四十多年前，褚库尔家族就有一个人能不用那绣花针也能绣出‘万里成寸’。不仅如此，她绣出来的东西，比祖宗们的‘万里成寸’还要厉害。”

书玉瞪大了眼，谁这样厉害？

恒汐微微笑了：“那个人就是你奶奶，恒宜，褚库尔家族最年轻的大当家。在接管绣花针之前，她的绣功就已无须那祖传绣花针来锦上添花了。”

褚库尔家族的祖传绣花针失窃一事攫取了褚库尔家族几位长辈的所有关注。相比于绣花针被盗，褚凤颜的意外死亡倒显得微不足道。

她的案子很快有了结果：褚库尔家当家候选人之一急功近利，妄图通过盗得祖传绣花针来获得当家之位，却不想盗针不成反叫机关害了性命。

案子一结，族中长辈便吩咐，尽快处理掉褚凤颜的尸体。书玉站在廊前，看仆从进进出出，其中两人抬着副盖了白布的担架，白布下隐约能瞧出个人形。想来白布下的就是褚凤颜了。

书玉不由得心下叹息。褚凤颜就这么不明不白地死了，警署显然没有仔细勘察现场，也没有好好验尸。

虽然她与褚凤颜并无交情，但一个活生生的人就这样糊里糊涂地没了，她亦不免唏嘘。心里还有些遗憾，有一些事情她本想问一问褚凤颜，但看来这些事情只能埋进土里了。

回厢房的时候，书玉一边琢磨针线活，一边叹气："褚凤颜分明是枉死的，还没弄明白结果，就这么把尸体处理了？"

辜尨淡淡地道："褚库尔家族的人都不愿再往下深究了，外人更没有立场再抓着不放，何况里头牵扯到的人和事也不是我们能看明白的。"

书玉默然，脑海中不由得浮现出小栾如幼鹿般怯怯的眼眸。那些人和事，果然不是她能看明白的。

突然，院子外传来一阵喧哗，有女人的尖叫刺破午后的宁静。

书玉和辜尨面面相觑，两人一出院门，便见前方不远处围着一圈人，圈内三五个仆从茫然立着，一副盖了白布的担架倒在地上，白布撩开了一个角，露出了一只苍白的脚踝。

只见担架前笔直地站着一个女人。那女人背影削瘦挺直，穿着棉布衫，乌黑的发泼墨似的垂到了腰际。

女人转过身，书玉一愣。

苍白的脸，平淡的五官，微微上挑的凤眼，眼角一朵妖娆的花。

是褚凤颜。

围观的仆从已有人吓软了脚，一边哀号一边指着青天白日下不知是人是鬼的女人。

书玉从惊诧中回过神来。她注意到了，褚凤颜眼角文的是一朵海棠，而眼前的女人，眼角盛开着一朵牡丹。当初，何婉汀给她看的那张照片，里头的女人眼角文着的就是一朵牡丹。

女人皱了皱眉，似是对周遭战战兢兢的围观人群感到不耐烦："我要你们把褚库尔家的长辈给我叫出来，你们一副见到鬼的样子是怎么回事？"她冷冷道，视线飘向了场中镇定的书玉和辜尨。

"怎么回事？"听到骚乱的慈萍带着几个小辈拨开人群走了进来，"处理个尸体这么久还处理不完吗？"

慈萍看到人群里的女人，生生一愣："你……"

女人抬头看了慈萍一眼，正要说话，却见慈萍身后走出一个人来。

“大当家。”慈萍仿佛找到了救星。

女人冷笑一声，道：“恒汐大当家，我妹妹是被人害死的，你这么急着把尸体销毁，存的什么心思？”

众人哗然，这女人与褚凤颜竟是姐妹。书玉有些疑惑，倒是头一次看到褚库尔家族的人对恒汐这么不客气。

“凤依，警方已经给了结论。”恒汐看上去有些疲惫，“凤颜尸身已停留一些日子了，总该入土吧？”

褚凤依又是一声冷笑：“结论？放屁！”说罢她一把掀开遮住尸体的白布，“睁大眼睛看看，凤颜的伤口在哪里？绣花针放在那样高的柜顶，如果凤颜要拿针盒，就算中了机关，伤口也该在头部，怎么可能在胸口？羽箭不长眼，哪里可能这样精准地冲着凤颜的心脏去？分明有人拿了箭，戳进了她的心脏！”

慈萍脸上一阵青一阵白：“你不要胡说！还嫌不够丢人吗？褚库尔家的颜面都被你姐妹二人丢尽了！”

褚凤依满目讥诮：“虚无的名声竟比一条人命还重要？也难怪褚库尔家族要没落，就算绣花针没丢，褚库尔氏也是要完蛋的！”

慈萍气得发抖：“你！”

“我怎么了？”褚凤依转头看恒汐，“我现在的心情想必大当家要比在场的所有人都清楚吧？你和我一样，都有一个孪生姐妹。你姐姐枉死的时候，褚库尔家没有一个人站出来。一盒老掉牙的绣花针有个屁用，恒宜大当家的绣功抵得上百盒千盒绣花针，你们就这样把她逼死了！老天送一个奇才来救褚库尔家族，结果你们不要，老天都要笑死了。”

书玉心里震惊得无以复加。奶奶是被褚库尔家的人逼死的？

辜尨若有所觉，将书玉揽进怀里。

“恒汐大当家，当年你也没有站出来，是不是觉着恒宜大当家死了，你就可以顺理成章继她之后成为大当家了？”

书玉猛地看向恒汐。恒汐面色苍白，但神色依旧镇定。

褚凤依愈发咄咄逼人：“就算你当上了大当家又如何？你的绣功比起恒宜差远了，你根本不会绣‘万里成寸’！”

在场诸人脸色各异。邱正倾的神色尤为复杂。

“凤依，不要因为一时气愤就想摧毁褚库尔家族。”恒汐开了口，“这绝不是凤颜乐见的。”

褚凤依笑了笑：“行啊，要想我不闹，你把凶手交出来。”

书玉心里一紧，视线下意识往人群里搜索。

恒汐闭了闭眼，语气更加疲惫：“凤依，凤颜已经死了，这是个意外，不要再搭上更多的人。”

褚凤依指向人群中的某个点，笑了：“凭什么凤颜死了，她还能活得好好的？你看看她的手，分明是被机关羽箭刺伤的！她自己盗针盒，被凤颜撞见，于是拔了手上的箭刺进凤颜心脏！”

褚凤依指向的人是人群里脸色煞白的小栾。

站在小栾身边的邱萍萍一脸难以置信：“怎么可能？小栾这么点力气，怎么可能打得过褚凤颜？”

褚凤依大步走过去，一把拉起小栾的手，撕开纱布。

纱布下狰狞的伤口还冒着血泡。

人群静了几秒，继而有人道：“这哪里是箭伤？这明明是剪刀戳出来的伤痕！”又有几个人附和，确实不像是箭伤。

褚凤依的神色有瞬间的松动：“怎么会……”

书玉长叹一声，别过眼去。邱萍萍瞪大眼，惊愕非常。

小栾手上的伤口变了，创口比书玉和邱萍萍先前见到的要大了许多，确实是剪刀留下的痕迹。只有一种可能：小栾亲手拿着剪刀，对着留有箭伤的手戳了下去，剪刀留下的伤口覆盖了箭伤。

小栾颤抖地回望褚凤依，眼里滚着泪花。

恒汐淡淡地道：“既然是凤依弄错了，那……”

“不，这位小姐说得一点也没错。褚凤颜确实是被人杀死的。”

书玉转头，只见一直沉默的邱正倾不知何时走出了人群。

邱正倾缓步走向褚凤依，最后在她身侧站定："褚凤颜死后次日，我的未婚妻突然来到我的厢房，给了我一盒绣花针。当时我不明白她的用意，不过现在看来，她大概希望我能帮她销赃。"

小栾惊愕地抬起了头，难以置信地盯着邱正倾。

"我很快发现那盒绣花针也是赝品。"邱正倾道，"不过那天她来送绣花针时，手上的伤口不是现在这副模样的，想来事后又用剪刀戳过以掩盖原来的伤口。你们若觉得我空口无凭，我这里倒有一方丝帕，是当时她用来包裹针盒的。上头沾染了些血迹，应该也有褚凤颜的血，拿给警方验一验便知。"

众人愣在了原地。只有书玉，在看到邱正倾布满紫色纹路的左手时，下意识抓紧了辜尨的手臂。

原来那天她躲在床底时，潜进现场的男人是邱正倾。

忽然，邱正倾拂过褚凤依的鬓发，轻声道："依依，这么多年了，我终于看到了你的模样。"

这句话，让一旁的小栾忍了许久的泪落了下来。

警方的检验结果很快便出来了，邱正倾提供的帕子上果然沾染了褚凤颜的血迹，同时混着的还有小栾的指纹和血痕。

原本糊涂的警署人员似乎一时间开了窍，有如神探般在褚凤颜的尸体上发现了一系列疑点，个个疑点直指向小栾。

一场盗绣花针的人命案顷刻间变成了族内小辈的自相残杀，褚库尔家族自觉颜面大失，几个长辈羞惭得连门也不出了，只盼得找到遗失的绣花针，早早离开这蓬霁园。

小栾和邱正倾的婚礼自然取消了。

书玉从窗子里向院子望去，新嫁娘的厢房已人去楼空，连带着整个院子都显得荒凉了起来。

“小栾真的因偷盗绣花针被褚凤颜撞见，下手杀了褚凤颜？”她看了看辜龙。

辜龙正在小案前摆弄她的针线，漫不经心道：“只能说小栾杀死褚凤颜的嫌疑最大，至于动机是什么，不好说。”

书玉沉默了几秒，其实心里已经隐约有了答案，只是不愿去承认。

“今天还要去恒汐那里学绣法？”辜龙问。

“嗯。”书玉点点头，继而趴上辜龙的背，“看看这个，是不是绣得很不错？”

辜龙对着那绢帕，摸了摸下巴：“看不出来，你还是有些天赋的。”

绢帕上绣着一株简单的花树，依稀能辨认得出是一株西府海棠。虽绣得不算精细，但从其针脚来看，并不似出自初学者之手。

书玉有些得意：“再仔细看看，上头有没有什么玄机。”

辜龙瞥了她一眼，又低头去看那绢帕。左看看，右看看，并没有什么不妥。书玉急了：“看西府海棠后面有没有东西。”

辜龙终于在西府海棠花样的背后隐约看出个人形来。他恍然大悟，原来书玉绣的是双重花样。一层花样下还隐着另一层花样。

“你绣的是谁？”他皱眉盯着西府海棠后那个猴似的人。

书玉语气欢快：“绣的是你呀，像不像？这一次绣得不够好，下一次一定把你绣得帅一点。”

辜龙一时有些无语，却也不好打击她的积极性，只好道：“这就是恒汐要教你的‘万里成寸’？”

“大当家没有说这是‘万里成寸’，应该只是普通的绣法吧。”书玉从心底里觉得，“万里成寸”这样的独家绣法，恒汐怎么也不会传给她这么一个外人。

辜龙揉了揉她的长发：“绣着玩玩就好，不要太较真。我要求真不高，只要能给缝个扣子就成。”

书玉拍掉他的手：“对我这么没信心？”

“哪能啊，太有信心了。有信心到觉着你有了刺绣就不要我了。”

书玉乐了：“学这个还不是为了能给你绣些贴身的东西。”

这下辜龙没说话，盯着桌上的某物正出神。书玉循着辜龙的目光看过去，发现他看的是一方绢帕，素底的绢帕上绣着艳色的绛桃花。

她笑了：“还吃醋呀？”戏班子的班主硬塞给她的绢帕，她都忘了。

“把它丢掉就是了。”说着她伸手去拿桌上的绢帕。

“不要丢。把它带在身上。”辜龙把书玉按住了，说着他就把绢帕系到了她腰间，“多一个人护着你，我安心。”

“这帕子有什么秘密？”书玉有些不解。

“带着总没坏事。”

书玉也不再深究，只当辜龙私底下又安排了暗卫。

邱萍萍红着眼来找书玉的时候，书玉正跟着恒汐学绣新的花样。

“书玉，你去见见小栾吧，他们……他们太过分了！”邱萍萍涨红着一张脸，“大当家，就算小栾做了错事，你也不能任凭褚凤依那样折磨她呀！”

恒汐拿着绣花针的手顿了顿，继而道：“你大哥压着警署的人，有他一句话，任谁也不敢乱来。”

邱萍萍咬了咬牙，一跺脚：“我大哥被那褚凤依迷得七荤八素，哪里管得了小栾死活？我还偏不信了，小栾怎么可能是凶手？！”

书玉沉吟了半晌，道：“小栾在哪里？”

小栾没有被警署的人带走，而是被关在了褚凤颜死去的那间屋子里。

开门的刹那，书玉有些恍惚，她一时没有辨认出来蜷缩在地上的一团是小栾。

地上的人抬起头，却被门缝里的光刺得再次缩了回去。只这一刹那，书玉还是看到了小栾的脸。

短短两天的工夫，小栾如失了水分的花，迅速枯萎下去。瘦得皮包骨的手腕上布满了长长短短的伤痕，手背上的伤脱了纱布，早就化了脓。小栾这一双巧手该是废了。

书玉心头震动：“邱正倾什么意思，任由褚凤依对着小栾上私刑？”

邱萍萍低下了头：“大哥不听我劝。”

书玉站在小栾身侧，扶起小栾的肩：“小栾，我是书玉。”

小栾抖得厉害，怯怯地看着书玉。

书玉眼中透着不忍：“我是你的小姑姑，书玉。”

小栾终于有了反应：“啊……”

书玉温和地看着小栾：“我问你一些话，你诚实地回答我好不好？”

小栾点了点头。

“褚凤颜是不是你杀死的？”

小栾看着书玉，轻轻地点了点头。

书玉的心抽了一下：“你想偷褚库尔家族的祖传绣花针？”

小栾又点头。

“你想要当褚库尔家族的大当家？”

小栾用力地摇头。

“你想毁了褚库尔家族？”

小栾摇头。

“你恨褚凤颜？”

小栾顿了顿，摇了摇头，半晌又点了点头。

邱萍萍彻底晕了：“你这是什么意思？到底是恨还是不恨？”

书玉不理睬邱萍萍，继续问：“你心里想不想杀褚凤颜？”

小栾低下了头，轻轻摇了摇头。

“你拿到了绣花针，然后把它给了邱正倾？”

小栾点了点头。

“你爱邱正倾。”这一句话，书玉用的是肯定的语气。

小栾垂着头，没有反应。

“你为了邱正倾，去盗褚库尔家族的绣花针？”

小栾一动不动。

“你盗绣花针的时候，被褚凤颜撞了个正着，她威胁你要告知族中长辈，你害怕牵连邱正倾，于是争执中杀死了褚凤颜？”

小栾还是垂着头，小小的身躯却止不住颤抖起来。

书玉长叹了一口气：“你这样为着邱正倾，他到底明白还是不明白？”

忽然，门边响起了一阵笑声：“邱正倾哪里领这个情？他只觉得这个蠢货成事不足败事有余，擅作主张为他盗绣花针，最终却盗了个赝品，还连带他手上中了毒。”

书玉转头，便见褚凤依抱臂倚着门框，眼中写满了讥诮。

小栾抖得更厉害了。

书玉皱眉：“小栾犯了错，自有她该受的处罚，轮不到你来给她上刑。”

褚凤依挑了挑眉：“那又怎样？很不巧，在这里，我就是王法。”

邱萍萍跳了起来：“褚凤依，别以为你是我大哥心心念念的依依就可以胡作非为！”

书玉听着，忽然笑了：“褚凤依，你说你自己是邱正倾找了多年的红颜？”

褚凤依没说话。

书玉继续道：“你怎么可能会是依依呢？你很多年前就脱离了褚库尔家族，在一个山区支教。邱正倾当年在南京风翠楼遇到依依的时候，你正在千百里外的山区当老师，你如何能在风翠楼和邱正倾相见？我不知道你是怎么让邱正倾认为你是依依的，但我肯定，你绝不是依依。”

褚凤依的眼里有惊愕闪过：“你……”

书玉静静地看着褚凤依：“把小栾交给警署，公正审判，否则我便把你的真实身份告诉邱正倾。”

褚凤依盯着书玉。半晌，她的神色变了，整个人的气场像换了一个人。

书玉一愣，只见褚凤依朝她走近了几步，停在她的面前。

小栾惊慌地“啊”了一声。书玉转头，便见邱萍萍不知何时昏倒在地。

只这一愣神的工夫，褚凤依俯下身子，凑近了书玉。淡淡的香味飘入了书玉的鼻腔，像松栀，又像青草。

“你想做什么？”书玉皱眉。

褚凤依轻轻地笑了：“你这么聪明，能不能猜出来我想做什么？你要想告诉邱正倾便说去好了，反正我也不是褚凤依。给你看一看我是谁。”

说罢，她把手伸到了脸颊一侧，缓缓揭开了一层皮。

书玉失去意识前的最后一秒，所有的镇定都不复存在。

那张人皮面具下的脸，她再熟悉不过。

那个女人，有着和她一模一样的脸。

## —— ◦ Chapter 5　偷梁换柱

书玉刚恢复意识，视线有些模糊，隐约感觉到自己身处在一间昏暗的小室。窗子是关的，判断不出现在是什么时间。

恢复意识的瞬间，她在心里长叹一口气。早该料到出现在北园的褚凤依绝不是真正的褚凤依。

游轮上，何婉汀就道褚凤依事务繁忙无法归家，故她怎么可能在褚凤颜遇害的两日后就赶到了北园？

书玉动了动，这才发现手和脚都被软布绑住了。有些意外的是，她的嘴没有被贴上胶带。

是褚凤依认定了她不会呼喊，还是笃定就算她再怎么喊叫也没有人能听见?

这个念头刚冒出来，书玉就听身旁有人道：“醒了？”

她一转头，便见那个和自己长得一模一样的女人走到了她面前。

对着这个女人，就像对着一面镜子，书玉不免觉得别扭：“你为什么要戴这么一个人皮面具？”

女人笑了：“你觉得这是人皮面具？如果我说，我就长这个样子，你信不信？”

书玉皱眉：“你到底是谁，想干什么？”

女人蹲下了身子，托着腮看向书玉：“我就是我，我自然要干我想干的事。”

书玉一时有些无语。女人歪着脑袋打量着书玉，半晌后道：“以前我一直好奇你是一个怎样的人，现在终于见到了，又觉得好像也没什么稀奇的。你就是这个样子的，也没比别人多个三头六臂。”

书玉越发不解，听这女人的意思，她竟与自己是旧识?

“你知道为什么两个人会长得这么相像吗？”女人也不等书玉作答，自己继续道，“最简单的答案，自然是双生姐妹，像褚凤颜和褚凤依，像恒汐和恒宜。”

“你想说我们是双生子？”书玉只觉得荒谬。

女人挑了挑眉：“如果是这样，那倒好办多了。除了双生子，还有一种方法能让两个人长得一模一样。磨骨，锉皮，拉眉，听起来很吓人是不是？其实磨骨也没那么可怕，把皮掀开，尖头凿伸进下颌，照着模板来磨。年龄越小，越不疼。不过我是个例外，过了十五岁才磨骨。”

书玉越听越心惊：“你为什么要这么做……”

“为了活命呀。”女人满不在乎地笑了笑，“有你做我的影子，我才能活到现在。”

书玉震惊地盯着眼前的女人，大脑无论怎么运转也想不明白。

“你的命这么好，流着褚库尔家族的血，又有只手遮天的爷爷和外公在这乱世里护你平安，哦，现在又多了个辜尨。”女人啧啧地摇了摇头，“前朝贵族不敢动你，乱世军阀也不能拿你怎么样，连那些个政客也要掂量掂量你的分量。你说，这么好用的影子，我为什么不用？”

书玉反应过来：“你是前朝皇族？”

女人一愣：“为什么这么说？”

“一般人犯不着放弃自己的脸，你不是褚库尔家族的人。你利用了褚凤依，褚凤颜和小栾，只为了拿到那盒绣花针。你对褚库尔家族的一些事了如指掌，可见你早年和这个家族是有联系的，但你却不能确定绣花针的行踪，因此你该是很多年没有踏入褚库尔家族了。”

女人静静地看着书玉，眼里的笑意荡然无存。

书玉轻轻地笑了：“你是前朝遗留的皇族，隐瞒身份寄养在褚库尔家族，你急着模仿我，除了想活命，大概还存着其他的欲念吧。”

女人的脸色变得很不好看：“那你猜猜，我现在想要做什么？不错，我想要那盒绣花针，但是你知道我要拿那绣花针做什么吗？”

书玉抬头，不说话。女人伸出手来，解开书玉的衣扣，三两下将她的外套剥了下来。

“现在是下午三点，恒汐大当家今日该教你真正的‘万里成寸’绣法了。”女人脱下自己的衣服，将书玉的外套穿在了身上，“我现在去学，应该还来得及。”

书玉冷笑：“褚库尔家族的独家绣法怎么可能轮到我这么一个外人去学？恒汐不会教给我，你要去也是枉然。”

女人理了理衣裙，道：“谁说我要学褚库尔家族秘传给历代大当家的绣法？我要学的是恒宜的绣法。祖传的绣花针我是找不着了，但是恒宜的绣法我还是能学一学的。当年恒宜大当家无须绣花针，就能绣出犹胜‘万里成寸’的绣品。”

书玉心里一紧，面上却依然镇定：“你昨天当着众人的面也说了，恒汐大当家的绣功不如我奶奶，她自然是不会这项绣法的。”

女人顿了顿，继而笑得得意：“恒汐大当家当然不会这种绣法，但是恒宜会。我现下去见的是恒宜，不是恒汐。”

书玉的心跳越来越快，过去几日的线索在脑海中一点点拼凑，有一个答案呼之欲出。

只听那女人又道：“当年死的是恒汐。恒汐替恒宜死了，恒宜替恒汐接了褚库尔家族大当家的位子。否则你以为，内部溃败得不成样子的褚库尔家族能走到现在？你爷爷没有告诉你吗？现在的恒汐大当家就是你的奶奶恒宜。她要传授你她悟出来的绣法，现在我去替你学。”

女人扣好最后一颗扣子，独留震惊的书玉在原地。

走了几步后，女人又从门边退了回来，冲着书玉眨了眨眼：“你不是好奇我是谁吗？我叫嘉穗，十五岁后我叫褚库尔嘉穗。至于现在，我叫谭书玉。”

午后三点，厢房的木门嘎吱一声开了。

正在小案前假寐的恒宜听到响动，睁开了眼：“书玉，你来了。”说罢微笑着指了指小案上的图样，“今天来绣这个花样，检验你这几日是否有下苦功。”

嘉穗顺从地坐在小案前，拿起针线便绣了起来。

恒宜看着她绣的花色，赞许道：“不错，进步很快。”

嘉穗听罢，笑得眉眼弯弯：“老师教得好，自然进步快。”

绣完一朵鸢尾后，嘉穗状似无意道：“大当家，绣花针的下落还没有眉目吗？”

恒宜不疑有他，道：“族里几个长老还在寻找，若在归期前还找不到，便作罢。”

嘉穗一愣，继而乖巧地笑了：“褚库尔家族的祖传之宝，说不要就不要了？”

恒宜有些奇怪地看了嘉穗一眼：“先前我已说过了，这绣花针不过是一件死物，找不到也无妨。”

嘉穗笑了笑，不再纠结这个问题。

“你和邱萍萍去看了小栾，她还好吗？”恒宜忽然问。

嘉穗回答：“褚凤依不过是想泄愤，怒气过了也就放了小栾。”

恒宜淡淡地道：“凤依早年看不惯褚库尔家族长辈的做派，主动放弃成为大当家的机会，离开家族一个人在外漂泊。她原本性子静，没想到这么些年，脾性竟变化这样大。凤颜的心思我了解，她不过是不希望小栾所嫁非人，才在其间扮了个白脸，和邱正倾纠缠不清。谁知道竟把自己的命也交待了出去。要说凤颜盗针，我是不信的。同样，我也不信小栾能狠得下心要了凤颜的命。这其间，该是有一些蹊跷的。近来这园子里不大太平，书玉你自己也要小心。”末了，恒宜嘱咐道。

嘉穗笑了笑，道：“我会小心，不会让旁人钻了空子。”顿了顿，她状似漫不经心地问，“听说褚库尔家族早年曾给一位前朝大官绣过一张地图，据说是一张地宫的走势图。那地宫盘踞了整座不阿山，但绣出来的地图只有一块巴掌大。真有这回事？”

恒宜一愣：“你从哪里听来的？”

嘉穗抱着恒宜的胳膊，笑着撒娇：“大当家，你来教我那个地宫走势的绣法，好不好？”

恒宜轻轻拂掉嘉穗的手，淡淡地道：“那个功夫，我不会。”

嘉穗瞪圆了眼：“我奶奶会的，恒汐大当家你不会吗？要不，让我看看那绣着地宫的帕子，我自己参透，好不好？”

恒宜忽然笑了：“你这副模样倒让我想起了早年我姐姐抱养来的一个孩子。”

嘉穗心里一紧，面上依旧笑得乖巧：“大当家，就让我看一看吧。”

“那帕子是给客人绣的，早就不在褚库尔家族了。就算你现在要我绣，没有图纸作参考，我也绣不出来。”恒宜道。

嘉穗还要说话，却听木门嘎吱一声再度开了。

她背对着门，不知来人是谁，只从地上的影子判断出，来的是个男人。她不禁心跳加速，只在心里默念，是谁都好，千万不要是辜龙。

虽然她模仿书玉多年，自认毫无破绽，但潜意识里仍对这书玉的枕边人有着莫名的恐惧。

当年在伦敦，所有人都认为她是谭书玉，只有辜龙，笑着拧断了她的手，平静地问：“你把她藏到了哪里？”

只那一次相遇，她便如噩梦般记到了现在。

门口男人说话了：“大当家，谭公想和您叙叙旧。”

来人是阎尉。嘉穗松了一口气。

恒宜看也不看阎尉，道：“我和谭公不熟，没有什么好叙旧的。”

“谭公已在北园的小轩阁，若大当家什么时候想通了，就去看一看吧。”

恒宜没有说话。阎尉也不多言，微微欠身，转身掩上门离去。

哪知阎尉一走，似是把恒宜的魂也勾走了，接下来的十来分钟，恒宜心不在焉起来。

嘉穗看在眼里，晓得今日再也问不出什么，只得告退。她退出房门后，吩咐院里的小厮：“告诉辜先生，今夜我陪邱萍萍，就不回屋睡了。”

还没走出几步，嘉穗听到身后有人叫她的名字。

“书玉。”

嘉穗停下了脚步，转过身去看阎尉。

阎尉走到嘉穗身侧，道：“案子已了，你回南园去吧，谢公很想念你。”

嘉穗笑了笑：“绣花针还没有找到，我该留下来陪恒汐。”

阎尉皱眉：“绣花针的事，不是你该掺和的。”

嘉穗挑了挑眉："怎么，这么关心我的安危？"

阎尌眉头皱得更深："别闹。"

嘉穗满目讥诮："怕我被嘉穗算计？"

阎尌心里一紧："谁告诉你嘉穗的事情？贺子池？"

嘉穗一愣，随即笑道："你不告诉我，我就猜不到了吗？"

阎尌眼里有压抑的愠怒，他冲嘉穗道："我言止于此，你好自为之。"随即转身要走。

嘉穗忽然开口了："你喜欢嘉穗？"

阎尌脚步一顿。嘉穗继续道："你处处维护嘉穗，连我也瞒着，所以你爱惨了嘉穗，对不对？"

阎尌感觉不太对劲："你今天怎么了？"

嘉穗不依不饶："她丢下你一走就是那么多年，你到底喜欢她什么？"

阎尌又走了回来，在她面前站定，眯着眼低头看她："你一向避我如蛇蝎，从来不和我讨论感情问题，怎么现在感兴趣了？"

嘉穗昂着头，直直地望进他的眼："不要转移话题。"

阎尌忽然笑了："我喜欢嘉穗，因为她是一个单纯的女孩子，不会那些弯弯绕绕，没有那么多小心思，也不会这么咄咄逼人。"

嘉穗面色一僵，脸上青一阵白一阵。

阎尌又道："我认识的书玉，也不是你这副模样的。"

嘉穗心下震惊，正要开口辩驳，却听阎尌淡淡地道："时候不早了，辜先生也该等很久了，快回去吧。"说完阎尌就走了。

阎尌这番话是什么意思，他认出她来了？嘉穗摇摇头，不会，阎尌没那么容易认出来。当年认不出，如今也该是认不出的。不过小心驶得万年船，今日务必速战速决。

打定了主意，嘉穗决定待到晚饭后，再去一趟恒宜的厢房。

逼仄的内室始终一片漆黑，书玉手腕发麻，奈何就是挣脱不了手上的桎梏。

室内忽然传来了一阵窸窸窣窣声。书玉屏气凝神，只听耳边传来了微弱的人声。

“啊……啊……”

书玉很快反应过来：“小栾？小栾是你吗？”她觉得手腕被握住。小小的手掌，带着一缕潮意。

确实是小栾。

她小小的脑袋枕在了书玉掌心。书玉顿觉自己的掌心湿了。

书玉心里涌出一股酸涩。小栾，你想说些什么呢？

这个女孩子，天生不会说话，又不识字，她的心底里到底压了多少话，想说却无从说出口？

书玉任小栾将脸埋入了她的掌心。掌心的脸微微发颤，女孩的整个身子都在颤抖。书玉知道，她在哭。就算哭，也哭得那么安静。像一只走投无路的幼鹿。

忽然，小栾将脑袋抬了起来，她歪过头，用牙齿去咬绑着书玉的软布。书玉眼眶发红：“别咬了，咬不开的。”

小栾不动了，继而又是一阵窸窸窣窣的响声。

书玉轻声问：“小栾，你在做什么？”

没有回答。

嘉穗没能安稳地等到晚饭结束。她还未敲开恒宜的房门，便见一个身材颀长的男人从院外缓缓迈着步子向她走来。

她的脊背瞬间渗出了冷汗。

怕什么，来什么。迎面走来的正是辜龙。

短短几步路距离，嘉穗的脑中却闪过了许多念头。她晓得书玉与辜龙感情深厚，也知道书玉在外人面前冷静疏离，在辜龙面前则是一副小女儿模样。她想，如果辜龙过来了，她是不是该撒一撒娇。或者如果辜龙要吻她，她该不该脸红。

直到辜龙走到了近前，嘉穗还没有拿定主意。

不得不承认，眼前的男人无论形貌还是气度都是极为出色的，很难不让女人心生绮念。无论他要做什么，她是不亏的。这样想着，嘉穗便平静了下来。

谁知，辜龙停在了离嘉穗一步开外的地方。

“这么晚了，站在这里做什么？”他开口了，语气温和。

“想来见一见恒汐大当家。”

辜龙笑了：“见了一天了，还不够？我一个人在屋里待了一天，你倒忍心。”

辜龙忽然伸手抚向她的腰间，嘉穗不禁脸红了。她有些害羞，却听辜龙道：“你系在腰间的帕子哪里去了？”

嘉穗一愣。什么帕子？她并没有留意书玉的腰间是否系着帕子。

辜龙似乎并不在意那帕子，只微微笑道：“今夜邱正倾在园子里排了一场戏去去晦气，一起去听一听如何？”

嘉穗笑得温婉：“再好不过。”

两人一起离开。

才走出几步，身后厢房的灯，悄无声息地灭了。

书玉不知小栾在做什么，只听得衣料和墙面摩擦的细碎声响。估摸着时间，两人困在这里已三个时辰有余，她喊了半天都没有人回应。

四面一片漆黑，书玉手足被缚，动弹不得。她回忆嘉穗最后发声的位置，她努力移动身子，往那个方向挪去。

尽头是一方石壁，她瘫倒在石壁旁，没有力气再动了。

不对，这间内室一定有哪里藏着玄机，嘉穗能打开，她也一定能打开。

但困在这内室许久，书玉有些疲累。这段时间她滴水未进，早已饿过了头。于是她不再作无谓的挣扎，保存体力，方为上策。

静下来后，书玉开始把脑海中的线索串起来。

她不记得曾经见过嘉穗这么一号人物，但奇怪的是，她竟对这个名字感到熟悉。

在哪里听到过这个名字呢?

嘉穗。褚库尔。褚库尔嘉穗。

褚库尔是一个姓氏，这个姓氏似乎最近才频繁接触。但最早听到这个姓氏是什么时候呢?她脑海中瞬间浮现了一份海上游轮的乘客名单。

为了帮阿吉布寻找洛神花，她和何婉汀、玫琳挨个比对过乘客单上的名字，褚库尔便在名单之中。

每年六月，乘坐从南京往蓬霁园方向游轮的乘客名单里，有褚库尔。

她略一沉吟，这个褚库尔应该不是那个远在教区的褚凤依。褚凤依今年六月留在了教区，不可能乘船，那么名单上的褚库尔又是谁?她自始至终没有在游轮上见到那位褚库尔。

突然，她想到了游轮上的一个插曲。韩菁姝曾信誓旦旦地指认她半夜入了穆雅博的房间，为此激起了韩擎的暴怒。韩菁姝说门开的刹那自己看到了书玉，而在当时当地，韩菁姝斜对面的房间只有四个。

那四个房间分别住着一对老迈的华侨夫妇，一个中年男背包客，一对带着孩子的年轻夫妇，以及，那个一直未露面的褚库尔。

书玉的心脏漏跳了半拍。

有没有可能，那个夜半入了男人房间的，是与她长得一模一样的褚库尔……嘉穗?褚库尔嘉穗其实一直与她在一起，一同登上了游轮，一同来到了蓬霁园。

嘉穗来蓬霁园是为了那盒绣花针，或者说，是为了那个能将万里河山纳入一方小小布帛的绣法。只是，她拿这绣法做什么?垄断刺绣行的生意?夺得褚库尔家的当家之位?不对，嘉穗的目的绝不止这么简单。

学会“万里成寸”，到底只是嘉穗的私事，还是这个女人背后还有一股势力？

书玉思索了半晌，无果。

她忽然想到了阎崶。阎崶说，这一次他接的单子与咸丰书局无关，只是他的私事。阎崶的私事，难道是盗一盒他这辈子都不会用到的绣花针？

这应该是他接下的任务，只是这样的任务，却要劳驾阎崶亲自动手。下这个任务的人，与阎崶的关系绝不一般，甚至被阎崶视为秘密。隐秘到，连咸丰书局的成员都不得窥见。这个人会是谁？

书玉在脑海中过了一遍阎家的宗族成员。不对，没有合适的人选。蓦地，她的脑海中闪过了一个念头：这个人，应该是个女人。

电光石火间，她想起来在哪里听过嘉穗这个名字了。

那一夜，在夜猫临死前设下的幻境里，阎崶被攫取意识时，口中喃喃重复着的一个名字：嘉穗。

阎崶无意识中喊出了嘉穗的名字。

幻境困住的是那个人的执念。嘉穗正是阎崶的执念。

书玉很快有了答案。那个单子一定是褚库尔嘉穗托给阎崶的。为了得到“万里成寸”，嘉穗布下了一个连环局。

首先，她委托阎崶盗绣花针。因为阎崶接单，从未失手过。

即便如此，她还是谨慎地设了第二个局：她知晓邱正倾有盗绣花针的意图，于是静观其变，预备待邱正倾夺得绣花针后再假冒褚凤依，从邱正倾处取得绣花针。只是没有料到，小栾为邱正倾盗针时牵扯出了一条人命，而最终拿到手的依然是赝品。

两环相扣，一环失了还有另一环。这嘉穗的心思，着实不简单。

有一点，书玉想不明白。为何小栾这样死心塌地护着邱正倾？小栾对邱正倾的感情来得莫名其妙，连邱萍萍和恒宜也说不清，单纯如一张白纸的小栾怎么就喜欢上了游戏花丛的纨绔邱正倾？

恒宜曾提到，这场婚事是小栾坚持的，她宁可被逐出族，也非邱正倾不嫁。邱萍萍也道，不知小栾背地里为邱正倾掉了多少眼泪。但邱正倾看也不看小栾一眼，哪怕小栾为邱正倾背负了一条人命。

这样的感情，书玉不明白。

她于男女感情一事一向懵懂，直到遇到了辜龙才有了开窍的痕迹。若不是当年辜龙穷追不舍，她大概会遵从谭公和谢公的意思，嫁给一个门当户对自己不爱的人。

辜龙教会了她怎么爱上一个人，她却没能参透邱正倾到底哪里得了小栾的青睐。

大概邱正倾自己也不明白。

月夜。

院中央搭个戏台子，台上生旦净丑正咿咿呀呀唱着《狸猫换太子》。

嘉穗坐在台下，却有些心不在焉。辜龙说，这是邱正倾为了去晦气才邀戏班子唱的戏，为何邱正倾本人没有来？偌大的院子，只坐了她和辜龙，连褚库尔家族的人也一个没来。

戏过三巡，阎尌神色匆匆地走进院子，坐在了后方一张空椅上。辜龙一言不发地专心看戏，嘉穗越发如坐针毡。她心里惦记着恒宜和“万里成寸”，台上的小生只让她觉得聒噪。

突然，台上的武生一个空翻，手握一杆长枪，就这么一扭身往台下蹿去，系着红缨的枪头直直指向嘉穗。

这一切发生得太快，嘉穗下意识翻身躲避，刚一动却僵硬地顿在原处。书玉不懂功夫，她若避开这一击才叫人生疑。于是她脊背僵住，定在座椅之上一动不动。坐在身畔的辜龙，身手是一等一的好，这一变故自然会被他挡下。

嘉穗估摸得不错，确有人挡下了这一击。但不是辜龙，而是阎尌。

阎尌冷着一张脸，截住了枪头，很快转头去看辜龙。辜龙却一派自如，老神在在地抬头看过来，似是在等阎尌开口。

打破沉默的是化了戏妆的武生：“误会误会，本想给看客一个惊喜，没想到彩头没讨到，倒吓坏了小姐。”

阎尌冷冷道：“有这样的彩头，你们戏班往后也别做生意了。”

武生也不恼，抱拳道：“看官息怒，要不作为赔罪，我们额外再添一首曲子如何？”说罢也不等回答，自顾自道，“来一首《高山流水》怎么样？”

阎尌额冒青筋：“你是什么人，轮到你在这里自作主张？！”

武生笑得一团和气：“鄙人姓江，单名一个南，正是这戏班的班主，自作主张不敢当，只是想问一问这位小姐的意思。”

嘉穗愣了愣，打算索性借此机会离开，她起身愤怒地道：“什么乱七八糟的，我不看戏了，我要回去！”

但嘉穗还没站稳，手就被人握住了。辜龙含笑看向她：“戏还没到精彩处，怎么就要回去了？”

嘉穗暗地里倒吸了一口气。辜龙手上力气极大，她的骨头都快碎了。辜龙断然是不会这么对书玉的。

只听辜龙缓缓道：“当年就是因为你从中作梗，我险些娶不到媳妇，现在你还敢大摇大摆出现在我面前，是觉得我对着这张脸会怜香惜玉？”

嘉穗咬牙，把痛呼咽下了喉咙。阎尌皱眉，欲阻住辜龙，却被江南制住了，没法脱身。

“辜龙，你冷静一点，要是伤了她，我们就不知道书玉在哪里了！”阎尌喊道。

嘉穗勾了勾唇，去看辜龙。

“阎尌，还记得我跟你说过的话吗？”辜龙忽然笑了，“我的姑娘，我自己守。”

阎尌一愣。

“我已差人把书玉带回来了，至于你这位嘉穗，”辜龙笑了笑，“我早说过了，若她不安分，迟早要折在我手里。还有一事忘了说，你们要的绣花针我找到了，但很显然，我不会给你们。至于承了一身绝顶绣法的恒汐大当家，你们若想见，便去找谭公吧。”

书玉又饿又渴，头昏眼花，却依旧挪动着五花大绑的身子在墙面上敲敲打打。

小室里越发死寂，小栾已完全没有了声音。也不知那嘉穗得逞了没有。辜尨呢？辜尨该会来找她的吧。他怎么还不来……

正想着，突然一面墙有了动静。墙上落下了一层灰，露出一扇门。

嘎吱一声，门开了。

门开的刹那，白光照了进来。书玉有一瞬间的恍惚。

天亮了。原来她被困在这小室里整整一夜。

有人背光立在门前。书玉眯了眯眼，才辨认出那是一个黑衣女人。

“能走吗？”女人走了过来，三两下割断了缚住书玉的软布，“绑的时间太长以致血液不流通，如果走不动，不要逞强。”

书玉看向这个有着一只铁腿的女人，由衷道：“谢谢。”说罢借着女人的肩膀，挣扎着站了起来。

下一秒书玉忽然道：“这里还困着一个人，情况不太好……”

女人稳住书玉，道：“我先带你出去。至于你的朋友，没有急的必要了。”

书玉一愣，小栾身上还有伤，情况比她要紧急得多，怎么就不急呢？饥饿让她有些头晕，她也想不了那么多了，只点点头，顺从地配合着女人离开了。她想着，她的动作快一些，小栾也能早一些获救。

走出小室，书玉呼出一口气，冲身边的女人笑了笑：“能告诉我你的名字吗？”

那女人沉默了半晌，道：“夜十三，我叫夜十三。”

书玉被夜十三半拖半抱着离开院子，才走了几步便跌入了一个熟悉的怀抱。这下，书玉彻底放松了下来。

熹微的晨光中，辜龙的脸色有些发白，眉目却是柔和的，声音也温柔得不可思议：“有没有伤到哪里？觉得哪里不舒服吗？”

书玉脑中放空了几秒，好半天才吐出一个音节：“饿……”

辜龙像是松了一口气，笑道：“好，我叫人准备吃的。”

书玉裹在软软的毯子里，沐浴过后的长发带着氤氲的水汽。她啜着小粥，这才觉得自己活了过来。

脑子重新转了起来，她头一件事就是把有关嘉穗和绣花针的事告诉辜龙：“不知嘉穗要那绣花针做什么，不知恒汐……我奶奶怎么样了。”

辜龙坐在她身后，拿着浴巾擦她半干的长发：“不用担心，你爷爷早就差人护在了恒宜身边，现在，她该是和你爷爷在一起。”

书玉这才反应过来：“原来老头子派了贴身护卫来北园，就是为了护着奶奶？！”

辜龙笑了笑：“你有我就好了，干吗还麻烦你爷爷。”

忽然，书玉想到了什么：“你见到了嘉穗？”

辜龙点点头。书玉一脸严肃地问：“有什么感想？你和她在一起做了什么？你过了多久才认出来她不是我？”

“她差人告诉我，你今晚要宿在邱萍萍那里。”辜龙慢条斯理道，“我一听便知是在撒谎。”

书玉愣了：“这怎么看出是撒谎？”

“邱萍萍不敢留你过夜。”辜龙继续道，“前些时候，我委婉地告诉过邱萍萍，不许把你留下来，否则……”

书玉哭笑不得：“你跟几个人这么警告过啊？我要被他们笑死了！”他怎么跟个小孩子一样，她晚上偶尔在外留宿一下他都不开心。

辜龙摸了摸下巴：“也和恒宜说过。”

书玉无力地捂住脸。难怪，难怪奶奶明明很想和她亲近，却一次也不曾留过她，连留她吃个饭也没有。

“我当时以为，你又好奇心作祟不知要鼓捣什么，于是我亲自走了一趟。”辜尨不理她的窘迫，缓缓道，“这一走才发现不对劲。那天下午，我看见你绣东西了。绣功有没有变化我不知道，但你绣那帕子的姿势变了。你绣东西的时候，姿势不见得多好看，但小动作很多。遇到复杂的地方不懂怎么下针时，就喜欢咬嘴唇，还喜欢挠头。”

书玉惊呆了，她自己怎么不知道？

见辜尨笑了。书玉有些不服：“你诓我的吧，我在绣东西的时候你明明都在看书！”

“谁规定看书的时候不能走神？”

辜尨一边仔细地捋顺书玉的长发，一边道：“嘉穗绣东西，就像机器，每一个动作都像标准模板。看她穿针引线，我心累。不过那天下午，我只觉得心慌。”嘉穗大摇大摆地坐在厢房里，那么他的姑娘又在哪里？

于是他调动了蓬霁园所有的暗人，还托了一个他不愿去求的人。

书玉笑道：“你也有慌的时候啊。”

辜尨看着她，不说话。

书玉又问：“你早就知道恒汐是我奶奶，为什么不告诉我？”

辜尨摇摇头：“原先是不知道的，只觉得自从恒汐来了，谭公的举动有些古怪。直到褚凤颜死后，谭公居然把最贴心的护卫送到了这里，我才觉得必有蹊跷，于是着人查了查。”

“查到了什么？”

“当年，你奶奶一意孤行嫁给你爷爷，她离开家族时把褚库尔家族的祖传绣花针带走了。按族规，你奶奶做出这种事是要被处死的。褚库尔家族大怒，但由于忌惮你爷爷的势力，他们不敢有所动作。褚库尔家族设计让恒汐把你奶奶骗了出来。恒汐大当家发现你奶奶被软禁，知道大事不好。于是你奶奶要接受惩罚的那天晚上，恒汐打点了一切，替下了你奶奶。”

书玉倒吸了一口气，只听辜龙又道："恒汐的死让你奶奶愧疚万分，她把恒汐的死归咎于自己，于是顶了恒汐的身份在褚库尔家族生活。从那时候开始，她不敢面对你爷爷。她大概想替恒汐大当家守住褚库尔家族。"

书玉有些恍惚："我奶奶自己的绣功比用上那绣花针都要厉害，她没有理由把绣花针带走啊。"

辜龙淡淡地道："这就要去问你奶奶了。"

"那绣花针呢？"书玉问，"其实绣花针根本就不在褚库尔家族吧？前几天的绣花针失窃也是褚库尔家族自导自演的闹剧？"

"你奶奶重新回到褚库尔家族，应该把那盒绣花针带回去了。前些日子，绣花针失窃也确有其事，"辜龙缓缓道，"因为，那盒绣花针现在在我手里。"

书玉惊讶极了："你什么时候拿到的？"

辜龙不以为意："绣花针失窃以前。阎罫手下的人办事不力，把绣花针送到了我手里，我也没办法啊。"

书玉还要再问，就听到一阵猛烈的敲门声。辜龙起身去开门。

门外站着邱萍萍。

"辜先生，你本事大，能不能救救我大哥！"邱萍萍满脸眼泪，语无伦次，"我晓得他做了一些不入流的事，但如果你能救得了他，要什么我都答应！不，不止我，邱家，你要什么邱家也会给！"

书玉披着外套出来了，好奇地问："怎么了？"

就在这短短的时间里，发生了两件事。

小栾死了。

邱正倾疯了。

小栾死在了关书玉的暗室里。或者说，她没能活着出来。

第一个踏进那间暗室的仆从吓得魂飞魄散，倒不是屋里有一个死人，而是墙上多了一幅画。

画上有两个人，一男一女。男的躺在女的怀里，女的看样子在刺绣。画的背景是一间精致的闺房。

奇怪的是，画上的男人没有眼睛，女人没有嘴。画作者有着深厚的绘画功底，但进门的仆从却被这栩栩如生的壁画吓破了胆。

因为这是一幅用血画成的壁画，每一处线条还残留着血顺着墙面往下淌的痕迹。

小栾死于失血过多，她用自己的血画了一幅谁也看不懂的画。书玉蓦地想到夜十三说的话。她说，你的朋友，没有急的必要。

不急，因为当时小栾已经断气了。

北园再度死人的事情惊动了邱正倾。哪知，邱正倾匆匆赶到暗室，却对着墙上的画发起狂来。谁也没见过邱家大公子这副模样，又哭又笑，嘴里不知咿咿呀呀说些什么。

丫鬟赶紧找来了邱萍萍。邱萍萍到的时候，邱正倾已经认不得人了，嘴里不断地念叨着："依依……依依……"

人人都道那画邪门，邱正倾就是中了那邪画的咒才变成这副样子，于是当书玉赶到暗室，画已经被销毁了，只留下了大团红色的痕迹，怎么也擦不掉。

书玉听到有老仆埋怨："作孽啊，活着的时候杀了自己的姐妹，死了还要留下这邪门的东西害我们少爷。"

有人接腔："早觉得不该娶那位作少奶奶，长得就邪气，还是个哑巴！她那族人也怪里怪气的，真是晦气。"

书玉突然有些难过。

小栾并不善于算计。杀人现场处理得一塌糊涂，手背上的箭伤也不晓得早做掩饰，更冒冒失失地把沾染了褚凤颜血迹的帕子给了别人。

她一直颠覆着旁人对她的看法。褚库尔家族的人以为她最是安分，谁知她决意要离开家族嫁给邱正倾；大家觉得她善良柔弱，偏偏她又亲手杀死了同族姐妹；众人以为，她会好好配合认罪，哪知她却以这样决绝的方式自己了结了性命。

她不会说话，也不识字，连为自己辩护都没有办法。无人知道她心里在想些什么，干脆把死了的她描绘成一个妖孽。

书玉打定了主意，她要去见一见邱正倾。直觉告诉她，一切的症结，就在邱正倾。

邱正倾果然如传言所说，神志不清。书玉和邱家的私人医生交流了几句才知道，情况没有下人们传的那么邪乎。

邱正倾先前拿了绣花针赝品，中了毒。那毒素还没排干净，他就受了这么一场大惊吓。这一刺激，毒素的反扑让他整个失了神志。

医生道，若是邱公子意志坚强，应该可以恢复的。但邱正倾日日沉溺在自己幻想的世界里，不可自拔。书玉坐在邱正倾身旁，听他无意识地念叨。

“我有过很多很多很多女人，我自己都数不过来。”邱正倾一边嗤笑，一边自言自语，“但是，她们没有一个人像她一样。她们看上我的钱和权，但依依不是。”

他忽然神秘地凑近书玉：“你知道吗，依依肯为我去死。我在最狼狈的时候认识了依依，她不知道我是谁，但依然留在了我身边。我们困在风翠楼整整一个月。要不是当时我瞎了，我怎么可能认不出她？”

书玉温和地哄道：“是的，你肯定会认出她来。你那么喜欢她。”

只见邱正倾一愣，继而神色茫然：“我把依依认错了吗？”

他紧紧握住了书玉的胳膊，压低嗓音道：“我也不想认错的，谁知道依依根本不是风翠楼的姑娘，谁知道她不会说话？难怪……难怪整整一个月，她只安静地陪着我，一句话也不说。我该早一些觉察到的，除了我的依依，谁会心甘情愿主动为我盗绣花针？她怎么那么傻？”

书玉静静地看向邱正倾，心里的猜测都成真了。

忽然，邱正倾像是想到了什么，嘴角不自觉地向上扬：“其实，依依还是和我说过话的。我问她，你叫什么名字？她不说话。我又问她，等咱们脱困了，你嫁给我好不好，我邱正倾一定会对你好。我说，如果你答应了，就告诉我你的名字，好不好？”

风翠楼的下等包厢里，浑身血污的男人躺在榻上问身边的女人，你愿不愿意嫁给我？愿意，就告诉我你的名字。游戏花丛多年的男人第一次感到局促，他也不知道，她的答案会是什么。

女人一愣，双颊绯红。她有些紧张，下意识便开口：“咦！咦！”

男人一怔，继而笑了：“原来你叫依依。你告诉了我你的名字，那就是答应我的求婚了，不许后悔！”

“咦！咦！”

“别急别急，知道你的心意了，我一定把你的名字记在心里。你也要守承诺，日后一定要嫁给我。”

“咦！咦！”

“哟，你这是说上瘾了？”

……

彼时，他不晓得她是个哑女，也不知道她的名字和“依”半点关系也没有。她却暗暗记在了心里，日后，她是要嫁给他的。

时光流转。她于绣坊中一眼将他认出，再也移不开目光。他看了她一眼，以为又是一个被他迷住的闺阁小姐。

邱正倾坐在椅子上，不知又想到了什么，笑得像个孩子。他喃喃自语，书玉一句也听不懂，只得告辞。

离开时，书玉在院子门口处碰到了邱萍萍。

“我大哥怎么样？”邱萍萍急切地问道。

“小栾就是你大哥找了多年的依依。”

邱萍萍愣住了，好半天才道：“所以她留下那幅画，就是想让我大哥愧疚难过？”

书玉有些疲惫：“我不知道。”

辜龙在屋子里等着书玉回来：“怎么，出去一趟眉心多了个疙瘩？”

书玉搂住辜龙，静静地不说话。辜龙感觉到了她的依赖，笑了笑，也不说话，安抚似的拍了拍她的背。

书玉想，小栾留下那幅画真的是想让邱正倾愧疚吗？

那个从小就不会说话的姑娘，也许只是在想要在生命的最后关头告诉自己喜欢的人：我是依依，我遵守承诺来嫁给你了。你看我一眼呀。

蓬霁园南园的下午，安详极了。

老院子里的香樟下，阳光透过枝桠，洒落在树下的躺椅上。书玉轻手轻脚地走到了躺椅边。对着闭目小憩的老人，她竟有些情怯。

“书玉？”恒宜睁开眼，眉目温和，“你来了啊。”

书玉蹲在恒宜膝边：“奶奶好厉害，每一次都晓得我来了，想吓一吓你都成功不了。”

恒宜笑了，抬手摸了摸她的脑袋：“我认得你的步子。你的步子像你爸爸，每一步都很稳，又有些像你爷爷，走几步总想跳一下。”

这番话说得书玉不好意思了，咕哝道：“像我爸爸是不错的，但哪里像那老头子？”

恒宜笑而不答，眼里温柔之色更浓。书玉也不说话，偎着恒宜，心头有些发热。她自小双亲早亡，最亲的人就是爷爷外公，但他们很多时候都忙得没时间顾得上她。她偷偷地想，要是妈妈还在，或者奶奶还在，那该多好。没想到，夙愿成真。

书玉咧开嘴笑了：“北园的事应该是尘埃落定了。褚库尔家族没有找到绣花针，于是预备明日打道回府。邱正倾依然疯疯癫癫，昨儿抱着小栾的骨灰不撒手。慈萍前辈发了好大一通火，说是不能让褚库尔家族成员的尸骨流落在外。”

恒宜平静地听书玉说话，仿佛这些事与她一点也不相干。

“那个扮作你，又把你囚在暗室的人呢？”恒宜忽然问。

书玉一愣：“嘉穗？她跑了。”

辜尨抓住了嘉穗，可谁知第二天一早，囚室里空无一人。辜尨勃然大怒。囚室四面密封，只有从外头才能打开。显然有人盗了钥匙，私自放走了嘉穗。这个人是谁，书玉心里已有了答案。

恒宜道：“这个嘉穗，我是知道一些的。她小的时候，我还抱过她。你刚出生不久，就有人偷偷往我这里送了一个孩子。我以为有人把你偷来了，还差人去谭府打听了消息。后来我在那孩子的衣服里找到了她的信息，当时我着实吓了一跳，但想着毕竟是褚库尔家效忠了百年的家族留下的子嗣，还是收留吧。而且，那些年我过得很痛苦，想着如果能把她当作你养在身边，我的日子应该会好过一些。早些年，那个孩子还是挺可人的。我把她带在身边，只是每年固定的时候，她会被她的同族接走，两个月后又被送回。等她越长越大，我发现不对劲：她和你长得越来越像。”

恒宜看了书玉一眼：“我当时就隐约猜测，他们大概是给这孩子磨了骨。磨骨便罢了，为什么要照着我孙女的模样？我想不明白，只觉得要尽快把她送走。就在要把她送走的前一天，她问我讨一样东西，我多年前绣的一幅‘万里成寸’。我所绣的诸多绣品当中，这一幅算是特别的。当时我在褚库尔家族的南京别院，族里派了单子给我，次日我便被蒙了眼，颠簸了半月有余，乘船坐马车才到达了一个地方。再次睁开眼睛的时候，我看到了一座巨大的石头宫殿。我在那宫殿里待了整整两个月，绣成了一幅‘万里成寸’。那个单子，让褚库尔家族得了一笔巨额财富，那笔钱足够全族绵延生息百年。”

恒宜眼里有困惑：“只是我不明白，嘉穗为什么要向我讨那条绢帕？而且，她对绢帕某些细节的了解也让我觉得不妥。我没答应，第二天就把她送走了。就在她扮作你的那日，她又向我问起了这件事。”

恒宜忽然握住了书玉的手：“我不知道那些人打些什么主意，但我不想你有任何三长两短。我这辈子亏欠了很多人，现在想要弥补也来不及了。我只想在最后这一段时间，把我会的统统教给你。也许太仓促，也不知你能学多少，但总归我不想把这些带进坟墓。”

书玉听到这里，心中一惊。

恒宜笑了，神色疲惫：“你猜的不错，我的日子不多了，否则褚库尔家族也不会这么急着选下一任当家。能和你共同度过一段日子，我已经很知足了。”她握住书玉的手，轻轻叹了一口气，“我不回褚库尔家族了，我这一辈子都毁在了那里。我希望，我的尸骨不要被褚库尔家族带走，我想把它留在这里。亏欠你爷爷的，我只好下辈子还了。”

书玉把脸埋进了恒宜微凉的掌心，侧过脸，一眼便瞧见躲在窗子后装作毫不在意，但频频往这边看的爷爷。她突然有些心酸。

“书玉，奶奶本来要嘱咐你好多话，但说是说不完了。只一点，一定要和你说。”恒宜道，“你性子有些像年轻时候的我，太硬。硬不是坏事，但过了度就会伤人。辜尨是个好孩子，他在意你，疼你，我都看在眼里。你要好好珍惜。”

书玉点点头：“我记下了。”

“还有，不要像我。”

和恒宜待了整整一个下午，书玉才回到了自己的小楼。

辜尨有些累了，和衣躺在了沙发上，脸上盖着一本翻开的书。

书玉蹑手蹑脚地走过去，给他盖上毯子。他觉察到了动静，睡眼惺忪地睁眼看她：“回来了啊。”

书玉坐在他身边：“奶奶身体不好，病了好久了。她说，她晓得那绣花针最后落在了你手里。她还说，这针给了褚库尔家族只会坏事，倒不如留给我。”她一边说一边拉开梳妆台的抽屉。抽屉里赫然是一个红色的方形绣盒，盒上文着一朵金盏花。

每一个褚库尔家族的女儿出生时都会在眼角文上一朵花。恒宜嫁给了谭复，花消失了。可谁又能想到，有一天，她又必须亲自用朱笔在自己的眼角画上双生妹妹的金盏花?

待到风烛残年，她终于再也不用描画本就不属于她的花了。

辜龙笑了："留给你倒也不错，督促你好好学女红。"

书玉也笑了："你早就算计好了对不对？"

"是你奶奶用心良苦。"

书玉像树袋熊一样抱住辜龙，只觉得满足："你说，要是阎崶知道，他一心要为嘉穗盗的绣花针，一早便被贺子池扔到了我们屋里，贺二还有活路吗？"

辜龙笑了："不要小看贺子池。他人是傻了点，但该看明白的，一样不落。"

"褚库尔家族马上就要走了，你还要不要那绣花针？"贺子池毫无形象地趴在圆桌上，垂头丧气地看向阎崶。

阎崶没说话。

贺子池叫苦连天："组长，你到底要怎样啊？还在这耗着吗？"

阎崶忽然道："现在你满意了吧？"

贺子池一愣："啊？"

"那盒绣花针在辜龙手里，拿不到了。"阎崶笑了，"辜龙到底给了你什么好处，你要这样帮他？"

贺子池讪笑："你说什么，我一直都站在你这边。"

阎崶目光如炬："别告诉我你把绣花针往辜龙屋里扔的时候，以为那是个赝品。"

贺子池挠头："当时不正忙着气邱萍萍吗，哪里想得了那么多……而且，没拿到绣花针也不见得是坏事，起码这次，你没被嘉穗耍得太惨……"

话音未落，只见阎蔚的脸色更难看了。贺子池察觉到了什么：“如果……我是说如果，如果我的乌鸦嘴说中了什么，你能别打我吗？”停顿了几秒，他小心翼翼道，“嘉穗……又不告而别了？”

阎蔚一言不发。

天机阁。

雕檐八宝门被人推开，来人裹一个麻灰色带帽大斗篷，风尘仆仆地从偏门走入，一转头就要避过正厅往后院僻静处去。

谁料早有人等在了通往后院的必经之道。

“嘉穗，你回来了。”从门廊里走出个眉目精致的男人，琥珀色的眼睛温和地看向斗篷中的人，“明明我们上了同一趟火车，你怎么这么晚才到？”

嘉穗摘下了兜帽，皱眉：“我去办一些私事，没有必要告诉你。”

男人笑了：“如果杀人也算私事，那我倒真要过问了。”

嘉穗有些烦躁：“穆雅博，你到底想怎么样？”

穆雅博安静地看着嘉穗，半晌后道：“你变了许多。”

嘉穗冷笑一声：“你说得轻巧，褚凤颜看出了我的不妥，我若不继那个哑巴之后给她补上一刀，兴许我现在还不能脱身。”

穆雅博眯眼：“你害了两条命，那个女孩一直以为是自己那一箭杀死了褚凤颜。邱家的长子彻底崩溃了。你这一番胡来，毁了三个人。”

嘉穗一脸无所谓：“你想把我擅作主张的事告诉大人吗？在你开口之前请不要忘了，是谁把我送到这里来，让我变成了如今这个模样。”说罢扭头往后院而去。穆雅博看着她的背影许久，长长地叹了口气。

沐浴焚香后，嘉穗有些局促地站在一扇门前。正要屈指叩门，门便从里头打开了。

小厮福了福身：“嘉穗小姐，大人等很久了。”

嘉穗冲小厮点了点头，提起裙裾往屋内走去。穿过三重阁，她停了下来。一个男人背对着她，对着墙上的半幅地图出神："安顿好了？"

嘉穗低头道："回大人，是。"

"在蓬霁园玩得可开心？"嘉穗正要把事先想好的话说出口，就听男人道，"不必找借口。我只要你明白一件事。等时机成熟，太阿山地宫你是非去不可的。"

"大人！"嘉穗试图做最后的挽回，"我可以做很多事，让我留在你身边吧。地宫可以让别人去，如果实在不行，可以让谭书玉去啊！"

男人轻轻地笑了："你既然继承了这个姓氏，就必须做出牺牲。至于谭书玉，她有另外的用途。"

蓬霁园，初冬。

书玉一边收拾行李，一边感叹，就算待了这么久，最终还是要离开的。

说不难过，是骗人的。她舍不得。

辜龙道："奶奶有爷爷照顾，最后的日子，给他们留点空间吧。"

窗外，恒宜正侧着脑袋和谭复不知说些什么。谭复红着一张脸，别过头去，恒宜看得直抿嘴笑。

窗内的书玉也忍不住笑了。他们分开了许多年，更懂得要珍惜在一起的每一分每一秒。

"以后我老了，你也要像我爷爷待我奶奶一样待我。"书玉笑着说。

辜龙认真地道："不仅如此，我还要看你慢慢变老。"

书玉笑得眉眼弯弯："一言为定。"

临行前，书玉和辜龙向几位老人告别。谭复支走书玉，留了辜龙。

"我的眼光是不错的，有你陪伴书玉左右，我很放心。"老人道，"不过如今我也有些后悔，不该逼着你从政。"

辜龙一愣。

"别误会，你做得很好，建树远超同辈。但我知道，你的心思并不在这里。我看了你在伦敦时做的研究，也知道你为了娶书玉所做的牺牲。”老人顿了顿，看向一脸震惊的辜龙，“你本来是要成为一个科学家，我却拿书玉作饵，逼着你做了政治家。对不起。”

辜龙要说话，却被老人阻止了：“现在，我希望你能重新回到你原来的轨道，做你真心想做的事。我要你从中抽身，带着书玉，远走高飞。你不要觉得这是在当逃兵，待新的力量重整这片河山，总会需要人才的。你要做的，就是在接下来可能到来的大动荡中保住你自己以及其他人才。记住，忍辱负重比慷慨就义要难得多。”

书玉离开谭公的院子，兜兜转转来到了蓬霁园北园的一方僻静小院处。院里的戏班子还未撤走，有人在收拾着器具。

她转到后院厢房，便见一个戴着半张面具，身穿褚红色长袍的伶人正对着空无一人的院落唱着戏曲。

书玉不晓得他在唱什么，因为他的嘴开开合合，却没有发出声音。但这行云流水的身段，她隐隐觉得似曾相识。

曾经也有一个人，在安静的厢房里，单独为她唱曲。

奈何斯人已逝。

一幕戏终了，江南回过头看向书玉，眼里了无波澜。

书玉回过神，赶紧道：“我是来道谢的，谢谢你救了我两次。”一次是在白毛雕鸮的爪下，一次是在北园的暗室。她清楚，如果没有他的授意，夜十三不会出现在暗室。

江南点了点头，转身就要离开。

书玉有些着急：“刚刚……你唱得很好。”

江南脚步一顿，回头看她，眼里有一丝疑惑：“你能听见我在唱什么？”他声音粗哑，像钝器划过老木桩。

书玉有些不好意思：“你为什么不把词唱出来？”

江南笑了：“你觉得，我的嗓子还能唱曲？”

书玉一愣：“你的嗓子……”

“被毒坏了。”

书玉想，眼前之人一定是有故事的，他曾混迹天机阁，是新晋的赌王裘老七，又摇身一变，成了戏班子的班主。他的故事，她不方便探问，于是只得沉默。

江南挑了挑眉，忽然席地而坐：“你们今日就要启程，相聚也是一场缘分。我嗓子也坏了，就一双手还能用，不如赠你一首曲子吧。”

琴音渐起，是书玉从未听过的曲调。琴声像风又像流云，拂过万里山河，最后化作几缕叹息。

曲终，书玉又惊诧于江南高超的琴技。他依旧保持着抚琴的姿势，书玉忽然懂了，这是无声的逐客令。

她鞠了一躬，道了两声谢，便转身离开。

一谢是为他救命之恩，二谢是为他赠曲之情。

书玉离开后，夜十三走到席地而坐的男人面前，勾了勾唇：“我以为你毒坏自己的嗓子是怕大人的走狗认出你，原来不止如此。江南啊江南，你这样执着走这条路，是为了给你的亡师报仇，还是另有执念？”

回答她的，唯初冬的叶落之声和天际候鸟的啼鸣。

## 番外·姻缘错

初春，雪融草长。

褚库尔家族的南京别苑依旧是一副荒凉的模样。

恒汐大当家久病缠绵，医生下了最后结论：恒汐只剩下两年时间了。

族中各分支蠢蠢欲动，不露声色地把有资质的小辈送到了恒汐身边。

小栾知道，凭自己的资质是没有可能到大当家身边的。她的绣功不错，但她天生是个哑巴，父母双亡，实在没有资本去争大当家的位子。但她还是和一群年轻的小辈一同被送到了大当家的院子。她来这里，不是为了成为大当家，而是辅助她的表亲褚凤颜成为下一任当家。

褚凤颜父亲这一系在褚库尔家族中威望甚高，母亲是八位长老之首的关门弟子。小栾觉得褚凤颜出身好，绣功好，性格好，模样也好，下一任大当家板上钉钉就是她了。只是不知为何多此一举拉她来作陪衬。

很快，她便明白了。这位同辈的作用在于防止候选人犯错。必要时，还要替候选人去做某些肮脏的勾当。没有人比小栾更合适。

她出身低微，没有势力来支持她成为下任当家。她不会说话，不识字，就算被族内其他支系的人抓住，严刑拷打也问不出半点信息。她有一手好绣功，若主子对刺绣毫无天分，她可代而绣之。

她是一个听话的，不会有觊觎之心的棋子。

小栾以为，她会待在褚凤颜身边，直到褚凤颜成为下一任大当家。这样她也会得到一些报酬，然后嫁给族中同样出身平凡的小伙子，生几个小孩子，安安稳稳过一生。只是她没有料到，她会来到风翠楼。

褚凤颜从小便得族中长辈青睐，难免有些骄纵。她好奇为何男人都对那风翠楼的姑娘心驰神往，难道是那些姑娘的衣着首饰更为精致?

于是她要一探究竟，还打着钻研绣法的旗号作幌子。

这就苦了小栾。这事不好告诉长辈，小栾只得孤身走一遭，把褚凤颜劝回来。

小栾第一次见邱正倾时，邱正倾的眼并没有瞎。

彼时她隐在二楼看台的角落里，看楼下大厅内褚凤颜和邱正倾打情骂俏。他眼未盲的时候，看不见她。

小栾想径直到大厅里拉着褚凤颜就走，但她晓得，以褚凤颜的脾气，若她当众拉人，不会有好下场。

正急着不知怎么办才好，她听见耳边响起一阵轻笑。她转头，见一个戴着黑网面纱的女人不知何时站在了她的身边。

只听那女人问：“你认识那位小姐？”

她下意识点了点头。

女人笑了，指了指二楼东面尽头的房间：“那是那位小姐订的房间，你可以到那里等她。”

小栾不疑有他，低着头往那房间的方向跑去。她安静地在房间里等褚凤颜。谁料，她没能等来褚凤颜，却等来了邱正倾，满身血污，被毒瞎了眼的邱正倾。

邱正倾只当她是这里的女妓，命她打来一盆水。她整个脑子都是蒙的。邱正倾刚才还是衣冠楚楚的公子，怎么就成了这个样子？她慌张地从隔间打来了水，脑中还在想褚凤颜在哪里？她有没有事？

水端来了，小栾一抬头便见邱正倾在脱衣服，她吓得咣当一声把水盆扔到了地上。邱正倾一愣，笑了："风翠楼的姑娘，没见过男人？"

小栾羞得满脸通红，转头就去拧门把要离开这间屋子。奈何门被反锁了，她转头瞪邱正倾。

邱正倾似乎感受到了她的视线，漫不经心道："要想活命，就乖乖待在这里。你一出这个门，外头的人一定叫你求生不得求死不能。"

两人就这么靠着存储在暗板下的水和食物在这间屋子里安顿下来。邱正倾脱去衬衣后她才晓得，他身上受了重伤。有几处刀痕深可见骨。

又一个黎明来临时，邱正倾发起了高烧。高烧吞噬了他的神志，他的伤口也开始化脓。小栾从没遇到过这种情况，只求他别死，若他死了，她该如何应对门外的匪人？有好几次，那些人就要发现这里了。提心吊胆的小栾最终做了个大胆的决定：她得偷一些药来。

她不知道风翠楼的药房在哪里，只得偷偷摸索。好不容易找到了些草药，却叫个醉酒的匪人撞见。

那时候她想，这一辈子就要交待在这里了。她已经闻到了那匪人凑过来时身上散发的汗臭，哭着闭上了眼睛。突然，匪人倒了下去，她的脸溅上了温热的血。邱正倾铁青着一张脸，他胡乱摸索中拿起一把铁钳深深扎进了匪人的胸腔。

他把她拉起来，道："我就是死了，也不需要女人为我送命。"

回去的当晚，小栾哭着把药送到他嘴边，他却吞咽困难。他哑着嗓子说："你喂我。草药太大，我嚼不动。"

小栾一愣，赶紧把药放到自己嘴里嚼碎了。刚一嚼碎，便惊觉颈上多了一只手，按着她往邱正倾的唇上靠。邱正倾凑上来，撬开她的唇，艰难地把她嘴里的草药咽了下去。

末了，他道："你怎么哭了？"

小栾轻轻抽噎了一声。邱正倾叹了口气："对不起。"

小栾摇摇头，又想起他看不见，于是俯下身，把额头贴在了他的额上。邱正倾滚烫的额头因着这一丝凉意舒服了几分。

第四个黎明，邱正倾的烧退了，但身体还很虚弱。小栾第一次亲眼见到，原来一个人的求生意志可以这样强烈。邱正倾意识清醒的时候就喜欢和她说话，也不强求她一定要给回复。

直到那个傍晚，他耍赖向她求了婚。她的脸红极了，只听他认真地道："我一定要娶你，就算家族要我联姻我也不会妥协。你等等我，好不好？"邱正倾握紧了小栾的手。她点点头，心里只剩下了甜蜜。

一个月后，邱正倾被人救走。离开风翠楼时他已气息奄奄，但依然死死拽着她的手。她拼命地挣，却挣不开。他需要医生，再晚就来不及了。就在这时候，她又看见了那个戴着黑网面纱的女人。

女人道："邱先生，我来帮忙照看这位小姐吧。"

话音刚落，邱正倾失去了意识，慢慢松开了手。小栾松了一口气，又有些惆怅。下一次再见他，又会是什么时候？

重逢是在两年后的绣坊，她目不转睛地看着他，他却回给她一个轻佻的笑。她很难过，他没能认出她来。她该如何成为他的妻子？他身份显赫，她出身低微，怎么可能走到一起？

有人却对她说："你想嫁给邱家长子吗？也并非不可能，我帮你达成心愿，你也帮我一个小忙如何？"

她看着眼前这个戴着黑网面纱的女人，第一次感到了害怕。那个女人无处不在，似乎知道她与邱正倾感情的一切隐秘细节。

女人又道："你不用担心，我不会让你做伤天害理的事。我只要你和邱正倾成婚时将婚场选在蓬霁园，并且务必让恒汐大当家给你送嫁。怎么样，不难吧？"

她愣了愣，她不知道蓬霁园在哪儿，但恒汐大当家应当会给她送嫁的。毕竟她双亲已故，且又在恒汐身边待了多年，按理她最亲的送嫁人就是恒汐。思忖了半晌，她点了点头。如果能嫁给邱正倾，做这一些小事也无妨。

那个时候，她隐隐有些激动，却怎么也不会想到，这场婚礼完全不是她想象中的模样。

生命的最后一刻，她凭着感觉用鲜血在墙上作画，她想不明白，为什么多年前离开家族的褚凤依会突然来到蓬霁园，为什么邱正倾认定褚凤依才是他要等的人？她到死也不明白，那些只有他和她晓得的秘密，褚凤依是如何知道的？这大概是在惩罚她失手杀了褚凤颜吧。

她难过极了。

凤颜对不起，我来陪你了。

（书玉的故事仍在继续 敬请期待第二部）